JN377727

군림천하 22

개정판 1쇄 발행 2012년 5월 30일
개정판 4쇄 발행 2020년 1월 6일

지은이 | **용대운**
발행인 | **신현호**
편집장 | 이환진
편집부 | 이호준 송영규 최종건 정재웅 박건순 양동훈 곽원호
편집디자인 | 한방울
영업·관리 | 김민원 조은걸 조인희

펴낸곳 | ㈜ 디앤씨미디어
등록 | 2002년 4월 25일 제20-260호
주소 | 서울시 구로구 디지털로 26길 111 JnK디지털타워 503호
전화 | 02-333-2513(대표)
팩시밀리 | 02-333-2514
E-mail | papy_dnc@dncmedia.co.kr
홈페이지 | www.ipapyrus.co.kr

값 9,000원

ⓒ 용대운, 2012

ISBN 978-89-267-1557-4 04810
ISBN 978-89-267-1535-2 (SET)

* 저자와 협의하여 인지는 붙이지 않습니다.
* 이 책은 ㈜ 디앤씨미디어(파피루스)가 저작권자와의 계약에 따라 발행한 것으로 본사와 저자의 허락 없이는 어떠한 형태나 수단으로도 내용을 이용할 수 없습니다.

용대운 대하소설
군림천하
3부 군림의 꿈 [君臨之夢]

君臨天下

22

용왕대전(龍王大戰) 편

PAPYRUS
파피루스

目次

제219장	일검승부(一劍勝負)	9
제220장	천면묘객(千面妙客)	43
제221장	절세옥안(絕世玉顔)	75
제222장	배반낭자(杯盤狼藉)	101
제223장	독무검영(毒霧劍影)	129
제224장	적전논담(敵前論談)	153
제225장	일전쌍조(一箭雙雕)	177
제226장	용검쟁투(龍劍爭鬪)	199
제227장	사불여의(事不如意)	223
제228장	강중조룡(江中釣龍)	251

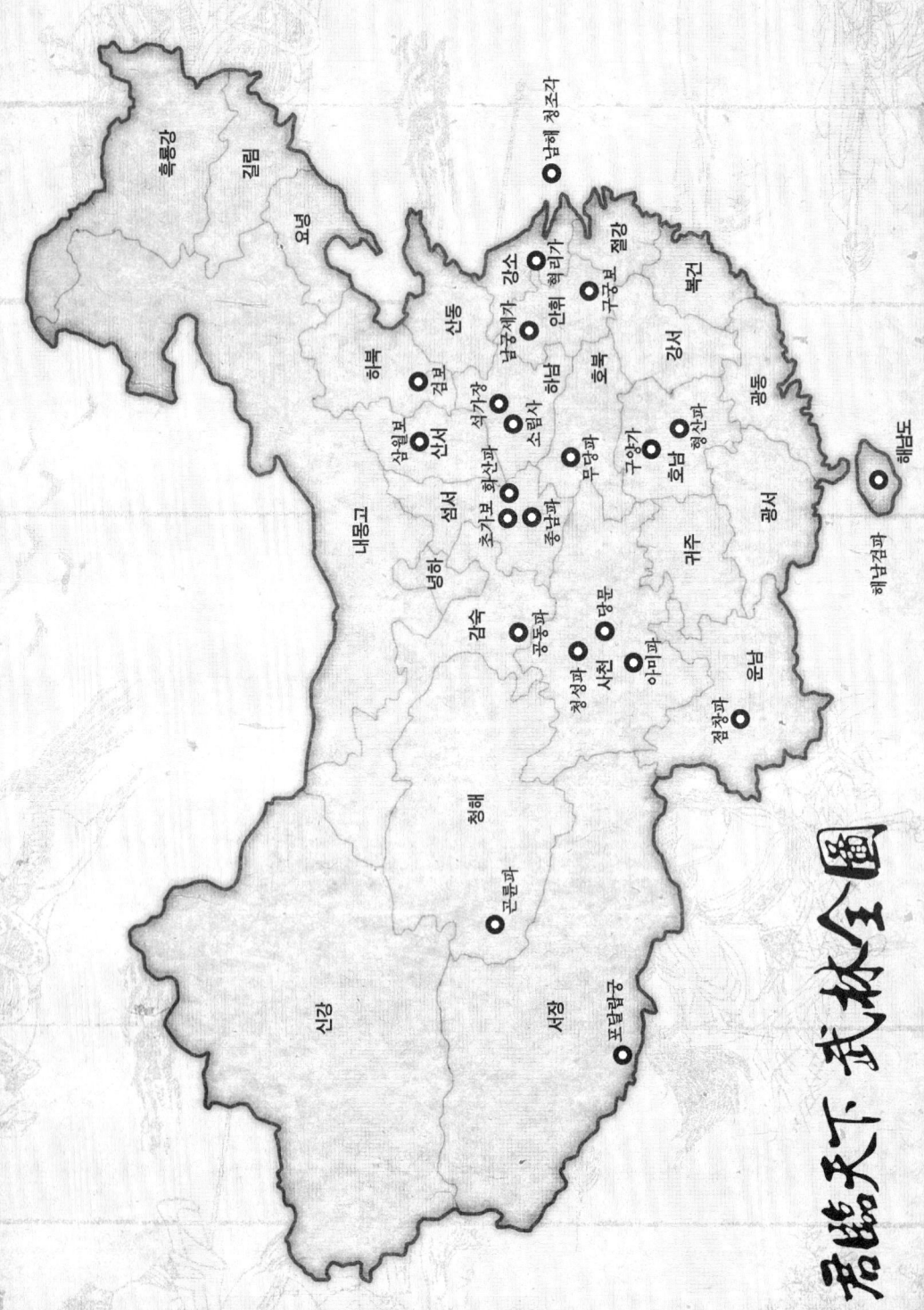

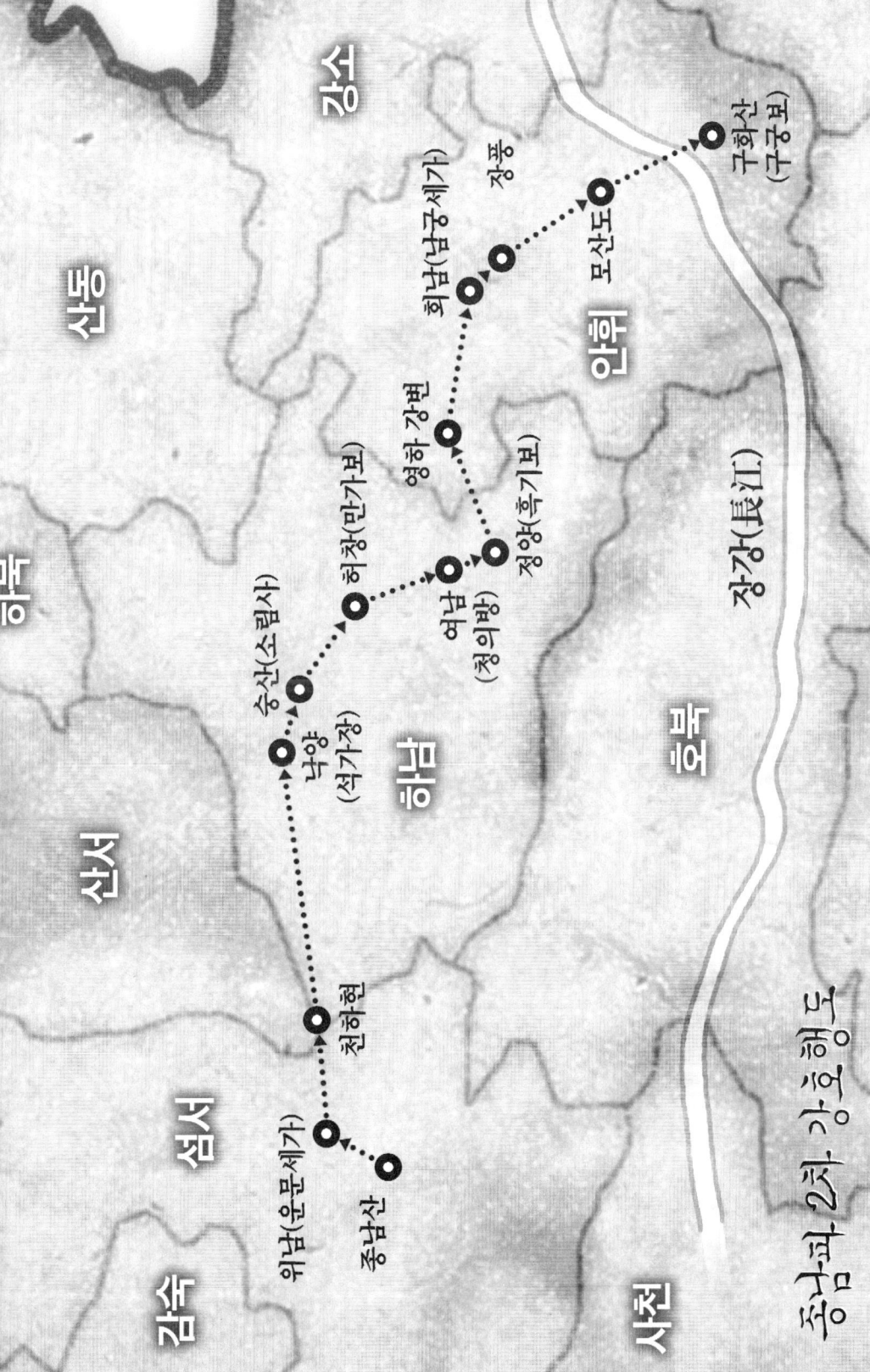

제 219 장
일검승부(一劍勝負)

제219장 일검승부(一劍勝負)

날은 이미 어둑어둑해져서 안력을 집중시키지 않으면 앞에 있는 사람의 얼굴도 제대로 알아보기 힘들 정도였다. 멀리 펼쳐진 짙은 수림과 병풍처럼 늘어선 산들이 마치 검은 장막을 뒤집어쓴 거대한 석상 같아 보였다.

진산월은 용영검을 든 채 조용한 시선으로 운중용왕을 응시하고 있었다. 단순히 손에 검 한 자루가 쥐였을 뿐인데, 그는 조금 전과는 확연히 달라 보였다. 마치 몸 전체가 하나의 예리한 보검으로 이루어진 것 같았다.

한동안 묵묵히 진산월을 응시하고 있던 운중용왕의 입에서 나직한 감탄성이 흘러나왔다.

"정말 굉장한 무형지기로군. 검이 일정 수준에 다다르면 사람이 곧 검이고 검이 곧 사람인 경지에 오른다고 하는데, 이제 약관을 조금 넘은 네가 그런 경지에 올라 있는 줄은 몰랐다."

두 사람 모두 바닥에 널브러져 있는 무정구도수나 한쪽에 서 있는 소조림은 신경도 쓰지 않는 모습들이었다.

"내가 이들을 쓰러뜨리면 당신의 솜씨를 보여 준다고 했던 것 같은데……."

운중용왕은 전혀 당황하거나 꺼리는 빛을 보이지 않고 오히려 뒷짐을 진 채 당당한 음성을 내뱉었다.

"내 솜씨를 보고 싶다고? 그럼 무얼 망설이는 거냐?"

진산월은 운중용왕이 좀처럼 먼저 손을 쓸 기색이 없는 듯하자 천천히 그를 향해 몸을 움직였다. 그가 막 두 번째 걸음을 떼어 놓으려 할 때였다.

파아아…….

기척도 없이 그의 발밑에서 하나의 인영이 튀어 올라왔다. 인영의 손에 쥐인 기형검에서 뿜어져 나오는 시퍼런 검광이 그의 몸을 그대로 양단해 버리는 것 같았다.

천하의 진산월도 이 순간만큼은 놀라지 않을 수 없었다. 그 인영의 검이 땅을 뚫고 솟아오를 때까지도 전혀 아무런 낌새를 느끼지 못했던 것이다. 인영의 검이 자신의 몸을 갈라 오는 속도가 어찌나 빨랐던지 피부에 무언가 오싹함을 느꼈을 때는 이미 땅속에서 나온 검이 거의 옷자락에 닿아 있었다.

옷이 베이며 피부가 막 검광에 갈라지려는 순간에 진산월은 기적적으로 용영검으로 검을 막을 수 있었다.

깡!

귀청을 찢어발길 듯한 격렬한 음향이 장내를 뒤흔들었다.

진산월은 한 걸음 물러난 채 자신의 옷자락을 내려다보았다.

무릎 부분에서 아랫배를 지나 가슴에 이르는 부위가 그대로 갈라져 맨살이 훤히 드러나 보였고, 피부에 일직선으로 가느다란 혈선(血線)이 그어져 한두 방울씩 피가 흘러내렸다. 아랫배에서 이어진 혈선은 정확히 심장 부위를 향하고 있었다. 조금 전에 그는 하마터면 땅에서 솟구쳐 올라온 검에 심장이 그대로 잘릴 뻔했던 것이다.

진산월이 그 살인적인 암습을 막을 수 있었던 것은 첫째로 오랜 시간 심력을 다해 수련을 해 오면서 숙성된 초인적인 반사 신경 때문이었고, 둘째로 암습자의 검이 다른 부위가 아닌 그의 심장을 노리고 날아들었기 때문이다.

만약 암습자가 다리나 단전을 목표로 했다면 진산월은 도저히 피하지 못했을 것이다. 검이 아랫배를 지나 가슴으로 다가오는 그 짧은 순간에 검을 막은 것은 거의 기적에 가까운 일이었다. 그럼에도 완벽하게 막지 못하고 피부가 일직선으로 베이고 말았다.

진산월은 천천히 고개를 쳐들었다. 그의 앞에는 전신에 갈삼을 입은 평범한 체구의 인영이 서 있었다. 인영의 손에는 시퍼런 빛을 발하는 송곳 모양의 기형검이 쥐여 있었는데, 안력이 날카로운 사람이라면 그 기형검의 끝이 한 치쯤 부러져 있다는 것을 알 수 있을 것이다.

갈삼인은 한차례 몸을 부르르 떨더니 돌연 시커먼 핏덩이를 토해 냈다.

"우웩!"

갈삼인의 이마에 매인 두건이 풀어져 머리가 봉두난발처럼 풀어헤쳐졌고, 안색은 백지장처럼 창백해졌다. 갈삼인은 거의 한 사발이나 피를 토해 내고서야 간신히 신형을 안정시킬 수 있었다.

"후…… 정말 대단하군, 대단해. 그 거리에서 내 교탈혼(巧奪魂)을 막아 낼 줄은 정녕 상상도 못했소."

갈삼인의 입에서 감탄인지 탄식인지 모를 소리가 흘러나왔다. 진산월은 그의 얼굴을 가만히 바라보고 있다가 조용한 음성을 내뱉었다.

"풍도라고 했던가?"

갈삼인은 피범벅이 된 이빨을 드러내며 웃었다.

"용케도 나를 기억하고 있구려."

갈삼인은 장안 대호 이세적의 회갑연에서 보았던 풍도라는 인물이었다. 당시 진산월은 이존휘의 소개로 그를 만났으며, 나중에 그가 바로 공료의 지시로 이세적을 죽인 흉수임을 알게 되었으나 그 뒤로 행방이 묘연해져서 아직도 진실한 정체를 알지 못하는 인물이었다.

진산월은 이존휘에게서 그가 쾌의당주의 제자라는 사실을 들었기에 교탈혼이라는 말에 문득 떠오르는 생각이 있었다.

"방금 전의 그것이 탈혼검의 수법인가?"

"탈혼검의 두 번째 초식이지. 마지막 초식인 색탈혼(穡奪魂)이었다면 아무리 당신이라도 피하지 못했을 거요."

진산월은 왼손으로 자신의 가슴 부위를 어루만지며 고개를 끄덕였다.

"확실히 그랬을 것 같군. 하지만 아쉽게도 당신이 펼친 건 두 번째 초식이었지."

풍도의 얼굴에 한 줄기 쓴웃음이 스치고 지나갔다.

"나는 그 초식밖에는 배우지 못했소. 지금까지는 그것만으로도 충분하다고 생각했는데, 지금은 왠지 억울한 생각이 드는군."

마도 최강의 살인 수법이라는 탈혼검은 세 개의 초식이 있었다. 첫째는 측탈혼(側奪魂)으로, 이것은 전문적으로 사람의 인후혈을 노리는 초식이었다. 두 번째가 바로 풍도가 익힌 교탈혼으로, 오직 심장만을 노린다.

그리고 마지막인 색탈혼은 상대의 미간을 가르는 수법으로, 사실 이 색탈혼이야말로 진정한 탈혼검의 정수(精髓)라고 할 수 있었다. 익히면 가히 죽음의 신이 될 수 있다고 알려져 있으나, 그만큼 익히기가 어려워서 지난 백 년간 강호상에서는 색탈혼의 수법이 나타난 적이 없었다.

풍도는 자신의 검을 내려 보다가 그 끝이 부러져 있는 것을 발견하고는 히죽거리며 웃었다.

"정말 처량한 꼴이 됐군. 이래서 영롱비를 쓰려고 했던 건데……."

영롱비라는 말에 진산월의 눈에 기광이 번뜩였다.

"그런데 왜 쓰지 않았나?"

풍도의 얼굴에 떠올라 있는 미소가 조금 더 짙어졌다. 왠지 흥겨움 보다는 쓸쓸함과 일말의 허탈감이 짙게 배어 있는 미소였다.

"그건 내 대사형이 가지고 있소. 이번 일에 쓰려고 잠시 빌리려고 했는데, 생각대로 안 됐지. 만약 그랬다면 결과 또한 지금과 달라졌을 거요"

영롱비는 천봉궁주가 아끼는 기병(奇兵)으로, 날카롭기가 천하에서 으뜸간다고 알려져 있었다. 취미사의 혈겁 때 흉수가 사용한 후로 아무도 그 종적을 알지 못했는데, 풍도의 입으로 비로소 그 흔적이 발견된 것이다.

풍도는 풀어헤쳐져 어깨까지 늘어진 머리카락이 거추장스러운지 머리를 쓸어 뒤로 넘겼다. 진산월은 훤히 드러난 그의 양 미간 위쪽에 유난히 푸른 힘줄 한 가닥이 돋아나 있는 것을 볼 수 있었다.

진산월의 시선이 자신의 미간에 고정되어 있자 풍도는 그 부위를 쓰다듬었다.

"우리들은 이걸 인혼선(引魂線)이라고 부르지. 이걸 없애는 게 탈혼검을 익힌 사람들의 평생의 숙원이오."

"그렇다면 당신들 사형제는 모두 두건을 쓰고 다니겠군?"

"그렇소. 하지만 너무 믿지는 마시오. 내가 아는 자들 중 적어도 두 사람은 인혼선을 없앴으니까."

"어떻게 말인가?"

"색탈혼을 어느 수준 이상 익히면 사라진다고 하더군."

"그 두 사람은 혹시 쾌의당주와 당신의 그 대사형이란 자인가?"

풍도는 그 말에는 아무런 대꾸도 없이 끝이 부러진 기형검을 천천히 쳐들어 그 부러진 단면에 자신의 손가락을 슬쩍 갖다 대었다. 손가락 끝이 갈라지며 한 방울의 핏물이 흘러나왔다. 풍도는 기형검을 타고 흘러내리는 핏줄기를 바라보고 있더니 손을 흔들어 기형검에 묻은 핏방울을 떨쳐 냈다.

"부러지긴 했지만 내 봉미검(蜂尾劍)은 아직도 충분히 예리하오. 사실 교탈혼을 제대로 펼치기엔 땅속은 별로 좋은 장소가 아니었소. 이제 진짜 교탈혼의 맛을 보여 주겠소."

두 발을 가볍게 벌린 채 기형검을 든 손을 자연스럽게 늘어뜨리고 있는 풍도의 모습은 어딘지 모르게 허허로워 보였다. 두 눈을 반개한 채 가만히 진산월을 응시하고 있는 얼굴에는 아무런 표정도 떠올라 있지 않아 마치 가면을 쓴 꼭두각시를 보는 것 같았다.

생사(生死)를 초월한 듯한 그 모습에 진산월은 내심 마음이 무거워졌다. 단 일검에 승부를 판가름 내겠다는 상대의 의도를 읽었던 것이다.

원래 이러한 일검의 승부는 쾌검을 익힌 자가 절대적으로 유리한 법이었다. 전력을 다해 자신이 펼칠 수 있는 가장 빠르고 강력한 일격으로 승부를 결정짓는 것은 본디 쾌검수들의 전유물과도 같았다. 이러한 쾌검을 상대하기 위해서는 자신 또한 단 일검에 모든 것을 내걸 수밖에 없었다.

진산월이 알고 있는 가장 빠른 초식은 유운검법 중 추운축전이었다. 하나 진산월은 이 추운축전으로 강호의 전설적인 살인 수법인 탈혼검의 초식을 이길 수 있을지 선뜻 장담할 수 없었다.

단순히 무공을 겨루거나 정상적인 대결이었다면 풍도는 결코 진산월의 십초지적(十招之敵)이 되지 못한다. 하나 지금과 같은 일초의 승부는 누구도 승리를 확신할 수 없었다.

금시라도 터질 듯한 팽팽한 긴장감이 장내에 감돌면서 주위가 갑자기 조용해졌다. 운중용왕은 물론이고 소조림 또한 침묵을 지킨 채 두 사람을 지켜보고 있었다. 아직 누구도 검을 뽑지 않았지만 이미 주위는 온통 삼엄한 기운에 휩싸여 질식할 듯한 압박감이 장내의 공기를 무겁게 짓누르고 있었다.

소조림은 자신도 모르게 몸을 부르르 떨며 두 팔로 자신의 몸을 감싸 안았다. 기온이 갑자기 떨어진 것처럼 오슬오슬한 추위가 느껴졌던 것이다. 그것은 실제로 기온이 떨어졌기 때문이 아니라 그만큼 그들 두 사람이 뿜어내는 기운이 가공스러운 탓이었다.

사방은 이미 짙은 어둠에 가려 두 사람의 모습조차 흐릿하게 보일 정도였다. 그녀는 조금 더 안력을 돋우어 두 사람을 자세히 보려고 했다.

그녀가 서 있는 위치에서는 풍도의 뒷등과 진산월의 정면을 볼 수 있었다. 풍도의 뒷모습에서는 별다른 것을 느낄 수 없었지만, 마주 보이는 진산월의 얼굴은 의외로 평온해 보였다. 생사를 건 무시무시한 결전을 하고 있는 사람의 표정이라고는 믿기지 않을 정도로 담담하고 조용한 모습이었다. 그녀는 눈도 깜박이지 않은 채 진산월의 얼굴을 뚫어지게 주시했다. 마치 눈을 깜박이면 그 순간 그의 모습이 어딘가로 사라지기라도 한다는 듯.

그때 뜻밖의 일이 벌어졌다. 풍도를 주시하고 있던 진산월이 천천히 고개를 돌려 그녀를 쳐다보았던 것이다.

일검의 승부를 하는 사람이 상대에게서 고개를 돌리다니…….

그것은 그야말로 스스로 승부를 포기해 버리는 것과 마찬가지였다.

그녀가 아연해져서 입을 딱 벌리고 있을 때, 그녀와 시선이 마주친 진산월의 입가에 희미한 미소가 떠올랐다. 그 순간, 풍도의 몸이 움직였다.

검이 발출되는 광경은 그녀의 눈에 보이지도 않았다. 단지 그녀가 알 수 있는 것이라고는 무언가 희끗한 것이 두 사람 사이에 번뜩였다가 사라졌다는 것뿐이었다.

그녀는 눈을 크게 뜨고 장내를 주시했으나, 도무지 어찌 된 상황인지 알 수 없었다. 무심결에 그녀의 시선이 두 사람에게서 한쪽에 있는 운중용왕에게로 향했다. 운중용왕이라면 장내의 상황이 어떻게 된 것인지 알 수 있을 것 같았던 것이다.

운중용왕의 모습은 처음과 전혀 변함이 없었으나, 자세히 보니 흑포 사이로 빛나는 그의 눈이 거의 알아차리기 힘들 정도로 살짝 찌푸려져 있었다. 복면 사이로 그의 중얼거리는 듯한 음성이 흘러나왔다.

"검술에 심기까지…… 정말 보통 놈이 아니로군."

소조림은 퍼뜩 떠오르는 생각이 있어 다시 진산월과 풍도 쪽으로 시선을 돌렸다.

두 사람의 위치는 조금 달라져 있었다. 조금 전에는 풍도의 등과 진산월의 얼굴이 보였었으나, 지금은 두 사람의 몸이 조금 틀어져 그들의 옆모습이 드러나 보였다. 덕분에 그녀는 풍도의 얼굴에 떠올라 있는 표정을 알아볼 수 있었다. 풍도의 얼굴에 떠올라 있는 것은 경악과 고통, 그리고 한 줄기의 미소 어린 표정이었다.

그녀는 처음의 두 표정은 이해할 것도 같았으나, 마지막의 표정은 도무지 이해가 되지 않았다. 목덜미가 갈라진 사람이 지을 수 있는 표정이 아니었기 때문이다.

풍도의 목에 가느다란 혈선이 그어지더니 점차 시뻘건 핏물이 흘러내리기 시작했다. 풍도는 그런 상태에서도 여전히 괴이한 표정을 지은 채 진산월을 응시하고 있었다. 그러다 결국 한마디도 하지 못하고 바닥에 쓰러져 버렸다.

쿵!

그의 몸은 요란한 소리를 내며 바닥에 나뒹굴었다. 그와 함께 그의 손에 들려 있던 봉미검도 빛을 잃고 땅에 떨어졌다.

소조림의 시선은 자신이 흘린 피에 잠겨 있는 풍도의 싸늘히 식어 가는 시신에서 진산월에게로 향해졌다.

진산월은 문득 고개를 돌려 그녀를 바라보더니 예의 엷은 미소를 지어 보였다.

"고맙소."

무엇이 고맙다는 것일까?

그녀는 알 듯 모를 듯 해서 야릇한 표정으로 그를 가만히 응시하고 있었다.

"소저 덕분에 그의 평정심을 흔들 수 있었소."

진산월의 이어지는 말에 비로소 그녀는 일의 내막을 짐작할 수 있었다.

 조금 전의 대결에서 진산월은 풍도에 비해 결코 우세한 입장이 아니었다. 쾌검의 결투에서 그가 익힌 어떤 검법도 탈혼검의 초식보다 속도 면에서 빠르지 않았기 때문이다.

 탈혼검의 교탈혼은 단 한 가지의 단점을 제외하고는 정말 완벽한 쾌검식이었다. 그 한 가지 단점이란, 교탈혼이 노리는 부위가 오직 상대의 심장뿐이라는 것이었다.

 풍도가 교탈혼을 익히고 있다는 걸 모르는 상태였다면 진산월은 어쩌면 쾌검의 승부에서 패했을지도 몰랐다. 하나 풍도는 스스로의 입으로 교탈혼을 이야기했고, 자신이 그 초식 하나만을 익혔음을 밝혔다. 별다른 생각 없이 내뱉은 말이었겠으나, 그것이 결국 승부를 결정짓고 말았다.

 서로 기세를 끌어 올리는 대치 상태에서 진산월은 철저하게 자신의 심장 부위를 보호하는 데 전력을 기울었다. 그 때문에 풍도는 교탈혼을 발출할 기회를 찾느라 한참 동안 시간을 허비해야 했다. 온 신경을 집중해야만 발출할 수 있는 교탈혼의 특성상 그것은 그야말로 막대한 심력을 소비하는 일이었다.

 그런 교착 상태에서 진산월은 문득 자신을 바라보는 시선을 느꼈다. 소조림이야 진산월의 얼굴이 정면으로 보이는 위치에 서 있었기 때문에 그들의 대결에 관심을 집중시키느라 무심결에 진산월을 바라본 것이었으나, 그 순간 진산월은 교착 상태를 깰 방법을 생각해 낼 수 있었다.

 그는 풍도의 교탈혼을 방비하는 자세에서 벗어나 그녀를 향해 미소 지었다. 그것은 풍도에게는 커다란 기회를 줌과 동시에 냉정하게 가라앉아 있던 그의 평정심을 산산이 깨뜨리는 결과를 불러왔다. 풍도는 진산월이 자신의 등 뒤를 보며 미소를 짓자 처음에는 기회를 잡았다고 생각하고 교탈혼을 전개하다가 문득 덜컥 의심이 들었던 것이다.

자신의 등 뒤에는 자신과 같은 편밖에 없을 텐데 진산월이 가슴을 꿰뚫리는 위험을 무릅쓰고 그쪽을 보며 미소를 지을 하등의 이유가 없었던 것이다. 그런 마음속의 흔들림이 순간적으로 그의 손길을 늦추었다.

그것은 실로 거의 느낄 수도 없을 만큼 미약한 차이였으나, 진산월에게는 그것만으로도 충분했다. 풍도가 발출한 교탈혼이 채 가슴에 와 닿기도 전에 진산월의 용영검이 그의 목을 가르고 지나가 버렸던 것이다. 풍도가 마지막에 지었던 표정은 진산월의 심기에 너무도 쉽게 빠져 버린 자기 자신에 대한 통렬한 비판이 담긴 조소(嘲笑)였다.

하나 풍도를 쓰러뜨린 진산월의 마음도 결코 편하지는 않았다. 평정이 흔들린 상태에서도 풍도의 교탈혼은 그의 검보다 확실히 빨랐던 것이다.

그런데도 풍도가 쓰러진 것은 진산월이 그의 교탈혼을 한 번 경험하여 검이 움직이는 노선을 어느 정도 파악하고 있었기 때문이다. 그래서 진산월은 풍도의 검이 움직이는 순간에 몸을 옆으로 비틀어 봉미검에서 자신의 심장으로 이어지는 검의 노선을 최대한 멀어지게 함과 동시에 자신은 추운축전에서 숨어 있는 변식을 제거하여 최고의 속도를 가진 검초를 펼쳤던 것이다. 그의 예상은 그대로 적중하여 풍도의 교탈혼이 미처 그의 심장에 도달하기도 전에 그의 용영검이 풍도의 목덜미를 자를 수 있었다.

숨 막히는 결전이었으나 어쨌든 승부는 분명하게 판가름이 났다. 진산월은 여전히 쾌검에 대한 숙제를 가진 셈이었으나, 그 점에 대해서는 차차 고민해 보기로 했다. 아직 상황은 종료된 것이 아니었다.

풍도마저 쓰러뜨린 진산월이 다시 용영검을 든 채로 운중용왕에게 다가갔다. 운중용왕은 여전히 석상처럼 그 자리에 우뚝 선 채 자신을 향해 다가오는 진산월을 말없이 바라보고 있었다. 그러다 진산월이 막 오 장 이내로 다가왔을 때 비로소 입을 열었다.

"나는 어떤 일을 진행할 때 늘 세 가지 수(手)를 준비하지. 설마 네가 나로 하여금 세 번째 수까지 꺼내게 할 줄은 몰랐다."

진산월은 비로소 걸음을 멈추고 짤막하게 물었다.

"남은 한 가지 수가 뭐요?"

무정구도수와 풍도가 운중용왕이 준비한 두 가지 수였다면, 그의 두 수는 무척 효과적이었다고 할 수 있을 것이다. 검을 빼앗긴 상태에서 진산월은 무정구도수에게 고전을 면치 못했으며, 풍도의 암습은 그를 거의 죽음으로 몰고 갈 뻔했다. 그렇다면 남은 마지막 한 수는 더욱 치명적일 게 분명했다.

"나는 네 검법의 유일한 약점이 쾌검이라고 생각해서 탈혼검을 익힌 풍도를 준비한 것인데, 네가 풍도를 꺾은 이상 검으로 너를 상대하는 것은 매우 미련한 짓임을 알게 되었다. 그러니 이제 방법을 달리해 볼 생각이다."

"어떻게 말이오?"

"강공책이 실패했으니 유화책을 쓰는 게 순리겠지. 나는 너와 한 가지 흥정을 하고 싶구나."

진산월은 멀거니 운중용왕을 쳐다보았다. 금시라도 목숨을 건 무서운 결전이라도 벌일 줄 알았는데 전혀 예상치 못했던 말을 태연히 내뱉고 있으니 그의 의중을 전혀 짐작할 수 없었던 것이다.

"우리 사이에 그런 일이 가능하다고 보시오?"

"물론이지. 세상에 흥정하지 못할 일은 존재하지 않는다. 설사 방금 전까지 칼을 맞대고 싸웠던 사이라고 할지라도 말이지."

운중용왕의 확신에 가득 찬 음성은 듣는 사람의 마음을 묘하게 자극하는 무언가를 담고 있었다. 그래서 진산월은 묻지 않을 수 없었다.

"나와 무슨 흥정을 하자는 거요?"

"사람 하나와 물건 하나를 바꾸는 것이다."

"나를 살려 줄 테니 물건을 내놓으라는 말이오?"

"네가 나에게 물건 하나를 내주면 나도 너에게 사람 하나를 건네주겠다는 말이다."

진산월의 눈빛이 날카로워졌다. 운중용왕의 말에 무언가 불길한 상상이 떠오른 것이다.

"물건은 천룡궤를 가리키는 것일 테고, 사람은 누구를 말하는 거요?"

운중용왕은 흑포 사이로 나직하게 웃었다.

"한번 상상해 보아라."

마치 함정에 빠진 상대를 조롱하는 것 같은 그의 음성에 진산월의 마음은 한층 더 무거워졌다. 불길한 마음이 더욱 강해진 것이다.

진산월은 여기서 자신이 선택을 해야 한다는 것을 깨달았다. 이대로 계속 운중용왕과 대화를 나누든지 아니면 당초 결심했던 대로 그와 생사를 가름하는 싸움을 벌이든지 결정을 해야 하는 것이다.

싸움을 벌인다면 승패를 장담할 수는 없겠지만, 상대의 의중에 끌려가지 않고 자신의 힘으로 상황을 타파해 나갈 수 있을 것이다. 하나 마음 한구석에는 운중용왕이 말한 대상에 대한 의구심을 언제까지고 갖고 있게 될 것이다.

반면에 대화를 계속한다면 필연적으로 운중용왕이 말한 흥정을 하게 될 것이고, 결과야 어찌 되었건 그의 의도에 휘말리지 않을 수 없을 것이다.

대화를 하느냐, 싸우느냐? 선택의 기로에서 진산월이 자신의 마음을 막 결정하려 할 때였다. 그의 마음속을 들여다보기라도 한 듯 운중용왕이 짤막한 한마디를 내뱉었다.

"내가 건네려는 자는 네가 마음속으로 생각하고 있는 바로 그 사람이다."

그는 이내 한마디를 덧붙였다.

"아니 그녀라고 해야 맞겠군."

진산월은 하마터면 무거운 한숨을 내쉴 뻔했다.

왜 꼭 불길한 상상은 늘 들어맞는 것일까?

사실 처음부터 그는 그 점이 불안했었다.

쾌의당에서는 자신을 유인하기 위해 그녀의 마차를 이용했다. 그렇다면 그들이 마차의 주인까지 이용하지 말라는 법이 없지 않겠는가? 진산월이 운중용왕을 향해 선뜻 검을 휘두르지 못한 이유도 마음 한구석에 그녀의 안위에 대한 우려가 도사리고 있기 때문이었다.

운중용왕은 줄곧 진산월의 얼굴에 시선을 고정시킨 채 그의 표정을 유심히 살피고 있었다. 하나 적어도 외관상으로는 어떠한 변화도 알아차릴 수 없었다.

운중용왕은 한 번 더 찔러 보기로 했다.

"그녀의 행방을 알기 위해 나는 무척 많은 노력을 기울여야 했다. 하지만 마침내 성공할 수 있었지."

운중용왕은 턱으로 부서진 마차의 잔해를 슬쩍 가리켰다.

"너도 이미 짐작했겠지만 저 마차는 네 사매가 타고 있던 바로 그 여의신거(如意神車)다. 다른 건 위조할 수 있어도 저 마차에 달려 있는 여의천둔렴은 절대로 모방할 수 없는 것이지."

진산월은 아무런 대꾸도 하지 않은 채 묵묵히 그를 바라보고만 있었다. 운중용왕은 그의 그런 모습은 조금도 개의치 않은 듯 오히려 입가에 엷은 미소를 지어 보였다.

"오해할까 봐 미리 밝혀 두는데, 여의신거를 저렇게 만든 것은 내 솜씨가 아니다. 나 같으면 저런 귀한 물건은 어떤 식으로든 잘 보존시켜 내 것으로 만들려고 했을 것이다. 저런 귀물(貴物)을 파

괴해 버리다니 정말 무식한 짓이지. 쯧."

운중용왕은 짐짓 혀를 차더니 한층 무거워진 음성을 내뱉었다.

"그녀의 행방을 알고 싶다면 내게 물건을 넘겨라. 그녀에게는 그리 많은 시간이 남아 있지 않다."

침묵을 지키고 있던 진산월이 그 말에 눈을 빛내며 조용한 음성으로 물었다.

"그녀는 무사하오?"

"아직까지는. 그녀를 보호하는 자들 중 몇 사람은 실력이 좋은 고수들이어서 당분간은 누구도 그녀를 해칠 수 없을 것이다. 적어도 내일 아침 해가 뜰 때까지는 말이지."

"아침 해가 뜨면 어떻게 되는 거요?"

"그들로서는 감당하기 힘든 인물이 그녀를 찾아갈 것이다."

"그가 누구요?"

운중용왕이 입가에 떠올라 있는 미소가 조금 더 짙어졌다.

"죽지 못해 사는 노독물(老毒物)이지."

진산월은 머리를 굴려 보았으나 선뜻 떠오르는 인물이 없었다.

"조금 더 밝혀 보시오."

"네가 나와의 흥정을 승낙하면 그녀를 찾아가게 될 테고, 그러면 그와는 자연스레 만나게 될 테니 그가 누구인지도 알 수 있을 것이다. 그리고 흥정이 깨어진다면 그가 누구이든 신경 쓸 게 없지 않겠느냐?"

진산월은 잠시 생각에 잠겼다가 다시 물었다.

"그도 쾌의당의 인물이오?"

운중용왕은 한차례 어깨를 으쓱거렸다.

"그것도 그를 만나면 알게 될 것이다. 아무튼 나는 오늘 오후에 그 노독물이 이곳에서 백 리쯤 떨어진 곳에 도착했다는 소식을 들었다. 그 노독물의 성격상 아마 늦어도 내일 아침이면 그녀가 있는 곳에 도착할 것이다."

"그가 왜 그녀를 뒤쫓는단 말이오?"

운중용왕은 아무 대꾸도 하지 않고 고개만 내저었다. 궁금하면 직접 알아보라는 무언의 신호였다.

진산월은 그녀의 마차를 습격하고 지금 그녀를 추격하고 있는 무리들이 누구인지 물으려다 포기해 버렸다. 운중용왕의 태도로 보아 더 이상의 어떤 대답도 듣기 힘들다는 것을 알아차렸기 때문이다.

진산월은 마지막 질문을 던졌다.

"내게 이런 사실을 알려 주는 이유가 뭐요?"

이번에는 운중용왕의 대답을 들을 수 있었다.

"어차피 내 목표는 네가 아니라 천룡궤다. 네가 본 당의 고수들을 죽이고 몇몇 용왕들과 사이가 좋지 않다는 건 알고 있지만, 나는 개인적으로 너와 아무런 원한 관계가 없다. 그러니 힘들게 너와 투닥거리느니 보다 쉬운 방법이 있으면 그걸 따라가는 게 당연하지 않겠느냐?"

운중용왕은 차갑게 번뜩이는 눈으로 진산월의 얼굴을 뚫어지게 응시했다.

"이제 더 시간을 지체하는 것은 서로에게 결코 도움이 되지 않을 것이다. 흥정을 수락하겠느냐?"

진산월은 더 이상 머뭇거리지 않았다. 그는 주저 없이 품속으로 손을 넣어 하나의 상자를 꺼내 들었다. 상자는 어른의 주먹보다 조금 컸는데, 아무런 문양도 없이 거무튀튀한 광택을 뿌리고 있었다.

그 상자를 보는 순간 운중용왕의 두 눈에서는 확연히 알아차릴 수 있을 만큼 날카로운 신광이 뿜어져 나왔다. 심지어는 한쪽에서 말없이 그들의 대화를 듣고만 있던 소조림조차도 얼굴이 살짝 상기된 채 상자에서 시선을 떼지 못하고 있었다. 대체 재질도 알 수 없는 이 초라한 상자가 무엇이기에 이들이 이토록 관심을 기울이는지 기이한 일이 아닐 수 없었다.

진산월은 상자를 손에 든 채 물었다.

"당신이 원하는 것은 이것이오?"

"그걸 두드려 보아라."

진산월은 왼손으로 상자를 가볍게 두들겼다. 그러자 쇳소리도 아니고 그렇다고 나무를 두드리는 소리도 아닌 묘한 소리가 흘러나왔다. 마치 물속에 잠긴 종이 울리는 듯한 나직한 울림이었다.

운중용왕은 주저하지 않고 고개를 끄덕였다.

"불괴신목(不壞神木)으로 만들어진 천룡궤가 확실하군. 그걸 나에게 주면 그녀가 어디 있는지 알려 주겠다."

진산월은 의외로 고개를 내저었다. 뿐만 아니라 들고 있던 천룡궤마저 다시 품속으로 집어넣었다.

운중용왕의 음성이 처음으로 냉랭하게 굳어졌다.

"그건 무슨 뜻이냐? 설마 내 흥정을 거절하겠다는 것이냐?"

진산월은 특유의 담담한 음성으로 입을 열었다.

"그 흥정은 마음에 들지 않는 구석이 있소. 대신에 내가 다른 흥정을 제안하겠소."

"무슨 흥정을 말이냐?"

"사람과 사람을 교환하는 거요. 사람과 물건을 바꾸자는 당신의 흥정보다는 한결 공정한 것 같지 않소?"

운중용왕은 신광이 이글거리는 눈으로 진산월의 얼굴을 쏘아보며 딱딱한 음성을 내뱉었다.

"누구와 누구를 바꾸자는 말이냐?"

"엄밀히 말하면 한 사람의 행방과 한 사람의 목숨이오."

운중용왕은 코웃음을 쳤다.

"설마 그녀의 행방과 네 목숨을 바꾸겠다는 말이냐?"

"내가 아니라 당신이오."

그 말에 운중용왕의 전신에서 맹렬한 기세가 구름처럼 피어올랐다.

"네가 감히 나를 협박하는 것이냐?"

"협박이 아니라 제안이오. 그녀의 행방을 알려 주면 당신을 살려 주겠소."

운중용왕은 어처구니가 없는지 아무 대꾸도 없이 무시무시한 눈으로 진산월을 노려보았다. 진산월은 천천히 용영검을 뽑아 들었다.

"당신의 흥정과 내 흥정은 한 가지 결정적인 차이점이 있소."

"……!"

"당신의 흥정은 내게 선택권이 있지만, 내가 제안한 흥정은 당신에게 아무런 선택권이 없다는 거요."

그 말이 끝나자마자 진산월의 신형은 맹렬한 검광을 뿌리며 운중용왕을 향해 날아들었다. 아무도 없는 황량한 벌판은 삽시간에 섬뜩한 검광에 휩싸여 살벌하기 이를 데 없는 장소가 되어 버렸다.

일단 손을 쓰기 시작하자 진산월의 검은 정말 무서웠다. 운중용왕은 불과 몇 초도 지나지 않아 진산월의 검이 밖에서 보았을 때보다 더욱 가공스럽다는 것을 절실히 깨달았다.

파파파팍!

서릿발 같은 검광이 공간을 갈가리 찢어 놓을 듯 무서운 기세로 폭풍처럼 사방을 휘몰아쳤다. 그러다 갑자기 검광이 씻은 듯이 사라져 버렸다.

운중용왕은 처음의 자리에서 십여 장쯤 뒤로 물러난 곳에 서 있었는데, 입고 있는 흑포의 옆구리가 찢어져 맨살이 훤히 드러나 보였다. 더구나 머리에 뒤집어쓴 복면의 일부가 잘리는 바람에 반백의 머리카락 일부가 어깨 위로 흘러내려 낭패스러운 모습이었다.

그의 손에는 언제 뽑아 들었는지 두 자쯤 되어 보이는 철필(鐵筆)이 쥐어 있었는데, 철필을 든 손이 가늘게 떨리는 것이 그의 마음속 격동이 얼마나 큰 것인지를 여실히 보여 주고 있는 것 같았다.

그에 비해 진산월은 검을 뽑기 전과 조금도 달라진 것이 없어 보였다. 수중에 들려 있는 용영검이 특유의 우윳빛 검광을 흘리고 있는 것을 제외하고는 여전히 표정을 알 수 없는 담담한 모습을 유지하고 있었다.

진산월은 문득 자신의 왼쪽 소맷자락을 내려다보았다. 소맷자락 한 부분에 깨알 같은 구멍이 뚫려 있었다. 그 구멍이 한 치만 더 위로 올라갔어도 손등을 꿰뚫리고 말았을 것이다.

진산월의 시선이 천천히 운중용왕의 손에 들린 철필로 향했다. 거무튀튀한 철필은 시중의 병기점에서 흔하게 구할 수 있을 것처럼 평범해 보였다.

진산월은 그 철필을 한동안 물끄러미 바라보다가 혼잣말처럼 나직한 음성을 내뱉었다.

"일전에 강호의 괴이한 기문병기(奇門兵器)들에 대해서 들은 적이 있었소. 그중에 호신강기를 두부처럼 뚫고 들어가 사람의 몸에 피구멍을 내는 병기가 있는데, 혈공필(血孔筆)이라고도 하고 줄여서 혈필(血筆)이라고 부른다고도 하더군."

운중용왕은 이내 냉정을 되찾았는지 손에 든 철필을 장난처럼 가볍게 흔들었다.

"안목이 놀랍군. 이게 바로 혈필이다."

운중용왕의 손에 들린 혈필은 처음에는 가볍게 흔들리더니 점차 움직임이 커져서 이내 살아 있는 생명체처럼 그의 손안에서 자유자재로 움직이고 있었다. 금시라도 그의 손을 튀쳐나와 허공을 날아오를 것 같은 혈필의 움직임은 운중용왕의 기에 대한 운용이 가히 절정의 경지에 이르러 있음을 생생하게 나타내는 것이었다.

"너는 번번이 내 예상을 깨는구나. 네가 내 제안을 거절한 것은 확실히 뜻밖이다. 네 검 또한 생각보다 날카로웠다. 하지만 내 손에서 병기를 꺼내게 했으니 너는 단단히 각오하는 게 좋을 것이다."

음성이 미처 끝나지도 않았는데 그의 몸은 어느새 진산월의 코앞으로 다가오고 있었다. 그와 함께 그의 손에서 움직이고 있던 혈필이 한 가닥 광선처럼 진산월의 목덜미를 향해 쏘아져 왔다.

진산월은 피하거나 물러서지 않고 용영검을 앞으로 찔렀다.

땅!

귀청이 떨어질 듯한 마찰음과 함께 운중용왕의 혈필과 용영검이 허공에서 맹렬하게 맞부딪쳤다. 용영검을 든 진산월의 손끝이 짜릿하게 저려 왔다.

그때 용영검과 부딪힌 혈필의 뾰쪽한 끝 부분이 갈라지며 그 안에서 날카로운 쇠침이 튀어나왔다. 쇠침은 거의 알아차릴 수도 없을 만큼 순식간에 진산월의 미간으로 쇄도해 들어왔다. 진산월은 간신히 머리를 옆으로 비틀어 쇠침을 피했으나 그 바람에 목덜미를 찔러 오는 혈필의 공세에 그대로 노출되어 버렸다.

진산월이 용영검으로 혈필을 막으려 할 때 이번에는 운중용왕의 왼손 소맷자락이 살짝 흔들리더니 무언가 시커먼 것이 튀어나와 진산월의 아랫배를 찔러 왔다. 그때 진산월은 막 용영검으로 자신의 목을 찔러 오는 혈필을 막고 있었기 때문에 도저히 그 암습을 피하거나 막을 길이 보이지 않았다.

절체절명의 순간, 진산월의 신형이 한차례 흔들리며 앞으로 한 걸음 움직였다. 양어깨는 가만히 있는데 몸통 자체만 흔들리더니 운중용왕의 공세에서 벗어나 오히려 공격을 펼치기 좋은 위치에 도달해 있는 것이다. 운중용왕의 눈이 크게 뜨이는 순간, 어느새 진산월의 용영검이 그의 목덜미에 닿아 있었다.

운중용왕은 방금 전의 일이 믿어지지 않는지 한동안 두 눈에 괴이한 빛을 이글거리며 진산월을 쏘아보았다. 운중용왕이 조금 전에 사용한 수법은 이신수미(二神須彌)라는 것으로, 무형사(無形絲)와 혈필을 이용해서 순식간에 상대를 제압하는 최절정의 상승 무학이었다. 그런데도 진산월은 가벼운 동작만으로 이신수미를 피하고 오히려 자신을 제압해 버렸으니 운중용왕은 놀라움을 넘어 어이가 없을 지경이었다.

"방금 네가 펼친 보법이 무엇이냐?"

한참 후에야 운중용왕이 낮게 가라앉은 음성으로 물었으나 진산월은 아무 대꾸도 하지 않았다. 조금 전에 진산월이 다급한 상황에서 펼친 것은 철혈홍안이 알려 준 열두 걸음의 동작 중 하나였다. 그로서도 이름을 모르고 있으니 알려 주고 싶어도 알려 줄 수가 없는 상태였다. 다만 진산월은 철혈홍안의 그 보법이 당초의 예상보다 훨씬 더 신묘한 것임을 다시 한 번 절실하게 느꼈을 뿐이다.

"중요한 건 그게 아니오. 당신은 패했고, 이제 다른 선택의 길은 남아 있지 않다는 거요."

진산월이 조용한 음성으로 말하자 복면 밖으로 내비치는 운중용왕의 눈빛이 한차례 크게 흔들렸다. 자신이 진산월의 손에 제압당했다는 사실을 새삼 절감한 듯한 모습이었다. 운중용왕의 목덜미에 닿아 있는 용영검에서 점차 삼엄한 검기가 흘러나오기 시작했다.

"마지막으로 묻겠소. 흥정을 수락하겠소?"

운중용왕은 날카로운 눈으로 진산월을 쏘아보더니 짤막한 음성을 내뱉었다.

"이곳에서 이십 리 북쪽의 영하(穎河) 강변 부근에 있는 야산이다."

"너무 막연한 말이로군."

"내가 한 시진 전에 받은 보고로는 그녀는 분명 그곳에 있었다."

"지금은 그곳에 없을 수도 있다는 말이로군."

"그거야 네가 확인해 봐야 할 일이겠지."

그 말을 듣자 진산월은 갑자기 마음이 급해졌다. 한시라도 빨리 그곳에 가지 않으면 그나마 알게 된 그녀의 행방을 놓칠지도 모른다는 조바심이 들었던 것이다.

"흥정은 성립되었소. 다음에는 이렇게 쉽게 끝나지 않을 거요."

운중용왕의 목을 억압하고 있던 용영검이 어느새 스르르 사라지며 진산월의 신형이 허공을 날아가기 시작했다. 운중용왕은 그 자리에 우뚝 선 채 어둠 속으로 멀어져 가는 진산월의 뒷모습을 바라보고 있었다. 진산월의 훤칠한 신형은 순식간에 짙은 어둠에 가려 보이지 않게 되었다.

운중용왕은 무언가 골똘히 생각에 잠긴 모습이었다.

"종남파에 그와 같은 보법이 있었던가? 소림의 금강부동보(金剛不動步)보다 더 현묘하고, 무당의 세류표(細柳飄)보다 더 은밀해 보이니…… 어쨌든 예상한 대로 일이 흘러가기는 했지만 너무 맥없이 당하니 기분이 묘하군."

운중용왕이 용영검이 닿아 있던 자신의 목덜미를 주무르고 있을 때 지금까지 한쪽에 조용히 서 있던 소조림이 그에게로 다가왔다.

"괜찮으세요?"

운중용왕은 그녀가 보는 앞에서 진산월에게 맥없이 제압당하는 낭패스러운 상황을 맞았으면서도 그런 사실을 전혀 개의치 않는지 태도에 아무런 거리낌이 없었다.

"신검무적의 검이 절세의 보검이라고 하더니 아무래도 정말 그런 모양이다. 살짝 닿았을 뿐인데도 기이한 한기가 몸으로 침입해 아직도 얼얼하구나."

오히려 엄살을 떠는 듯한 그의 모습에 소조림은 순간적으로 의아한 생각이 들었다. 그녀가 알고 있는 운중용왕은 결코 도량이 넓거나 마음이 호활(浩闊)한 인물이 아니었기 때문이다.

'이상하구나. 그는 신검무적에게 패한 것이 아무렇지도 않은 것 같구나. 혹시…….'

그녀는 한 가지 생각이 퍼뜩 뇌리를 스치고 지나갔으나 자신의 입으로는 대놓고 물어볼 수가 없는 것이어서 슬쩍 다른 일을 먼저 거론했다.

"신검무적이 저렇게 쉽게 물러날 줄은 몰랐네요. 풍도를 죽일 때만 해도 한바탕 혈겁이라도 저지를 것 같더니 이상하군요."

"냉철한 심기에 결단력까지 갖추었으니 정말 상대하기 만만치 않은 녀석이다."

운중용왕이 진산월의 무공에 이어 다른 부분까지 칭찬하자 소조림은 다시금 의아함을 금할 수 없었다.

운중용왕은 쾌의당의 칠대용왕 중에서 정확한 신분이 드러나지 않은 유일한 인물이었다. 소조림조차도 그가 강호를 막후에서 좌지우지하는 거물 중 하나일 거라는 심증만 있을 뿐 그의 정확한 정체는 모르는 상태였다.

그동안 소조림이 지켜본 바로는 운중용왕은 치밀한 두뇌와 절대적인 능력의 소유자였고, 그만큼 자기 자신에 대한 자부심이 남다른 인물이었다. 그런 그의 입에서 자신을 꺾은 상대에 대한 칭찬이 나오니 소조림으로서는 놀라지 않을 수 없었다.

소조림이 계속 의아한 눈으로 자신을 바라보고 있자 운중용왕이 그녀를 힐끗 쳐다보더니 묵직한 음성으로 물었다.

"너는 그가 왜 나를 제압하고도 순순히 놓아주고 그렇게 급하게 돌아갔는지 아느냐?"

"신검무적은 일파의 장문인이니 그의 신분으로 자신이 입 밖에 내뱉은 말을 어길 수는 없었겠지요."

"흐흐…… 순진한 말을 하는군. 분명 신검무적은 거래 조건으로 나를 살려 주겠다고 했지. 그렇다면 내 목숨을 놓아주더라도 무공을 봉쇄하거나 팔다리를 불구로 만들 수도 있었다. 자신의 말을 어기지 않으면서도 나를 억제할 방법은 무궁무진하단 말이지. 그런데도 신검무적은 그렇게 하지 않았다."

"듣고 보니 정말 그렇군요. 신검무적은 대체 무슨 생각을 했던 것일까요?"

운중용왕의 안광이 어느 때보다도 날카롭게 번뜩였다.

"둘 중에 하나겠지. 나 정도는 언제든지 다시 제압할 자신이 있든지……."

"설마 그럴 리가요."

소조림은 운중용왕이 농담을 한다고 생각했는지 가볍게 웃으며 대꾸했으나, 운중용왕은 전혀 웃지 않고 냉정한 음성을 내뱉었다.

"그도 아니면 내가 멀쩡한 것이 자신에게 더 이롭다고 생각했던지……."

그 말에 소조림은 고개를 갸웃거리며 물었다.

"신검무적이 용왕님을 적으로 보지 않았단 말인가요?"

"내가 노리는 것이 자신의 목숨이 아니라 물건임을 알았으니 앞으로 어떤 일이 벌어질지 모르는 상태에서 굳이 원한을 맺을 필요는 없다고 생각했겠지."

소조림은 그의 말이 선뜻 믿어지지 않았으나 그렇다고 굳이 부인하지도 않았다. 운중용왕이 자신의 속마음을 쉽사리 겉으로 드러내는 사람이 아님을 잘 알고 있기 때문이었다.

"그래서 용왕께서도 굳이 그녀의 행방을 숨기지 않고 선선히 알려 주신 것이로군요."

그녀가 자신의 생각을 돌려 말하자 운중용왕은 냉소를 터뜨렸다.

"너는 내가 임영옥의 행방을 너무 쉽게 발설했다고 생각하느냐?"

"용왕께 무언가 깊은 심려(深慮)가 있는 건 알겠는데, 그 자세한 내막은 전혀 짐작도 못하겠군요."

"너는 영리한 여자아이다. 잔꾀도 많고 임기응변도 뛰어나지. 하지만 아직은 자신의 마음을 숨기는 데 미흡함이 보이는구나."

운중용왕의 말에 소조림은 몸을 움찔거리더니 이내 어색하게 웃었다.

"저를 칭찬해 주시는 건 고마운데, 무슨 뜻으로 하신 말씀인지는 정확히 모르겠네요."

"화중용왕이 이번 일을 나에게 맡겼지만, 지금도 너와 수시로 연락을 취하면서 이번 일에 뛰어들 기회를 노리고 있다는 걸 알고 있다. 내가 준비한 수가 무엇인지도 이미 짐작하고 있을 텐데 시치미를 떼다니 너답지 않은 어리석은 모습이었다고 말하고 있는 거다."

소조림의 얼굴에 떠올라 있는 어색한 미소가 그대로 굳어졌다. 그녀는 억지로 웃으려고 했으나 흑포 사이로 번뜩이는 운중용왕의 차가운 눈을 보자 더 이상 웃을 수가 없었다.

"내 앞에서 잔꾀를 부리려 하지 마라. 나는 여인을 존중해 주는 사람이지만, 내 눈에 네가 여자가 아닌 잔머리를 굴리는 모략가로 보인다면 너에게 결코 좋은 일은 아닐 것이다."

소조림은 한차례 전신을 가늘게 떨더니 이내 한숨을 내쉬며 머리를 조아렸다.

"사과드리겠어요. 용왕님을 속이려고 했던 건 아니에요. 단지 제가 용왕님의 수를 알고 있다는 걸 들키기 싫었을 뿐이에요."

운중용왕은 나직하게 웃었다.

"흐흐…… 너는 정말 네가 내 수를 알고 있다고 생각하느냐?"

소조림의 얼굴에 한 줄기 당혹감이 스쳤다.

"신검무적이 독에 강한 내성을 지니고 있기 때문에 독공의 고수를 상대하기 위해 신검무적을 함정에 끌어들이려는 것으로 알고 있습니다. 제가 잘못 알았나요?"

"그렇게 알고 있으면 됐다."

운중용왕이 시인도 부인도 아닌 이상한 대답을 하고 입을 다물자 소조림은 입술을 잘근잘근 깨물었다. 자신이 알고 있는 것 이상의 무언가가 있다는 느낌을 받았으나, 그것이 무엇인지 도무지 알 수 없었던 것이다. 그녀가 비록 두뇌가 뛰어나고 영특하여 화중용왕의 신임을 받고 있었지만, 강호에서 평생 동안 숱한 음모와 계략의 소용돌이를 헤쳐 온 운중용왕의 심모(深謀)에 비할 바는 아니었다.

운중용왕은 생각에 잠겨 있는 그녀를 힐끗 쳐다보더니 이내 몸을 돌렸다.

"전에 약조한 대로 이번 일은 어디까지나 내 몫이다. 네 사부에게 정히 끼어들고 싶으면 그만한 대가가 필요하다고 전해라."

소조림의 눈이 번쩍 뜨여졌다.

"대가라면……."

"예전에 네 사부가 산서철혈문을 초토화시켰을 때, 산서철혈문에서 가지고 나온 게 있다."

소조림의 입에서 자신도 모르게 나직한 신음성이 흘러나왔다.

"철혈무해(鐵血武解)……."

운중용왕은 고개를 끄덕였다.

"그 정도면 아쉬운 대로 내가 수용할 수 있지."

"하지만 철혈무해는……."

"선택은 어디까지나 네 사부의 몫이다. 너는 가서 그 말을 전하기만 하면 된다."

운중용왕의 칼을 자르듯 단호한 말에 소조림은 무거운 음성을 토해 낼 수밖에 없었다.

"알겠습니다."

"이번 일은 늦어도 내일 안에 결판이 난다. 그러니 서두르지 않으면 네 사부는 선택할 기회조차 얻지 못하게 될 것이다."

그 말을 끝으로 운중용왕의 신형은 어둠 속으로 사라져 버렸다. 나타날 때와 마찬가지로 어떻게 떠나갔는지 전혀 알 수 없는 신묘한 몸놀림이었다. 소조림은 허깨비처럼 없어져 버린 그의 모습을 찾을 생각도 없이 허공의 한 점을 응시하며 생각에 잠겨 있다가 나직한 음성으로 중얼거렸다.

"정말 조금도 손해 보지 않으려 하는군. 이번 일에도 도중용왕(刀中龍王)의 부하들과 당주의 제자만 허비하고 자기의 수족들은 전혀 피해를 입지 않았어. 사부님께서 왜 그를 그토록 싫어하는지 알 것도 같구나."
 그녀는 잠시 주위를 두리번거리다가 자신도 이내 몸을 날려 어둠 속으로 달려갔다.

제 220 장
천면묘객(千面妙客)

제220장 천면묘객(千面妙客)

어둠에 쌓인 서안의 뒷골목은 인적이 끊긴 지 오래였다.

달도 뜨지 않은 칠흑 같은 어둠 속을 치달려 가는 하나의 인영이 있었다. 인영의 몸놀림은 표홀하면서도 은밀했고, 속도 또한 빨라서 어지간한 시력을 가진 사람이라도 눈을 크게 뜨고 유심히 보지 않는 한 인영의 모습을 제대로 분간하기 힘들 정도였다.

인영은 검은색 장포를 걸친 삼십 대의 중년인이었는데, 가끔씩 내비치는 눈빛이 어둠 속에서도 알 수 있을 만큼 날카롭게 번뜩이고 있었다. 인영은 뒷골목의 지리에 익숙한지 한 치의 머뭇거림도 없이 복잡한 골목을 이리저리 돌아 하나의 장원으로 다가갔다.

장원은 골목의 구석진 곳에 위치해 있었는데, 현판도 없었고 담벼락의 군데군데가 금이 가거나 부서져 있어 퇴락해 보였으나 규모 자체는 제법 큰 편이었다. 흑포인은 굳게 닫힌 장원의 대문으로 다가가더니 일정한 박자를 맞춰 대문을 몇 차례 두드렸다.
 그러자 장원 안에서 나직한 음성이 흘러나왔다.
 "누구요?"
 "종 형(宗兄), 나요."
 곧이어 대문이 살짝 열리자 흑포인은 한차례 주위를 둘러보고는 열린 대문 안으로 들어갔다. 대문 뒤에는 짙은 청색 무복을 입은 삼십 대 중반의 인물이 대기하고 있다가 흑포인이 들어오자 날카로운 눈초리로 그를 주시했다.
 "이 시간에 이곳에는 무슨 일이오? 가급적이면 이곳에 오지 말라고 했지 않소?"
 "미안하오. 사정이 워낙 긴박해서 어쩔 수 없었소."
 "긴박한 사정이란 게 뭐요?"
 "오늘 임철형(任鐵炯)과 장대봉(章大奉)이 모두 철면호의 부하들에게 붙잡혀 갔소."
 청의인의 눈살이 살짝 찡그려졌다.
 "둘 모두 말이오?"
 "그렇소. 임철형은 오늘 새벽에 동생 집에서 습격당했고, 장대봉은 은밀히 사귀고 있던 여자의 집에 피신해 있었는데도 조금 전에 끌려가는 걸 내 눈으로 직접 보았소."
 "아니 어쩌다가……."
 청의인이 어처구니없다는 듯 혀를 차자 흑포인은 초조한 표정으로 대꾸했다.
 "아무래도 노가 놈이 우리의 비선(秘線)을 알아낸 것 같소. 더 지체하다가는 나에게까지 손이 미칠지 몰라 움직이지 않을 수 없었소."

청의인의 얼굴도 심각하게 굳어졌다. 임철형은 몰라도 장대봉은 눈치가 비상하고 조심성이 많은 인물이어서 종적이 드러나 상대에게 잡혔다는 게 선뜻 믿어지지 않았던 것이다. 그나마 둘 중 이곳의 위치를 알고 있는 사람이 없다는 것이 불행 중 다행이었다.

흑포인은 청의인을 바라보며 조심스러운 음성으로 물었다.

"그런데 유 대인(劉大人)은 안에 계시오?"

"잠시만 기다리시오."

청의인은 열린 대문을 닫기 위해 몸을 돌렸다.

장원은 대문 밖에서 본 것과는 달리 제법 깨끗했고 손질도 잘 되어 있었다. 화려하지는 않았으나 잘 가꾸어진 정원과 먼지 한 톨 없는 바닥을 보건대 사람의 손길이 구석구석까지 세심하게 닿아 있음을 어렵지 않게 알 수 있었다.

제법 넓은 정원을 가로질러 작은 월동문을 지나자 한 채의 전각이 나타났다. 전각 앞에는 호위무사인 듯한 네 명의 사내들이 서 있었으나, 전각 안으로 들어가는 청의인과 흑포인을 제지하지 않았다.

전각 안으로 들어서니 커다란 팔선탁이 놓인 널따란 대청이 나왔다. 팔선탁 주위에 몇 명의 인물들이 앉아 있다가 안으로 들어서는 그들에게 시선을 고정시키고 있었다.

가장 중앙에 있는 인물은 흰색 유삼을 걸친 준수한 용모의 사십 대 중년인이었고, 그 옆으로 이십 대 중반으로 보이는 미모의 궁장 여인과 얼굴이 길쭉하고 눈빛이 차가운 황삼인이 자리하고 있었다.

청의인이 재빨리 흰색 유삼의 중년인에게 다가가 무어라고 나직하게 소곤거렸다. 흰색 유삼의 중년인은 가만히 그의 말을 듣고 있다가 조용한 시선으로 흑포인을 쳐다보았다.

흑포인은 무심결에 그와 시선이 마주치자 움찔하여 고개를 숙였다.

"불쑥 찾아와서 죄송합니다."

흰색 유삼의 중년인은 빙그레 웃었다.

"아닐세. 오히려 사태가 그렇게 급박하게 진행되었는데도 미처 알아차리지 못하고 이곳에서 유유자적하게 지내고 있었으니 내 불찰이 크네."

"아닙니다, 대인."

"오늘 노해광에게 끌려간 자들은 모두 자네와 오랫동안 손발을 맞춰 왔던 자들이지?"

"그렇습니다."

"가슴이 아프겠군."

흑포인은 무어라 할 말이 없는지 가만히 고개를 숙였다. 흰색 유삼의 중년인은 담담한 표정으로 그를 응시하더니 다시 입을 열었다.

"자네의 모친께선 안녕하신가?"

"사실은 그 때문에 급히 대인을 뵈려고 한 겁니다."

"자당(慈堂)께 무슨 변고라도 생겼나?"

"그게 아니라, 어머님께서 아무래도 아버님의 도움이 필요하다고 하십니다."

"자네의 부친은 자네 문파의 일로 지금 안휘성(安徽省) 쪽에 계시는 걸로 아는데……."

"어머님은 사조님께 부탁을 해서라도 아버님을 이쪽으로 모셔오셨으면 하십니다."

흰색 유삼의 중년인은 잠시 생각하는 듯하더니 이내 고개를 끄덕였다.

"자네 집안의 일이니 자네가 알아서 하는 게 좋겠지."

"그래서 사조님을 급히 뵈어야 할 듯싶습니다. 그런데 사조님의 행방은 대인밖에 모르는지라……."

흰색 유삼의 중년인은 그 말에는 아무런 대꾸도 없이 엉뚱한 질문을 던졌다.

"방립, 자네가 나와 함께 일한 지 얼마나 되었나?"

흑포인, 방립은 잠시 생각하더니 신중한 음성으로 대답했다.

"이 년쯤 됩니다."

"짧지 않은 기간이군."

"그렇습니다."

"그런데 나는 왜 자네가 낯설게 느껴지지?"

뜻밖의 말에 방립은 움찔하여 그를 쳐다보다가 이내 송구스러운 표정을 지었다.

"아무래도 제가 아직 대인의 신임을 얻기에 미흡했나 봅니다."

"아닐세. 자네 가문은 정말 충심으로 나를 도왔네. 그 점에 대해서는 나도 늘 마음속으로 고마워하고 있지."

"그런데 왜 그런 말씀을 하시는지……"

흰색 유삼의 중년인의 입가에 의미를 알기 힘든 야릇한 미소가 떠올랐다.

"그동안 나를 위해 전력을 기울여 왔던 자네가 오늘은 낯선 타인처럼 느껴져서 말이지. 정말 이상한 일 아닌가? 지난 이 년 동안 그처럼 믿음직하고 충실했던 자네가 왠지 서먹해 보인단 말일세."

방립은 대꾸할 말이 없는지 묵묵히 그의 말을 듣고만 있었다.

흰색 유삼의 중년인은 지금까지 아무 말도 없이 조용히 앉아 있는 궁장 여인을 돌아보았다.

"제 말이 틀린 것 같습니까?"

궁장 여인은 고개를 저었다.

"아닐세. 나에게도 저자는 무척 낯설어 보이는군."

그녀의 음성은 그리 크지 않았으나 이상하게도 방립은 그녀의 음성을 듣는 순간 가슴이 덜컥 내려앉는 듯한 느낌이 들었다. 차분하면서도 매혹적인 음성이었으나 무언지 모를 한기가 느껴졌던 것이다.

방립이 우두커니 지켜보고 있는 가운데 흰색 유삼의 중년인과 궁장 여인은 계속 말을 주고받았다.

"제가 엉뚱한 생각을 한 건 아니군요. 그런데 아무리 봐도 겉으로는 전혀 이상한 점을 발견할 수 없으니 제 눈이 잘못된 것인가요?"

"그렇지 않네. 나도 분간할 수 없었으니 말일세."

"그렇다면 제 눈이 특별히 잘못된 것도 아니었군요. 정말 다행스러운 일입니다."

궁장 여인의 나이는 아무리 보아도 이십 대 중반 정도밖에 보이지 않았다. 그런데도 흰색 유삼의 중년인은 자신보다 훨씬 어려 보이는 궁장 여인을 대하는 태도가 몹시 정중하면서도 조심스러웠다.

"강호에서는 종종 남을 놀라게 하는 재주를 지닌 자들이 나타나고는 하지."

"그 말씀을 듣고 보니 문득 떠오르는 사람이 있군요."

"그가 누구인가?"

"요즘 장안 일대에서 가장 유명한 정보통이라는 철면호의 수족 중에는 아주 기이한 재주를 지닌 자들이 있다고 합니다. 그들을 삼묘(三妙)라고 부르는데, 그중 한 사람은 다른 사람의 목소리를 똑같이 모방할 뿐 아니라 변장에 능하고 관찰력이 뛰어나서 화신술(化身術)의 대가라고 하더군요."

"그리고 보니 나도 얼핏 그런 소문을 들었던 것 같군. 천 가지 얼굴로 바꿀 수 있다고 했던가?"

"그렇습니다. 사람들이 천면묘객(千面妙客)이라고 부른다고 하더군요."

"그런 재주를 지닌 자라면 꼭 만나 보고 싶군."

흰색 유삼의 중년인은 빙그레 웃었다.

"곧 만나게 되실 겁니다."

그의 시선이 천천히 방립에게로 향했다. 방립은 그때까지도 한쪽에 우두커니 선 채 그들의 대화를 듣고 있었다. 흰색 유삼의 중년인은 그의 얼굴을 빤히 쳐다보며 물었다.

"우리의 말을 어떻게 생각하나?"

방립의 얼굴에 쓴웃음이 떠올랐다.

"다 알면서 굳이 그렇게 물어보는 심보는 뭐요? 유화상단에서 유현상(劉玄翔)의 두뇌가 가장 비상하지만, 사람을 골탕 먹이기 좋아하고 술수에 능해서 독심낭군(毒心郞君)이라고 불린다고 하더니 틀린 말은 아니었구려."

지금까지 흰색 유삼의 중년인을 대하던 방립의 태도가 확연히 달라졌다.

흰색 유삼의 중년인은 유화상단의 주인인 유방현의 큰아들로, 유현상이라는 인물이었다. 유방현이 나이를 먹어 거의 반은퇴 상태인지라 현재 유화상단은 유현상이 실제로 이끌고 있다고 해도 과언이 아니었다. 그는 부드럽고 온화한 인상과는 달리 심계가 깊고 냉혹한 성격이어서 그를 아는 사람 중에 그를 두려워하지 않는 사람이 거의 없었다.

방립의 날카로운 말에도 유현상은 여전히 입가에 엷은 미소를 지은 채 조용한 음성을 내뱉었다.

"그럼 자네는 자신이 천면묘객 하응(夏鷹)임을 순순히 인정한단 말인가?"

"그렇소. 내가 바로 하응이오."

막상 방립이 선선히 시인을 하자 유현상은 새삼스러운 눈으로 그의 얼굴을 찬찬히 살펴보았다.

"정말 대단한 실력이군. 진실을 알고 나서도 전혀 분간이 안 되니 천면묘객이라는 외호가 이제야 실감이 나는군그래."

하응은 고소를 머금었다.

"나도 지금까지는 그렇게 생각했는데, 이제는 묘객이라는 이름에 자신이 없어졌소."

"우리가 너무 쉽게 자네의 변장을 알아차려서 말인가?"

"그렇소."

"자네는 실망할 필요 없네. 자네의 변장 자체는 완벽했네. 방금 전에도 듣지 않았나? 우리는 자네의 외형에서 아무런 문제점도 찾을 수 없었네. 단지 자네의 실수는 그녀가 누구인지 몰랐다는 것이지."

유현상의 말에 하응의 시선이 절로 궁장 여인에게로 향했다. 궁장 여인은 처음의 자세 그대로 단정하게 앉아 있었으나, 그녀를 처다보는 하응의 얼굴 표정은 진지하게 굳어 있었다. 유현상이 공대를 하는 장면을 본 이상 하응이 그녀의 정체를 알아차리는 것은 그다지 어려운 일이 아니었다.

"정녕 상상도 못했소. 당대의 여고수들 중에서 세 손가락 안에 꼽힌다는 광동원앙문의 문주인 쌍비경혼(雙飛驚魂) 천희방이 설마 이토록 젊은 여인의 모습일 줄은……."

하응의 놀라움은 당연한 것이었다.

천희방은 이미 오래전부터 강호 무림에서 혁혁한 명성을 날리고 있는 여고수였다. 하응이 기억하기로도 자신이 강호에 출도했을 때 이미 그녀의 명성은 무림을 진동하고 있었다. 그녀는 강남의 유수한 명문인 광동원앙문의 당대 문주일 뿐 아니라 방립의 어머니인 임유화의 사부였다. 얼핏 계산해 보아도 그녀의 나이는 적어도 육십을 훨씬 넘은 게 분명했다.

그런데도 겉으로 드러난 그녀의 모습은 아무리 많이 잡아도 삼십을 넘지 않아 보였으니, 아무리 눈치가 빠르고 관찰력이 뛰어난 하응이라 할지라도 자신의 눈앞에 있는 미모의 궁장 여인이 천희방 본인이라고는 짐작조차 하지 못했던 것이다. 기껏 천희방의 사손(師孫)인 방립으로 분장해 놓고는 천희방을 앞에 두고도 유현상에게 그녀의 행방을 물었으니 그의 정체가 드러난 것은 매우 당연한 일이었다.

하응이 방립으로 변장을 하면서까지 이곳에 단신으로 침입한 이유는 바로 천희방이 서안에 직접 왔는지를 확인하기 위해서였다. 그것은 그만큼 천희방이 부담스러운 존재라는 뜻이기도 했다.

이제 하응은 천희방의 행방을 알았을 뿐 아니라 그녀를 직접 마주하게 되었다. 하응으로서는 맡겨진 임무를 완수한 격이 되었으나, 그의 얼굴 표정은 오히려 무겁게 가라앉아 있었다.

자신을 이곳까지 안내했던 청의인이 살기등등한 미소를 지으며 자신을 향해 다가오는 것을 발견한 것이다. 청의인은 유현상의 오래된 측근으로, 혈수표(血手彪) 종효(宗曉)라는 인물이었다.

사실 하응의 변장술은 사람을 놀라게 할 정도로 뛰어나지만 무공은 그리 강한 편이 못되었다. 하응은 재빨리 머리를 굴려 보고는 장내에서 그나마 자기가 덤벼 볼 수 있는 사람이 유현상뿐임을 깨달았다.

하나 그가 유현상에게로 몸을 움직이기도 전에 천희방의 나직하면서도 사람의 마음을 묘하게 자극하는 그윽한 음성이 들려왔다.

"나 같으면 허튼수작을 부리다 팔병신이 되느니 순순히 잡히는 쪽을 택할 텐데, 묘객이라 불리는 너는 생각이 다르겠지?"

하응은 움찔하여 천희방을 슬쩍 돌아보고는 이내 한숨을 내쉬었다.

"제 생각도 마찬가지입니다."

천희방의 고운 손에 아이들 장난감 같은 작은 손도끼가 쥐여 있는 것을 발견한 것이다. 한 뼘 남짓 되는 작은 손도끼는 손잡이 부근에 홍실 매듭까지 묶여 있어서 앙증맞아 보이기까지 했다. 하나 그 손도끼가 바로 천희방을 누구나가 두려워 마지않는 강호의 절정 고수로 만들어 준 비천원앙월(飛天鴛鴦鉞)이었다.

대부분의 원앙월이 두 개의 월아(月牙)로 이루어진 데 비해, 그녀의 손에 들린 원앙월은 일반적인 도끼 모양에 양쪽으로 날이 있고 그 가운데에 여인의 섬섬옥수로 간신히 잡을 수 있을 정도의 짧은 손잡이가 달려 있었다. 전체적인 크기에 비해 도끼의 날이 무척 큰 편이어서 손잡이를 잡고 있으면 도끼의 양날이 손등을 거의 뒤덮을 정도였다.

알려지기로는 이 원앙월은 원래 청홍(靑紅) 수실의 한 쌍이 있었는데, 젊은 시절에 천희방이 자신의 정인(情人)에게 청실 원앙월을 정표로 주고 홍실 원앙월을 자신의 신물(信物)로 삼았다고 한다.

일단 그녀의 손에서 비천원앙월이 발출되면 핏빛 선혈이 뿌려지며 누군가의 목숨이 사라진다고 했다. 그래서 어떤 사람들은 비천원앙월의 붉은색 수실이 사람의 피로 물들여진 것이라고 떠들기도 했다.

그 유명한 무기가 천희방의 손에 쥐어 있는 걸 본 하응으로서는 감히 허튼수작을 부릴 엄두조차 낼 수가 없었다. 하응이 대항하는 것을 포기하자 그제야 유현상이 천천히 자리에서 일어나 그에게로 다가왔다.

"자네가 이곳에 온 것을 보니 방립과 그의 모친은 이미 자네들 수중에 넘어갔겠군."

"그렇소."

유현상은 한숨 섞인 탄성을 토해 냈다.

"허, 정말 대단한 사람이군. 내가 알기로는 철면호가 장안에 온 것은 사 년도 되지 않았다고 하는데, 그 짧은 시간 동안에 어찌 장안의 암흑가를 이토록 확실하게 장악할 수 있었을까?"

하응이 움찔하여 무어라고 말하려 하자 유현상은 고개를 내저었다.

"굳이 부인할 필요는 없네. 방립은 몰라도 그의 모친인 임유화는 이미 오래전부터 장안의 뒷골목에서 나름대로 탄탄한 입지를 구축하고 있었네. 그런데 철면호와 자네 조직은 불과 한 달도 안 되어 그녀의 수족을 몽땅 잘라 내고 그녀를 제거한 것일세. 장안의 암흑가를 자신의 손바닥 보듯 환하게 파악하고 있지 않았다면 불가능한 일이지."

하응은 아무 대꾸도 하지 않고 침묵을 지켰다.

유현상은 하응이 듣든 말든 혼잣말처럼 계속 말을 이었다.

"지금쯤이면 이번 일의 배후에 내가 있다는 것도 알아차렸겠군. 손 노태야를 직접 상대하는 게 껄끄러워서 철면호를 찔렀는데 이런 낭패를 당하게 되다니, 늑대를 피하려다 범을 만난 격이 된 셈인가?"

손 노태야였다면 설사 임유화의 정체를 알아차렸다 할지라도 그녀와 그녀의 수하들을 이토록 빠른 시간 내에 모조리 제거하지는 못했을 것이다. 임유화와 방립, 그리고 그들의 수하인 임철형과 장대봉은 결코 만만한 실력의 소유자들이 아니었다. 특히 임유화는 천희방의 수제자로서, 비록 여자의 몸이라고 해도 능히 강호의 일류 고수로 손색이 없는 인물이었다.

그런데 노해광은 임유화의 정체를 파악하자마자 전광석화와도 같은 기세로 그들을 모두 사로잡았을 뿐 아니라 오히려 자신의 수하를 방립으로 위장시켜 이곳에까지 침투시켰으니 그 방식의 대담함과 일을 추진하는 능력은 인정하지 않을 수 없었다.

유현상은 하응을 앞에 두고 정신 나간 사람처럼 대청 안을 이리저리 거닐었다. 무언가 골똘히 생각해야 할 일이 있을 때 방안을 왔다 갔다 하는 것은 유현상의 오래된 습관이었다. 하나 그의 이런 모습은 오래 계속되지 않았다. 갑자기 밖에서 누군가의 고함 소리가 들려오더니 이내 병장기 부딪치는 소리가 거푸 들려왔던 것이다.

유현상은 별로 당황하거나 놀라지도 않고 담담한 음성을 내뱉었다.

"철면호는 생각보다 성격이 급한 사람이로군. 하응이 들어온 지 이제 겨우 일각밖에 안 되었는데 더 이상 참지 못하고 쳐들어오다니……."

유현상의 말마따나 노해광은 하응에게서 아무런 신호가 없자 일이 잘못되었음을 직감하고 직접 수하들을 이끌고 이곳을 습격한 모양이었다.

지금도 밖에서는 욕설과 비명 소리, 병장기의 마찰음 소리가 거푸 들려왔으나, 장내의 누구도 다급해 하거나 불안해 하는 사람이 없었다. 유현상은 물론이고 천희방과 그녀의 옆에 앉아 있는 황삼인 또한 평온한 모습이었다.

그것을 본 하응의 표정이 무겁게 가라앉았다. 그들이 이런 순간에도 침착할 수 있는 것은 그만큼 자신들의 실력에 자신감을 가지고 있기 때문임을 알아차린 것이다.

천희방이 비록 광동원앙문의 고수로 자타가 공인하는 강호 무림의 절정 고수라고 해도 노해광이 그녀의 존재를 안 이상 그녀에 대한 대비책도 없이 쳐들어왔을 리는 없었다. 노해광은 언뜻 보기에는 호쾌한 것 같아도 사실은 몹시 치밀하고 꼼꼼한 성격이어서 그가 이렇게 공개적으로 습격해 왔다는 것은 이미 어떤 일이 벌어져도 감당할 수 있는 만반의 준비를 끝냈다는 말이나 마찬가지였다.

하응은 그걸 알고 있으면서도 유현상의 태연자약한 모습에 무언지 모를 불안감이 밀려 들어왔다.

그러다 무심결에 그의 시선이 지금까지 말 한마디 하지 않고 천희방의 옆자리에 병풍처럼 앉아 있는 황삼인을 향했다.

'혹시 저자를 믿고 있는 건가?'

하응은 머리를 굴려 보았으나 언뜻 떠오르는 사람이 없었다. 황삼인은 눈빛이 차갑고 예리해서 만만치 않은 실력의 소유자 같기는 했으나, 천희방보다 뛰어난 고수라고 보기에는 어려웠다.

하응이 이런저런 생각에 머리가 복잡해져 있을 때, 유현상이 그를 보더니 빙긋 웃으며 뜻밖의 말을 던졌다.

"자네 말고 삼묘 중 한 사람은 상당한 미녀라고 하던데, 그게 사실인가?"

하응은 이런 긴박한 상황에서 왜 유현상이 이런 질문을 하는지 몰라 순간적으로 어리둥절했으나 이내 고개를 끄덕였다.

"확실히 우리 중에 예쁜 여자가 한 명 있기는 하오."

"얼굴만 아름다운 게 아니라 남자를 유혹하는 솜씨도 탁월해서 그녀가 마음먹으면 넘어가지 않는 남자가 없다고 하던데 그 말도 사실인가?"

"내가 알기로 그녀가 유혹해서 넘어가지 않은 남자는 오직 한 사람뿐이었소."

"그게 누군가?"

"대형(大兄)이시오."

유현상은 짐짓 눈을 크게 떴다.

"철면호 노해광 말인가? 소문으로는 그는 무척 풍류를 즐기는 인물이라고 하던데……."

"물론 대형께서는 자타가 공인하는 풍류남아이긴 하지만, 절제를 아는 분이오. 그녀는 세 번이나 대형을 유혹하려다 실패하고는 대형에게 심복(心服)하게 되었다고 하오."

"오! 그 말을 들으니 더욱 철면호를 만나고 싶어지는군."

그때 한 사람이 껄껄 웃으며 대청 안으로 들어섰다.

"하하…… 나는 그처럼 대단한 사람이 아닌데 낯부끄럽게도 지나치게 치켜세워 주는구려."

만면에 미소를 지은 채 당당한 걸음으로 들어온 사람은 다름 아닌 노해광이었다. 그의 뒤에는 서너 명의 인물들이 따라오고 있었다.

그들이 나타남과 동시에 밖에서 들려오던 소란스러운 소리가 급속도로 사그라지더니 이내 조용해졌다. 그것은 노해광의 세력이 주변을 완전히 장악했음을 나타내는 신호나 마찬가지였다.

유현상은 노해광의 뜻밖의 등장에도 조금도 놀라거나 당황하지 않고 여전히 입가에 미소를 지었다.

"어서 오시오. 초면이지만 요새 하도 당신 이야기를 많이 들어서 왠지 오래된 친구를 만난 것 같구려."

노해광 또한 안면이 일그러지도록 활짝 웃으며 그에게 포권을 했다.

"하하…… 나 또한 장안에 왔을 때부터 귀하의 명성을 귀가 따갑도록 들어서 늘 만나고 싶었소. 오늘 이렇게 직접 보게 되니 얼마나 기쁜지 모르겠소."

두 사람은 마치 오래된 지인(知人)을 다시 만난 것처럼 반갑게 인사를 나누었다. 모르는 사람이 보았다면 그들이 서로를 제거하기 위해 온갖 술수를 부리는 대적(大敵)이 아니라 어릴 적부터 친하게 지낸 죽마고우라도 되는 줄로 알았을 것이다.

노해광이야 철면호라는 외호처럼 넉살이 좋고 대인 관계가 능수능란한 인물이었지만, 독심낭군이라고 불릴 정도로 성격이 차갑다고 소문난 유현상이 노해광을 대하는 모습은 의외가 아닐 수 없었다.

"노 형이 짧은 시간에 장안에서 완벽하게 자리를 잡게 된 것을 늦게나마 축하드리오. 일전에 큰 포목점을 내셨다고 들었는데 개업식에 가지 못한 것을 사과드리오."

"별말씀을. 그저 데리고 있는 사람들 입에 풀칠이라도 하게 하려고 뒷골목에 작은 가게 하나를 냈을 뿐이오. 솔직히 개업식에 모시려고 유화상단에 초청장을 보냈는데 아무도 오시지 않아서 조금 서운했었소."

"하하…… 그때는 본가에 좋지 않은 일이 있어 초청에 응할 겨를이 없었소. 그런데 만화원이 뒷골목의 작은 가게라니 겸손이 지나치구려. 내가 듣기로는 벌써 취급하는 물량이 장안에서 다섯 손가락 안에 꼽히는 큰 상회가 되었다고 하던데, 짧은 시간에 그토록 빨리 성장한 비결이 무엇인지 노 형을 만나면 한번 묻고 싶었소."

"그저 운이 좋았을 뿐이오. 그나마도 얼마 전에 창고에 도둑이 들어서 제대로 시작도 해 보기 전에 거덜 나게 생겨서 걱정이오."

유현상은 나직하게 혀를 찼다.

"허, 그런 일이 있었구려. 범인은 잡으셨소?"

"잔챙이 몇 마리는 잡았는데, 물건은 이미 처분해 버렸는지 찾을 수가 없었소."

"쯧, 손해가 막심했겠구려."

노해광은 히죽 웃었다.

"다행히 그들을 부린 몸통의 행방을 알았으니 그 손해는 몇 배로 되돌려 받을 생각이오."

유현상은 여전히 웃고 있었지만, 눈빛은 어느새 차갑게 변해 있었다.

"쉽지 않은 일일 텐데……."

"쉽지는 않지만 불가능한 일도 아니오. 몸통을 잡아내기만 하면 그 정도 손해쯤이야 얼마든지 보충할 수 있으니 말이오."

"정말 그럴 수 있다고 생각하시오?"

"물론이오. 상대가 누구든 그건 변함이 없소."

단호한 노해광의 말에 유현상의 얼굴에 떠올라 있던 미소가 어느새 씻은 듯이 사라졌다.

"철면호는 신중한 성격이라 허튼소리를 하지 않는다고 들었는데 소문이 잘못된 거요, 아니면 정말 그렇게 믿고 있는 거요?"

노해광은 빙글거리며 유현상의 두 눈을 정면으로 응시했다.

"한번 확인해 보시오."

두 사람의 눈이 허공에서 마주치며 장내에 아연 긴장감이 감돌았다. 종효가 유현상의 뒤에 바짝 다가섰고, 노해광의 부하들 또한 금시라도 덤벼들 듯 전신에 기세를 일으켰다.

그때 지금까지 의자에 단정한 자세로 앉아 있던 천희방이 천천히 붉은 입술을 떼었다.

"내 아이들은 자네가 데리고 있나?"

노해광은 그녀를 향해 정중하게 포권을 했다.

"선배님을 뵙게 되어 반갑습니다. 귀 파의 제자들은 안전한 곳에 잘 있으니 걱정하지 않으셔도 됩니다."

사십 대 후반의 노해광이 이십 대로 보이는 미모의 여인에게 존대를 하는 것은 왠지 어색해 보였다. 하나 두 사람의 나이와 배분을 따져 본다면 지극히 당연한 일이었다. 천희방은 노해광보다 적어도 스무 살은 더 나이를 먹었고, 노해광의 사숙인 전풍개와 동시대에 활동했던 전대 고수였다.

"그 아이들을 놓아주게. 자네의 목표는 내가 아닌가?"

노해광은 빙긋 웃으며 고개를 저었다.

"그러고 싶지만 아쉽게도 선배님의 말씀을 따를 수 없을 것 같습니다."

천희방의 고요한 눈빛이 점차 싸늘한 빛으로 물들었다.

"그 아이들을 잡고 있으면 나를 마음대로 부릴 수 있을 것 같은가?"

"천만에요. 아무리 제 얼굴이 두꺼워도 그런 후안무치한 생각을 할 리가 있겠습니까? 다만 한 가지, 선배님께서 잘못 아신 것이 있습니다."

"그게 무엇인가?"

노해광은 여전히 사람 좋아 보이는 미소를 지어 보였다.

"제 목표는 애초부터 선배님이 아니었다는 거지요. 다시 말씀 드려서 선배님이 어떤 생각을 하시든 저는 전혀 신경 쓰지 않는다는 말입니다."

천희방의 눈에서 무시무시한 광망이 흘러나왔다.

"네가 감히……."

그 순간, 노해광의 뒤에 조용히 서 있던 두 명의 장한이 갑자기 앞으로 튀어나오며 그녀를 향해 무언가를 던졌다. 그것은 낚싯바늘이 잔뜩 달린 쇠 그물이었는데, 펼쳐지는 속도가 어찌나 빨랐던지 무언가가 눈앞을 희끗거린다고 느낀 순간 이미 쇠 그물은 그녀와 그녀의 주위를 온통 에워싸고 있었다.

그녀의 몸이 꼼짝없이 쇠 그물에 휘감겨 버리려 할 때 지금까지 그녀의 옆에 묵묵히 앉아 있던 황삼인이 갑자기 바닥을 구르며 양손을 휘둘렀다.

파팡!

압축된 공기가 폭발하는 듯한 음향이 연거푸 터져 나오며 세찬 경력이 사방으로 휘몰아쳤다. 그러자 황삼인이 펼쳐 낸 강력한 장력에 정통으로 격중된 쇠 그물이 한쪽으로 날아가 버렸다.

그때까지도 미동도 않고 앉아 있던 천희방이 천천히 몸을 일으켰다. 그녀가 자리에서 일어섬에 따라 그녀의 손에 들린 원앙월이 차가운 한광을 뿌리며 조금씩 움직이기 시작했다.

한데 막 노해광을 향해 원앙월을 발출하려던 천희방이 갑자기 동작을 멈추었다. 뿐만 아니라 금시라도 앞으로 달려들 듯하던 황삼인 또한 그 자리에 우뚝 멈춰 섰다. 두 사람은 무언가에 홀린 것처럼 어느 한곳에 시선을 고정시킨 채 움직일 줄을 몰랐다.

그들이 바라보는 사람은 유현상이었다. 유현상은 조금 전과는 달리 낯빛이 조금 창백해져 있었는데, 서 있는 모습이 왠지 모르게 부자연스러워 보였다. 안력이 날카로운 사람이라면 이러한 모습이 마혈(痲穴)을 제압당한 전형적인 증상이라는 것을 알아차릴 수 있을 것이다.

천희방의 시선이 창백하게 굳어 있는 유현상을 지나 그의 뒤에 바짝 다가서 있는 종효를 향했다. 종효는 유현상을 보호하려는 듯 그의 등 뒤에 가까이 있었는데, 자세히 보면 살짝 내뻗은 오른손이 유현상의 뒤쪽 목덜미를 지그시 누르고 있음을 알 수 있었다. 그곳은 천주혈(天柱穴)이 위치해 있는 자리여서 조금만 충격을 받아도 손가락 하나 까닥할 수 없고, 세게 누르면 혼절하거나 사망까지 이르게 되는 치명적인 부위였다. 놀랍게도 유현상의 가장 오래된 측근이며 믿을 수 있는 부하인 종효가 결정적인 순간에 유현상을 제압해 버린 것이다.

천희방은 한동안 기광이 번뜩이는 눈으로 종효를 응시하더니 무언가를 느낀 듯 표정이 약간 굳어졌다.

"너는…… 종효가 아니구나."

종효는 눈을 껌벅이며 물었다.

"왜 그렇게 생각하십니까?"

"종효는 특이한 열양공(熱陽功)을 익혀서 눈동자에 붉은색 반점이 있다. 그런데 너는 그렇지 않으니 당연한 일 아니냐?"

종효는 고개를 갸웃거렸다.

"그런가요? 전혀 몰랐던 사실이군요."

천희방은 종효의 능청스러운 모습에 눈빛이 싸늘해졌다.

"너는 누구냐?"

종효는 유현상의 혈도를 제압한 다음 어깨를 으쓱거리며 오히려 되물었다.

"내가 누구일 것 같습니까?"

"흥, 네가 치졸한 수를 부려 그를 제압했다고 위세를 떠는구나. 네 겉모습과 음성이 종효와 구분하기 어려울 정도로 흡사한 걸 보니 필시 화신술의 고수이겠구나. 유현상과 내가 깜박 속을 정도로 정교한 화신술의 소유자라면……."

천희방의 안색이 야릇하게 변했다.

"철면호의 수하 중에 그런 자는 한 명밖에 없을 텐데……."

종효는 빙긋 웃으며 물었다.

"그가 누구입니까?"

"천면묘객……."

종효가 턱으로 한쪽에 서 있는 하응을 가리켰다.

"천면묘객은 저자가 아닙니까?"

천희방은 잠시 혼란스러운 듯 몇 차례 눈을 깜박이더니 이내 무언가를 알아차린 듯 성난 표정이 되었다.

"이제 보니 네놈이 바로 진짜 천면묘객이구나!"

"내가 진짜 천면묘객이라면 저자는 누구란 말입니까?"

천희방은 지금까지와는 달리 분노를 참기 어려운 듯 이를 부드득 갈았다.

"그는 바로 방립 본인이다. 그러면서 천면묘객이 변장한 것처럼 행세했던 것이다."

종효는 손뼉을 치며 웃었다.

"하하…… 과연 대단한 안목이십니다."

하응, 아니 방립은 무슨 영문인지 모르겠다는 표정으로 멀거니 서서 두 사람을 번갈아 가며 바라보고 있었다. 천희방은 방립의 그 모습을 보고 분기탱천하여 소리쳤다.

"네놈들이 무슨 수를 써서 방립의 이지(理智)를 흔들어 멀쩡한 아이를 저런 꼴로 만들어 놓았는지 모르겠구나. 그렇지…… 삼묘 중에 미혼술(迷魂術)의 고수가 있다고 하던데, 그놈의 수작이로구나!"

노해광의 뒤에 서 있던 사람 중 한 명이 앞으로 나섰다.

"이 몸을 부르셨소?"

천희방의 성난 시선이 그에게로 향했다.

그는 비쩍 마른 얼굴에 하관이 유난히 긴 말상의 중노인이었다. 눈빛이 탁하고 흐려서 얼핏 보고 지나가면 제대로 인상도 기억하지 못할 정도로 볼품없고 평범한 모습이었다. 하나 그를 보는 천희방의 눈빛은 불구대천의 원수를 만난 것처럼 차갑기 그지없었다.

"네가 바로 삼묘 중의 우두머리라는 섭혼묘군(攝魂妙君) 가휘(賈暉)로구나!"

중노인은 별반 표정 없는 얼굴로 고개를 끄덕거렸다.

"이 몸이 바로 가휘요."

"네놈이 방립을 섭혼술로 조종한 게로구나."

"바로 보셨소."

가휘가 선뜻 시인을 하자 천희방은 갑자기 더 이상 아무것도 묻지 않고 입을 다물었다. 그들이 짜 놓은 안배가 얼마나 치밀한 것인지를 문득 깨달았던 것이다.

　가휘는 방립을 제압한 다음 섭혼술로 심령(心靈)을 조종해 방립으로 하여금 스스로를 하응의 분신이라고 믿게 했다. 자신을 방립 본인이 아닌, 방립으로 변장한 하응이라고 세뇌당한 방립은 유현상의 비밀거처인 이곳으로 찾아왔고, 입구를 지키던 종효가 대문을 닫기 위해 몸을 돌린 사이에 그를 제압했다. 그러자 미리 근처에 잠복해 있던 진짜 천면묘객 하응이 종효로 변장한 다음 태연히 방립을 안내하여 유현상이 있는 전각으로 데리고 온 것이다.

　유현상은 두뇌가 비상하고 눈치가 빠른 사람이었지만, 연락도 없이 불쑥 찾아온 방립에 대한 의구심 때문에 그를 안내해 온 종효에게는 미처 신경을 쓰지 않았다. 방립의 겉모습에서는 아무런 이상한 점도 찾을 수 없었으나 그가 천희방을 앞에 두고도 알아보지 못하는 것을 보고 유현상은 그에 대한 의구심이 더욱 커졌다. 그래서 방립이 스스로를 천면묘객이라고 주장하자 그의 말을 그대로 믿어 버렸던 것이다. 그 바람에 그는 종효로 변장한 진짜 천면묘객에게 무방비 상태가 되었고, 너무도 어이없이 그에게 제압당하고 말았다.

　항상 막후에서만 일을 지휘하던 노해광이 선뜻 스스로 모습을 드러낸 것도 유현상의 관심을 자신에게 집중시키기 위해서였다. 하응이 비록 종효로 변장했다 해도 충분한 시간을 두고 준비한 일이 아니었기 때문에 자칫하면 유현상에게 발각당할 위험이 있었다.

노해광의 계산대로 유현상은 갑자기 나타난 노해광에게 신경을 집중시키느라 종효가 다른 사람의 분장임을 전혀 간파하지 못했다.

또한 노해광의 부하들이 천희방에게 쇠 그물을 던진 것도 그 쇠 그물로 그녀를 사로잡으려는 목적이 아니라 그들의 시선을 이쪽으로 쏠리게 하여 만에 하나라도 종효로 변장한 하웅이 유현상을 제압하는 데 방해가 되는 일이 없도록 하기 위함이었다.

이것은 사람의 심리(心理)를 교묘하게 이용한 함정으로, 천희방조차도 몇 번이나 생각해 본 다음에야 그 안에 숨어 있는 정교한 술수와 놀라운 계략을 간신히 알아차릴 수 있을 정도였다. 유현상이 두뇌가 명석하고 자신의 머리에 대해 확실한 자신감을 가지고 있는 사람이 아니었다면 오히려 이런 함정에 빠지지 않았을지도 몰랐다.

그제야 그녀는 서안 일대에 퍼진 철면호와 산묘의 소문이 결코 과장이 아니었으며 자신들이 그들을 너무 과소평가했음을 깨달았으나, 이미 일은 돌이킬 수 없는 지경에 처해 있었다.

유현상이 사로잡힌 이상 설사 그녀가 스스로의 힘으로 이곳을 벗어난다 해도 이번 일은 완전히 실패한 것이나 마찬가지였다. 유화상단에서는 실질적인 후계자인 유현상을 결코 포기하지 않을 것이 분명하기 때문이었다. 그들은 철면호에게 어떤 대가를 치르더라도 기필코 유현상을 돌려받으려 할 것이다.

그녀가 복잡한 상념에 빠져 있는 동안 노해광이 담담하게 웃으며 그녀에게 다가왔다.

"사실 선배님과 나는 그동안 원한 맺은 일이 전혀 없었는데 일이 이렇게 되어 유감입니다."

천희방은 그의 말에 퍼뜩 상념에서 깨어나 날카로운 눈으로 그를 쳐다보았다.

"나도 그렇게 생각한다."

"그래서 선배님께 한 가지 제안을 하려 합니다."

"말해 보아라."

"선배님께서 이번 일에 더 이상 끼어들지 않겠다고 약속해 주신다면 오늘 일을 잊고 선배님을 보내 드리겠습니다."

천희방은 노해광의 의중을 파악하려는 듯 그의 얼굴을 뚫어지게 응시했다.

"무슨 속셈을 부리려는 거냐?"

노해광은 어깨를 으쓱거리며 양손을 벌려 보였다.

"말씀 그대로입니다. 선배님과는 더 이상 척을 지고 싶지 않다는 뜻이지요. 뿐만 아니라 제가 잠시 데리고 있는 귀 파의 인물들도 손가락 하나 까닥하지 않고 돌려보내 드리겠습니다. 선배께서는 그들을 데리고 광동으로 돌아가시면 되는 거지요."

천희방은 엷은 웃음마저 담고 있는 노해광의 얼굴을 밉상스러운 듯 쏘아보더니 냉랭한 음성으로 물었다.

"내 말 한마디면 된단 말이냐?"

"그렇습니다. 아주 간단한 일이지요."

"그렇구나. 확실히 간단한 일이긴 하지."

"그렇다면 약속하시는 겁니까?"

노해광은 그녀가 승낙하리라고 확신을 하고 물었으나 그녀는 의외로 고개를 내저었다.

"네 제의는 확실히 귀가 솔깃하지만, 나는 그런 약속을 할 수가 없구나."

노해광의 눈살이 살짝 찌푸려졌다가 다시 원래대로 돌아왔다.

"왜 그렇습니까?"

천희방은 그를 빤히 쳐다보고 있다가 두 눈에 기광을 반짝였다.

"오늘 일은 아직 완전히 끝난 게 아니기 때문이다."

그녀의 말이 채 끝나기도 전에 갑자기 창문이 부서지며 무언가 검은 물체가 실내로 날아들었다.

펑!

물체가 터지며 시커먼 연기가 장내에 퍼져 나갔다.

"독연(毒煙)이다. 숨을 들이마시지 마라!"

누군가의 놀란 경호성이 터져 나오며 장내가 아수라장처럼 변했다. 자욱한 연기가 삽시간에 대청 안을 완전히 뒤덮어 한 치 앞도 제대로 볼 수 없게 되었다. 그 연기가 독연이라고 하자 사람들은 대청 밖으로 나가려고 했으나 입구를 제대로 찾기도 어려웠다.

그때 노해광의 거친 음성이 들려왔다.

"그냥 단순한 연막탄일 뿐이다. 호들갑을 떨지 말고 자기 자리를 지켜라!"

그러자 소란스럽던 실내가 확연하게 조용해지며 잠시 고요한 정적이 감돌았다. 연기는 한참 후에야 잦아들었다. 노해광은 그

자리에 우뚝 선 채 지그시 눈을 감고 있다가 천천히 눈을 떴다.

그는 한차례 주위를 둘러보더니 담담한 음성을 내뱉었다.

"이번에는 우리가 당했군."

한쪽에 제압당해 있던 유현상은 물론이고 천희방과 황삼인, 심지어는 아직 세뇌가 풀리지 않았던 방립까지 모두 모습이 사라진 것이다.

가휘가 연기에 쏘여 두 눈이 붉게 충혈된 채로 그에게 다가왔다.

"연막탄인 건 어찌 아셨습니까?"

"실내에 우리만 있는 것도 아닌데 그들이 독연을 쓸 리가 없지 않은가?"

가휘가 듣고 보니 맞는 말이었다.

"그렇군요. 천희방은 몰라도 유현상은 혈도가 제압당해 꼼짝도 못하는 상태였으니 독연이었다면 그가 제일 먼저 쓰러졌을 겁니다. 그렇다면 처음에 독연이라고 소리친 자가 바로 연막탄을 던진 인물이겠군요?"

"그럴 걸세."

한쪽에 있던 하응이 콜록거리며 다가오더니 고개를 갸웃거렸다.

"그자의 목소리가 조금 이상했는데, 대형은 어떻게 생각하십니까?"

"공력을 사용해 목소리를 변성(變聲)한 것 같다."

"왜 그자는 굳이 목소리를 바꿔야 했을까요?"

노해광의 얼굴에 한 줄기 냉소가 떠올랐다.

"아마도 우리가 알고 있는 목소리의 주인이었던 모양이지."

하응은 물론 가휘의 눈이 번쩍 빛났다.

"대형께선 그가 누구라고 생각하십니까?"

노해광은 주저 없이 입을 열었다.

"이미 이 장원 일대는 우리가 완전히 장악하고 있는데도 그자는 태연히 안으로 들어와서 연막탄을 날리고 사람을 빼내어 갔다. 밖에서 지키고 있는 놈들이 장님이 아니라면 우리 측이 아닌 외인(外人)이 이 근처를 활보하도록 내버려 두었을 리 없다."

가휘와 하응의 안색이 홱 변했다.

"우리 편 중에서 그럴 능력과 기회를 가진 사람을 따져 보면 나를 비롯하여 넷뿐인데, 그중 세 사람은 지금 이곳에 있다. 그리고 다른 한 사람은 공교롭게도 오늘 오전에 급한 일이 있다며 모습을 감추었지."

하응의 얼굴이 딱딱하게 굳어졌다.

"대형의 말씀은……."

"그자가 목소리를 변성한 건 자신이 여자임을 숨기기 위해서다. 연막탄을 던지고 유현상을 구해 간 사람은 바로 초희(楚喜)일 것이다."

하응과 가휘는 입을 벌린 채 아무 말도 하지 못했다. 그도 그럴 것이 노해광이 말한 초희란 바로 그들 삼묘의 셋째인 소혼묘랑(消魂妙娘)이었던 것이다.

제 221 장

절세옥안(絕世玉顔)

제221장 절세옥안(絶世玉顔)

 아침이 밝아 오기 전의 새벽은 언제나 신선하다. 특히 멀리 먼 동이 조금씩 터 오고 있을 때는 더욱 그러한 느낌을 강하게 받을 수 있을 것이다.
 임영옥은 여명의 신선함을 음미하려는지 깊은 심호흡을 했다. 차가운 공기가 가슴 깊숙이 밀려왔으나 신선하다는 느낌보다는 서늘한 한기가 먼저 느껴졌다. 그녀가 한기를 떨쳐 내기 위해 잠시 어깨를 폈을 때 모용연이 다가왔다.
 "언니, 괜찮아요?"
 임영옥은 조용하게 고개를 끄덕였다.
 "나는 괜찮아. 그보다 연매는 어때?"
 모용연은 하얀 이를 드러내며 웃었다.
 "견딜 만해요. 언니도 내가 얼마나 끈질긴 여자인지 알잖아요."

임영옥의 얼굴에도 살짝 미소가 떠올랐다.

"물론 잘 알지. 질기기가 고래 심줄 같고 고집이 세어서 모두들 연매를 두려워하고 있잖아."

모용연의 고운 아미가 한차례 꿈틀거렸다.

"그 말은 아무리 봐도 칭찬 같지가 않군요."

"그래도 사실인 건 연매도 짐작하고 있을걸."

모용연은 짐짓 화를 내려다 이내 피식 웃고 말았다.

"그거야 그렇지요. 아울러 나를 두려워하는 모든 사람들이 언니를 좋아한다는 것도 알고 있지요."

임영옥은 그 말에는 아무 대꾸도 없이 조용히 미소 지었다.

모용연은 그녀의 미소 띤 얼굴을 보며 참으로 우아하고 아름답다고 생각했다. 자신은 절대로 저런 미소를 지을 수 없을 것이다. 저렇게 보기만 해도 마음이 편안해지고 눈이 즐거워지는 웃음은 타고나지 않으면 갖출 수가 없는 것이다. 그런 점에서 모용연은 늘 그녀가 부러웠다.

모용연이 임영옥을 처음 본 것은 임영옥이 구궁보에 온 지 육 개월이 넘어서였다. 그동안 그녀는 오빠인 모용봉이 여자 하나를 데려왔다는 뜬소문 같은 말만 들었지, 실제로는 단 한 번도 그 여자를 본 적이 없어서 긴가민가하고 있었다.

그러던 어느 봄날, 유달리 달이 밝은 밤에 그녀는 봄밤의 정취에 취해 구궁보의 후원을 거닐다가 정자에 홀로 앉아 있는 한 여인을 보게 되었다. 그녀를 처음 보는 순간, 모용연은 적지 않은 충격을 받았다. 달빛에 비친 그녀의 모습이 무척이나 아름답고 애잔해 보였던 것이다.

예쁜 미모와는 달리 강단 있는 성격에 자기 주관이 뚜렷한 편인 모용연은 그동안 같은 여자에 대해 묘한 편견을 가지고 있었다. 세상 여자들이 하나같이 남자를 유혹하기 위해서 연약한 척을 하는 내숭덩어리라고 생각했던 것이다.

그도 그럴 것이 그녀가 지금까지 만나 왔던 대부분의 여인들은 그녀의 오빠인 모용봉을 흠모하는 부류들이거나, 구궁보에 무언가를 부탁하기 위해 온 부류들이었다. 모용봉의 마음을 얻기 위해 가증스러울 정도로 위선적인 태도를 보이는 여자들도 싫었고, 속마음을 숨긴 채 웃는 낯으로 굽실거리는 자들도 마음에 들지 않았다.

가끔 첫눈에 호감을 느낀 여자를 만나도 조금 친하게 지내다 보면 그 여자가 무언가 속셈을 가지고 자기에게 접근했다는 것을 깨닫고 오히려 더 큰 실망감을 느끼곤 했다.

그런데 봄밤의 정자에서 본 여인은 지금까지 보아 왔던 여자들과는 어딘지 모르게 달랐다. 그 고적하면서도 우아한 모습은 물론이고 영롱하게 반짝이는 두 눈에 담겨 있는 묘한 슬픔이 말할 수 없이 인상적이었다. 우습게도 모용연은 처음 보는 순간 그녀에게 그대로 매혹되어 버린 것이다.

여자가 같은 여자에게 반할 수 있다는 것도 그때 처음 알았다.

모용연은 무언가에 홀린 사람처럼 정자로 가서 그녀에게 말을 걸었고, 그녀가 바로 소문으로만 듣던 오빠가 몰래 숨겨 왔던 그 주인공임을 알게 되었다. 나이는 자신보다 서너 살 많은 정도였지만, 왠지 모르게 그녀에게서는 자신보다 수십 년을 더 산 듯한 연륜이 느껴졌다.

 그로부터 불과 삼 년 남짓한 세월 동안 두 사람은 평생을 사귄 지기(知己)보다 더욱 각별한 사이가 되었다. 모용연에게 그녀는 믿을 수 있는 언니이자 가장 친한 친구였고, 의지할 수 있는 인생의 선배였으며, 가장 닮고 싶은 이상형의 여인이기도 했다.

 모용연이 임영옥에 대해 가지는 유일한 불만은 그녀가 자신의 오빠인 모용봉을 대하는 태도였다. 모용봉은 자타가 공인하는 일세의 기린아여서 뭇 미녀들의 애정 공세에 시달려 왔다. 그때마다 모용봉은 한 점의 흐트러짐도 없이 그녀들의 구애를 단호하게 거절해 왔고, 때문에 강호에서는 모용봉이 동자공(童子功)을 익혀서 여인을 안을 수 없는 몸이라거나 특이한 신공 때문에 인간의 오욕칠정을 제대로 느낄 수 없는 냉혈인(冷血人)이 되었다는 소문이 터져 나오기도 했다.

 그런 모용봉이 임영옥을 대할 때면 유달리 태도가 정중해지고 눈빛이 부드럽게 변했다. 모용연은 그것을 보고 오빠인 모용봉이 드디어 자신에게 맞는 짝을 찾았다고 생각했고, 두 사람이 잘 맺어져 훌륭한 한 쌍이 될 것을 믿어 의심치 않았다.

 그런데 오빠인 모용봉과는 달리 임영옥은 모용봉에게 별다른 감정을 느끼지 못하는지 그를 대하는 태도가 담백하기 이를 데 없었다. 모용연은 처음에는 그녀가 수줍어서 그런 것이 아닐까 생각했으나, 계속 관심을 가지고 지켜보고 나서야 그렇게 단순한 것이 아님을 알게 되었다.

 모용연이 임영옥에게 사귀던 남자가 있었다는 걸 알게 된 것도 그즈음이었다. 이미 헤어진 지 삼 년이 넘고 생사조차 불명한 과거의 연인 때문에 누구나가 인정하는 최고의 남자를 거절한다는 것이 쉽게 믿어지지 않았으나, 모용연은 그러한 점이 지극히 임영옥답다고 생각했다.

모용봉 또한 그러한 임영옥을 존중해서 그녀에게 무리한 접근을 하지 않았다. 하나 몇 달 전에 들려온 한 가지 소문으로 인해 모든 상황이 돌변해 버렸다. 실종되었다고 알려진 임영옥의 옛 애인이 다시 나타나 무너진 종남파를 재건했다는 소식이 강호를 뒤흔들었던 것이다.

항상 침착하고 평온을 잃지 않았던 모용봉이 결연한 모습으로 임영옥을 찾아간 것은 그로부터 얼마 후의 일이었다. 모용봉과 임영옥 사이에 무슨 대화가 오고 갔는지는 모용연도 알지 못했으나, 그날 두 사람 사이에 무언가 심상치 않은 일들이 벌어졌음을 직감저으로 느낄 수 있었다. 그녀는 나중에야 그날 모용봉이 임영옥에게 정식으로 청혼을 했으며, 임영옥이 중추절까지 그 대답을 미루었다는 걸 알고 내심 크게 놀라고 말았다.

임영옥의 옛 애인에 대한 소문은 점입가경으로 확대되더니, 마침내 그가 서안에서 화산파의 절세 고수였던 매장원을 격파하자 그 절정에 이르렀다. 강호인들은 그를 백 년 내 강북에서 배출된 최고의 검객이라고 떠들어 댔고, 심지어 모용봉과 비교하는 사람들까지 나타나서 구궁보 내에서도 화제가 될 정도였다.

그리고 그때 임영옥이 느닷없이 출행(出行) 준비를 하기 시작했다.

임영옥의 개인 사정을 누구보다도 잘 알고 있는 모용연은 대경실색하여 그녀를 만류했으나, 그녀의 결심은 확고하기만 했다. 중추절 이전에 반드시 자신의 사형을 만나야 한다는 그녀의 단호한 말에 모용연은 그저 입술을 깨물 수밖에 없었다.

그녀가 할 수 있는 일이라고는 임영옥의 출행에 동행하겠다고 매달리는 것뿐이었다.

모용봉은 임영옥을 위해서 구궁보에서도 두 대밖에 없는 여의신거를 내주었을 뿐 아니라, 자신의 절친한 친구인 해천사우 중 한 사람인 군유현에게 호위를 부탁했다. 군유현은 기꺼이 이를 수락했고, 구궁보의 고수들과 자신의 수하들로 호위대를 만들어 임영옥의 안전을 책임지기로 했다.

그로부터 보름 남짓의 시간이 흘렀다.

임영옥은 그토록 기다리던 자신의 무심한 사형을 만났고, 모용연의 걱정과는 달리 두 사람의 재회에서 별다른 일은 일어나지 않았다. 임영옥이 진산월과 헤어져 다시 구궁보로 돌아가기로 결정했을 때, 모용연은 이제 모든 일이 안정을 되찾을 거라고 생각했다.

그녀가 자신의 생각이 틀린 것을 알게 된 것은 그로부터 얼마 후의 일이었다. 순조로웠던 귀환길은 언제부터인지 정체 모를 자들의 계속된 습격으로 혈로(血路)를 뚫어야 하는 험한 길이 되고 말았다.

강호에서 감히 구궁보의 상징과도 같은 여의신거를 공격하는 무리가 있을 거라고는 생각조차 해 본 적이 없었으나, 습격자들의 공세는 격렬했고 집요했다. 불과 반나절도 되지 않아 여의신거를 호위하던 군유현의 수하들이 대부분 몰살당했고, 구궁보에서 나온 열두 명의 창룡무사(蒼龍武士)들도 절반이 넘게 희생되었다. 창룡무사들은 모용봉이 직접 키운 인재들로서 능히 강호 무림의 일류 고수로 손색이 없는 실력자들이었는데도 암습자들의 공세를 감당해 내지 못하고 쓰러지고 만 것이다.

암습자들의 공세가 갈수록 거세어지자 군유현은 임영옥에게 여의신거를 버리고 갈 것을 제안했다. 여의신거로 인해 오히려 추격을 뿌리치는 데 많은 제약이 있다고 판단한 것이다.

임영옥은 그의 제안을 받아들여 여의신거를 벗어나 은밀한 이동을 시작했다. 그것이 어제 아침의 일이었다. 그리고 꼬박 하루 동안 그들은 습격자들의 추격을 피해 필사의 도주를 감행해야만 했다. 그동안에 다시 일곱 명의 고수들이 비명에 쓰러져서 남아 있는 일행의 숫자는 겨우 다섯 명에 불과했다.

임영옥과 모용연, 그리고 군유현과 그의 수족인 진남쌍패(鎭南雙覇)만이 남았을 뿐이었다. 모용연은 가족과도 같았던 창룡무사들이 모두 쓰러진 것이 무척이나 아쉽고 원통했으나, 임영옥의 앞에서는 그런 내색을 전혀 하지 않았다. 일행 중에서 지금 가장 힘든 사람이 바로 임영옥임을 알고 있는 것이다.

습격자들이 노리는 목표는 바로 임영옥이었다. 자신을 지키기 위해 창룡무사들이 하나둘 쓰러지는 광경을 지켜보아야만 하는 임영옥의 심정이 어떠할지는 굳이 묻지 않아도 충분히 짐작할 수 있는 일이었다.

그녀들이 낮은 목소리로 소곤거리고 있을 때 군유현이 다가왔다. 군유현의 준수한 얼굴에는 별다른 피로의 빛이 보이지 않았으나 표정은 무겁게 가라앉아 있었다.

임영옥은 그의 얼굴 표정을 확인하고는 조용한 음성으로 물었다.

"상황이 좋지 않은가요?"

군유현은 굳이 숨기려 하지 않았다.

"진남쌍패에게 정찰을 시켰는데, 이 리쯤 앞에 수상한 인물들이 진을 치고 있다고 하오."

"우리를 쫓던 무리들인가요?"

"그걸 확인할 수가 없었소. 아직 어둠이 채 가시지 않은 데다 지나치게 가까이 접근했다가 타초경사의 우를 범할까 봐 제대로 살피지 못하고 그대로 돌아왔다고 하오."

"그렇다면 우리를 쫓던 무리들이 아닐 수도 있다는 말이군요."

"그들일 가능성도 있소."

"우리가 신거를 버린 후로는 우리들 자신도 어디로 이동할지 알 수 없었어요. 그렇게 한나절을 움직였는데, 그들이 설마 이렇게 멀리까지 천라지망을 펼쳤다고는 생각되지 않는군요."

군유현은 그녀의 말뜻을 알아차리고 눈을 반짝였다.

"우리 앞에 있는 자들에게 가 보자는 말이오?"

"우리는 너무 지쳤어요. 무엇보다 잠시라도 제대로 휴식을 취해서 기운을 차려야 해요. 그들이 우리를 쫓던 무리들이 아니라면 잠시 신세를 지는 것도 나쁘지 않을 거예요."

"만약에 그들이 우리를 쫓던 무리들이라면?"

"그들이 우리 앞에 포진해 있다면 그들에게 종적을 발각당하는 건 시간문제예요. 어차피 쫓길 바에는 그들에게 한 번쯤은 호된 맛을 보여 주고 싶군요."

군유현은 피식 웃었다.

"그들이 우리를 쫓던 무리들이 아니라면 잠시 신세를 지고, 우리를 쫓던 무리라면 우리의 종적을 알아차리기 전에 선제공격을 하자는 말이오? 모처럼 마음에 드는 계획인 것 같소."

옆에서 그들의 대화를 듣고 있던 모용연이 다부진 음성으로 말했다.

"언니 말대로 해요. 더 이상 피해 다닌다는 것도 자존심 상해서 못 견디겠어요."

군유현은 잠시 생각하더니 이내 결연한 표정으로 고개를 끄덕였다.

"그렇게 합시다. 다행히 쌍패에게 들으니 그들의 수가 우리보다 그리 많지 않다고 하니 최악의 경우에라도 충분히 격퇴시킬 수 있을 거요."

군유현은 자신들에게서 조금 떨어져 주위를 경계하고 있는 두 명의 장한에게 턱짓을 했다. 그러자 그들이 먼저 앞으로 이동하기 시작했다. 두 장한은 모두 체구가 건장하고 눈빛이 형형하여 비범한 모습들이었다. 특히 두 사람 모두 양쪽 태양혈이 불룩 튀어나와 있고 행동거지에 절도가 있어 내외공(內外功)을 겸비한 고수들임을 어렵지 않게 짐작할 수 있었다.

그들이 바로 진남쌍패로, 우측의 기골이 장대하고 수염이 자욱한 사람이 철패(鐵覇) 하후태(夏候泰)였고, 좌측의 키가 훨쩍 크고 날렵한 체구의 인물이 비패(飛覇) 장손욱(張孫旭)이었다. 그들은 십 년이 넘게 군유현과 함께 활동한 자들로, 특히 절강성 일대에서 대단한 명성을 떨치고 있는 고수들이었다.

진남쌍패가 앞서고 그 뒤를 군유현과 두 여자가 따라갔다. 과연 얼마쯤 가니 아직 어둑한 숲의 공터 한쪽에 커다란 휘장이 쳐져 있는 모습이 시야에 들어왔다. 휘장의 뒤쪽에는 이들이 타고 온 것으로 보이는 커다란 사두마차가 매여 있었는데, 그 화려함이 보는 이의 눈을 휘둥그렇게 할 만했다. 휘장은 세 방향이 막혀 있고 오직 한쪽 방향만 트여 있는데, 공교롭게도 그 방향은 임영옥 일행이 오는 쪽이어서 멀리서도 휘장 안이 훤히 들여다보였다.

군유현이 그 광경을 보고 쓴웃음을 지었다.

"이건 피하고 자시고 할 것도 없겠군. 이렇게 한눈에 보이니 몰래 접근한다는 것은 아예 불가능한 일인데, 이게 과연 우연인지……."

그는 혼잣말처럼 중얼거리면서도 날카로운 눈으로 휘장 안을 주시했다.

휘장 안은 바닥에 두터운 양탄자가 깔려 있었고, 그 위에 작은 술상이 차려져 있었다. 한 명의 젊은 남자가 술상 앞에 앉아 미모의 여인의 시중을 받으며 술잔을 기울이고 있었는데, 그 모습이 실로 느긋하면서도 여유로워 보였다. 뿐만 아니라 휘장 한쪽에는 각기 다른 악기를 든 네 명의 악인(樂人)들이 연주를 하고 있어서 그야말로 풍류의 한 전형을 보는 것 같았다.

아직 동도 제대로 트지 않은 이른 새벽에 악인들의 연주를 들으며 술을 마시고 있는 모습은 왠지 낯설어 보이면서도 묘한 풍취를 자극하는 것이었다. 더구나 그 악인들 또한 술시중을 드는 여인 못지않은 아리따운 미녀들이었다.

한 명의 남자와 다섯 명의 여자. 그 기묘한 배합에 군유현은 헛웃음을 터뜨릴 뻔했다.

하나 다음 순간, 무엇을 보았는지 군유현의 안색이 순간적으로 굳어졌다. 휘장에 다가갈수록 선명하게 드러나는 젊은 남자의 얼굴을 비로소 자세히 본 것이다.

군유현은 평생 자신의 용모에 부족함을 느껴 본 적이 없었다. 물론 자신이 절세의 미남자라거나 완벽한 외모의 소유자라고 생각하지는 않았으나, 그렇다고 다른 누구에게 뒤지거나 열등감을 느낄 얼굴도 아니라고 확신했다. 심지어는 자신의 절친한 친구인 모용봉에 비교해도 어느 정도의 자신이 있었다.

그런데 지금 미녀의 시중을 받으며 술잔을 기울이고 있는 젊은 남자의 얼굴을 보는 순간, 그는 지금까지의 그런 확신이 송두리째 깨어지는 것을 느꼈다.

천하제일 미남자의 얼굴을 보고 싶은가? 누구라도 보는 순간 매혹당하지 않을 수 없는 완벽한 얼굴이 어떤 것인지 궁금한가? 그렇다면 여기 이 남자의 얼굴을 보면 된다. 강호 제일의 풍류남아인 강호삼정랑에 속해 있는 군유현으로 하여금 보는 순간 입을 다물지 못하도록 하는 절세의 옥안(玉顔)의 주인이 바로 이곳에 있는 것이다.

젊은 남자의 얼굴을 보고 말을 잊은 것은 군유현뿐이 아니었다.

휘장으로 가까이 다가가던 다른 사람들 또한 젊은 남자를 보고는 눈을 크게 뜬 채 넋이 나가 버렸다. 그것은 자신의 오빠인 모용봉 외에는 세상의 모든 남자들을 하찮게 생각하는 모용연도 마찬가지였다. 보는 순간 정신이 나갈 정도로 충격을 받은 그녀는 한동안 멍하니 그를 쳐다보고 있다가 문득 정신을 차리고 한차례 심호흡을 했다. 그러자 시야가 넓어지면서 비로소 흔들렸던 마음이 가라앉기 시작했다.

'정말 무서운 마력(魔力)의 소유자로구나.'

그녀는 무슨 생각이 들었는지 힐끔 고개를 돌려 임영옥을 바라보았다. 임영옥의 얼굴은 처음과 전혀 변화가 없어 모용연은 자신도 모르게 피식 웃고 말았다.

임영옥이 의아한 듯 그녀를 돌아보았다.

"왜 웃는 거니?"

"언니는 저런 미남자를 보고도 아무렇지도 않아요?"

"아니. 나도 순간적으로 정신이 멍해졌는걸. 사람이 저렇게 생길 수도 있다는 걸 처음 알았네."

모용연은 배시시 웃으며 은근한 목소리로 말했다.

"정말 엄청난 미남자지요?"

"그래. 정말 잘생겼구나."

그녀는 임영옥의 얼굴을 빤히 주시하며 계속 물었다.

"언니가 그토록 보고 싶어 했던 그 사람보다도 말인가요?"

임영옥은 그제야 모용연의 눈가에 짓궂은 빛이 담겨 있는 것을 알아차리고는 희미하게 웃었다.

"사형은 그다지 미남자라고 할 수 없지. 솔직히 예전에도 사형보다 잘생긴 사람은 주변에서 흔하게 볼 수 있었는걸. 너도 만나 보았지 않니?"

"그래요. 별로 잘생긴 사람은 아니더군요. 그런데 언니는 그 사람의 어디가 그렇게 좋았어요?"

진산월의 이야기가 나오자 임영옥의 얼굴에는 엷은 미소와 씁쓸한 빛이 동시에 떠올랐다.

"그런 이야기는 지금 하고 싶지 않구나."

모용연은 임영옥의 무거워진 음성을 듣자 자신이 괜한 걸 물었다고 생각했지만, 자신이 그런 질문을 던진 걸 후회하지는 않았다.

사실은 오래전부터 그 점이 무척이나 궁금했던 것이다.

그녀는 진산월을 보기 전에 사실 엄청난 기대를 했었다. 임영옥 같은 여인을 삼 년 넘게 기다리게 만든 미지의 인물이 어떤 사람인지 궁금하지 않았다면 거짓말일 것이다.

하나 직접 만나 본 진산월은 그녀의 예상과는 전혀 다른 인물이었다.

그는 그리 뛰어난 용모의 소유자도 아니었고, 헌앙한 기상을 풍기는 기남자도 아니었으며, 그렇다고 두뇌가 비상하거나 언변이 뛰어난 재미있는 사람도 아니었다. 앙상할 정도로 비쩍 마른 체구에 키만 삐쭉하니 컸고, 한쪽 뺨에는 흉터 자국까지 선명해서 차갑고 냉혹해 보였다. 말도 거의 없고, 행동은 무뚝뚝했으며, 사람을 대하는 태도도 딱딱하기 그지없었다.

이런 사람을 왜 임영옥이 그토록 못 잊어 했는지 도저히 납득이 가지 않아서 화가 치밀어 오를 지경이었다. 그래서 언제고 여건이 되면 임영옥을 붙잡고 대체 왜 그런 사람을 좋아하게 되었는지 꼭 물어보고 싶었던 것이다.

모용연은 문득 고개를 갸웃거렸다.

그런데 왜 그 질문을 하필이면 지금 이런 상황에서 던진 것일까?

그것은 그녀의 뇌리에 문득 진산월의 모습이 떠올랐기 때문이었다. 난생처음 보는 절세의 미남자를 만난 여운이 아직도 전신을 감싸고 있는데 그녀는 왜 갑자기 난데없이 진산월을 떠올렸던 것일까? 보기만 해도 넋이 나가고 숨이 가빠질 정도로 준수한 미남자를 보면서 왜 한쪽 뺨에 흉터 자국이 나 있는 차갑고 냉혹한 진산월의 얼굴이 생각나는 것일까?

그녀의 의문은 길지 않았다. 때마침 그들은 휘장이 쳐진 숲의 공터로 막 도착했던 것이다. 미녀들에 에워싸여 술을 마시던 미남자가 공터로 들어오는 일행들을 발견했는지 고개를 들어 그들을 바라보았다.

제법 떨어진 거리임에도 불구하고 모용연은 미남자의 시선이 자신들을 향해 있다는 것을 쉽게 알아차릴 수 있었다. 미남자의 눈과 스치듯 잠깐 마주친 순간, 전신이 짜릿해지는 듯한 느낌이 들었던 것이다.

마력적인 얼굴만큼이나 강렬하면서도 매혹적인 눈빛이었다. 미남자는 여전히 술잔을 든 채로 일행들을 찬찬히 살펴보더니 우측에 앉은 여인에게 무어라고 소곤거렸다. 그러자 그 여인이 자리에서 일어나 휘장 밖으로 걸어 나왔다.

여인은 늘씬한 체구에 좀처럼 보기 힘든 미모를 지니고 있었는데, 하늘거리는 걸음으로 그들에게 다가오더니 공손하게 허리를 숙이는 것이었다.

"저희 공자님께서 여러분들을 초대하시고자 합니다. 잠시 오셔서 자리를 함께해 주시면 고맙겠습니다."

자신들이 오히려 신세지는 것을 부탁해야 할 판인데 미남자가 먼저 초대를 해 오니 반가운 일이 아닐 수 없었다. 군유현은 힐끔 임영옥을 바라보고는 그녀가 아무런 거부의 빛을 보이지 않자 앞으로 나서며 고개를 끄덕였다.

"고마운 일이오. 귀 공자의 초대에 기꺼이 응하겠다고 전해 주시오."

"알겠습니다. 저를 따라오시지요."

중인들은 미녀의 안내를 받고 휘장 안으로 들어갔다. 휘장 안의 크기는 삼 장 남짓 했는데, 그들이 들어가도 충분한 공간이 남아 있었다. 여인이 미남자에게 다가가 나직하게 소곤거리자 미남자는 천천히 자리에서 일어나 그들을 향해 포권을 했다.

"어서 오시오. 초면에 불쑥 초대를 해서 거절하시면 어쩌나 걱정했는데 승낙해 주시니 고맙기 이를 데 없소."

미남자의 음성은 그의 외모만큼이나 낭랑하면서도 좋은 울림을 담고 있었다.

군유현 또한 그에게 마주 포권을 해 보이며 담담한 미소를 지어 보였다.

"우리야말로 초대해 주어서 고맙다는 말을 하고 싶소. 그렇지 않아도 밤새 길을 걸었더니 피곤하여 쉴 곳을 찾고 있던 참이었소."

"그렇다면 정말 잘 오셨소. 비록 임시로 만든 거처이지만, 잠시 이슬을 피해 몸을 쉬기에는 그런대로 괜찮을 게요. 어서 이리 앉으시오."

미남자가 정중히 자리를 권하자 군유현과 일행들을 그에게 인사를 하고는 각기 바닥에 앉기 시작했다. 의자는 없었으나 제법 두꺼운 양탄자가 깔린 바닥은 땅에서 올라오는 차가운 냉기를 거의 완벽하게 막아 주었다. 게다가 단순히 천 조각으로만 알았던 휘장은 상당히 두터운 가죽으로 만들어진 것이어서 안에 있자니 쌀쌀한 새벽의 찬 공기를 거의 느낄 수 없을 정도로 아늑했다.

일행이 모두 자리에 앉자 미남자는 술병을 들어 보였다.

"새벽 공기가 제법 차갑소. 이 술은 비록 이름난 명주(名酒)는 아니지만 그런대로 마실 만하니 한 잔 들이켜면 몸을 데우는 데 한결 도움이 될 거요."

이어 그는 자신이 먼저 앞에 놓인 잔에 술을 따르더니 한 모금에 들이켜고는 그 잔을 군유현에게 내밀었다. 적어도 술에 허튼수작을 부리지 않았음을 간접적으로 보여 주는 미남자의 행동에 군유현은 사양하지 않고 기꺼이 잔을 받았다.

"잘 마시겠소."

군유현은 단숨에 술을 마시고는 이내 감탄성을 발했다.

"정말 좋은 술이로군. 이 술의 이름이 무언지 알 수 있겠소?"

"장호춘(張戶春)이라 하오."

"장호춘이라면 낙양 동문 밖에 있는 장씨 집성촌(張氏集姓村)에서만 빚을 수 있다는 소문난 명주가 아니오?"

미남자는 하얀 이를 드러내며 싱긋 웃었다.

"장호춘을 아는 것을 보니 형장도 풍류를 즐기는 재사(才士)이겠구려. 이게 바로 낙양 장가촌(洛陽張家村)의 바로 그 장호춘이오. 얼마 전에 마침 낙양 부근을 지날 일이 있어서 간 김에 몇 병 구해 올 수 있었소."

그때 다소곳하게 앉아 있던 모용연이 슬쩍 끼어들었다.

"그렇게 좋은 술이라면 나도 한 잔 받을 수 있을까요?"

미남자의 시선이 그녀에게로 향했다. 모용연의 얼굴이 절로 붉어졌다. 직접 마주 보니 그가 얼마나 대단한 미남자인지를 다시 한 번 절감할 수 있었던 것이다. 이런 미남자의 맑고 투명한 눈빛을 정면으로 마주 보는 건 담대하고 자기 주관이 뚜렷한 그녀로서도 쉽지 않은 일이었다.

하나 그녀는 얼굴이 살짝 상기되었으면서도 그의 시선을 피하지 않았다. 미남자의 얼굴에 엷은 미소가 떠올랐다. 무어라 형용하기 어려운 멋진 미소였다.

"소저 같은 미녀와의 대작(對酌)이라면 언제든지 환영이오."

미남자가 술을 따르자 그녀는 술잔을 들고는 잠시 향취를 음미하더니 천천히 자신의 입으로 가져갔다. 유난히 붉고 도톰한 입술을 살짝 열어 조심스레 술을 마시는 그녀의 모습은 남자의 마음을 울렁이게 하는 미태(媚態)가 흐르고 있었다.

옥수(玉水)와도 같은 맑은 액체가 입술을 지나 목안으로 사라지자 그녀는 천천히 숨을 내뱉었다.

"첫맛은 부드럽고 뒷맛은 달콤하니, 이 술은 여인들에게는 독약과도 같은 것이로군요."

미남자는 그녀의 품평에 어리둥절한 얼굴이 되었다.

"왜 그렇게 생각하는 거요?"

그녀는 미남자의 얼굴을 빤히 쳐다보며 영롱한 음성을 내뱉었다.

"그 부드러움과 달콤함에 취해 한 잔 두 잔 마시다 보면 어느새 자신을 잊고 정신없이 취하게 될 것이기 때문이죠."

속삭이는 듯한 그녀의 목소리는 '마치 당신처럼'이라고 말하는 듯 했다.

미남자는 한 대 맞은 듯한 표정이더니 이내 하얀 이를 드러내며 빙긋 웃었다.

"하하…… 옳은 말이오. 확실히 이 장호춘은 달콤한 맛에 비해 여인들이 마시기에는 조금 독한 편이지. 하지만 그래서 더 마시고 싶은 게 아니겠소?"

모용연의 입가에 한 줄기 씁쓸한 미소가 스치고 지나갔다.

"거부할 수 없는 매력이 있단 말이지요."

"바로 그렇소. 그게 바로 내가 이 장호춘을 가장 좋아하는 이유요."

그는 다시 자신의 술잔에 술을 따라 천천히 들이마셨다. 담담한 미소를 지으며 술잔을 기울이고 있는 그의 모습은 세상의 어떤 여인이라도 매혹되지 않을 수 없을 만큼 수려하고 아름다웠다. 거부할 수 없는 매력이란 장호춘이 아니라 그를 가리키는 말 같았다.

누구보다도 자존심이 강하고 남자를 발가락 사이의 때보다도 하찮게 여기는 모용연도 이때만큼은 두 뺨에 엷은 홍조를 띠며 그의 모습을 가만히 바라보고만 있었다.

술을 모두 들이마신 미남자의 시선이 이번에는 말없이 앉아 있는 임영옥에게로 향했다.

"소저께서도 한 잔 하시겠소?"

이런 미남자가 권하는 술을 사양하는 여자란 결코 흔치 않을 것이다.

그런데 임영옥은 의외로 고개를 내젓는 것이었다.

"미안합니다. 지금은 몸 상태가 좋지 않아 사양해야겠군요."

미남자는 그녀에게는 더 이상 권하지 않고 군유현의 옆에 있는 진남쌍패에게로 시선을 돌렸다.

"두 분은 의향이 있으신지?"

진남쌍패는 입을 굳게 다문 채 묵묵히 앉아 있었고, 군유현이 그들 대신 입을 열었다.

"그 귀한 술을 이리저리 나누어 주어도 괜찮소?"

미남자는 빙긋 웃어 보였다.

"원래 귀한 술일수록 남과 함께 마셔야 더 맛이 있는 법이오. 사실 조금 전에 혼자 마신 술은 그다지 맛있지 못했소. 그런데 귀하들이 오고 나서부터 부쩍 술맛이 달라지는구려."

군유현이 미남자의 옆에 그림처럼 앉아 있는 미녀를 돌아보았다.

"저분이 있지 않소?"

"그녀는 나와 술을 같이 마시는 술친구가 아니라 그저 술을 따르고 안주를 집어 주는 존재일 뿐이오. 화초 같은 장식품이라고 할 수 있지."

당사자를 앞에 두고 하는 말로는 가혹한 감이 있긴 했으나 군유현은 그의 말에 공감하지 않을 수 없었다.

술이란 원래 마음에 맞는 동료와 마셔야 진정한 가치를 느낄 수 있는 법이다. 그러한 술친구와 술시중을 드는 여인을 같은 선상에서 비교할 수는 없었다. 그리고 풍류를 즐기는 사람일수록 그러한 구분이 명확했다.

군유현은 강호 제일의 풍류남아라는 강호삼정랑에 속해 있을 정도로 풍류에 나름대로 일가견이 있는 인물이었으니 미남자의 말을 충분히 이해하고 공감할 수 있는 것이다.

군유현은 진남쌍패를 돌아보았다.

"어떤가? 한 잔씩들 하겠는가?"

철패 하후태는 그러겠다고 한 반면, 비패 장손욱은 정중하게 사양을 했다. 하후태는 호쾌한 몸짓으로 미남자가 따라 준 술을 단숨에 들이켜고는 미남자를 향해 포권을 했다.

"잘 마셨소이다."

"한 잔 더 하시겠소?"

"한 잔이면 몸을 데우는 데 충분하오."

하후태는 조금 전에 미남자가 했던 말을 넌지시 빗대어 대답했으나, 미남자는 이를 아는지 모르는지 여전히 입가에 엷은 미소를 지은 채 고개를 끄덕였다.

"절제를 아시는 분이군."

그는 혼잣말처럼 중얼거리더니 다시 군유현에게로 시선을 돌렸다.

"형장은 어떻소? 술이 아직 남아 있는데, 적어도 석 잔은 마셔야 하지 않겠소?"

군유현의 입가에 쓴웃음이 떠올랐다.

"나도 술이라면 사양해 본 적이 별로 없지만, 오늘은 이만해야 할 듯싶소."

자신을 습격했던 무리들이 언제 나타날지 모르는데 한가로이 술을 마시고 있을 수는 없었다. 그 생각을 하자 군유현은 갑자기 초조한 생각이 들어 자리에서 몸을 일으켰다.

"쉴 만큼 쉰 것 같으니 이제 그만 일어나야겠소. 오늘 마신 술과 귀하가 베풀어 준 호의는 언제고 인연이 닿는다면 꼭 갚도록 하겠소."

"허…… 아직 아침 해도 완전히 떠오르지 않았는데 벌써 가려는 게요? 조금만 기다렸다가 간단한 요기라도 하고 가는 게 낫지 않겠소?"

미남자의 제안에 군유현은 순간적으로 마음이 흔들렸으나 더 지체할 수는 없다는 생각에 고개를 내저었다.

"아니오. 아쉽지만 이쯤에서 우리는 가야 할 것 같소."

제221장 절세옥안(絶世玉顔) 97

"조금 있다가 떠나는 게 더 나을 텐데……."

"왜 그렇게 생각하오?"

"혹시 아오? 이곳에서 조금 더 기다리면 반가운 사람이라도 만나게 될지 말이오."

미남자의 말에 군유현은 눈을 번뜩였다.

"반가운 사람이라니 누구를 말하는 거요?"

미남자의 입가에 알 듯 모를 듯 묘한 미소가 떠올랐다.

"글쎄…… 당신들이 누구를 봐야 반가워하는지 그걸 내가 어떻게 알겠소?"

군유현은 낯빛을 굳히며 날카로운 눈으로 미남자를 쳐다보았다.

"우리가 누구인지 알고 있소?"

"아직 통성명도 나누지 못했는데 내가 어떻게 알겠소?"

그러고 보니 짧지 않은 시간 동안 이곳에 머무르면서 술까지 같이 마셨으면서도 군유현은 아직 미남자의 이름조차 알지 못했다.

"나는 군유현이라 하오."

군유현이 순순히 자신의 이름을 밝히자 미남자는 짐짓 눈을 치켜떴다.

"오! 이제 보니 강호삼정랑 중의 한 분이신 절정수사이셨구려. 어쩐지 기상이 남다르다 싶었소. 내 이름은 임조몽(林朝夢)이오."

군유현은 재빨리 머리를 굴려 보았으나 처음 듣는 이름이었다.

"미안하오. 내가 과문(寡聞)하여 형장이 어느 분인지 알지 못하겠구려."

"나는 그저 술과 여자를 벗 삼아 강호를 떠돌아다니는 무명소 졸일 뿐이니 군 대협이 모르는 것도 당연한 일이오. 괘념하지 마시오."

"그런데 조금 전의 말은 무슨 뜻이오?"

"어떤 말을 말씀하시는 거요?"

"이곳에 있으면 우리에게 반가운 사람을 만날 수 있을 거라고 말했지 않소?"

"아! 그건 말한 그대로요. 이곳에서 우리가 만난 것도 인연이고, 마침 내게 좋은 술이 있어 함께 나누어 마신 것도 운이 좋았기 때문이오. 그렇다면 군 대협 일행에게는 내가 선연(仙緣)이나 마찬가지이니, 나와 함께 있다 보면 더욱 좋은 일이 생길지도 모르는 일 아니겠소?"

그의 말은 다소 억지에 가까웠으나 그렇다고 무조건 부인하기도 마땅치 않았다. 군유현은 그의 의중을 파악하려는 듯 그의 준수한 얼굴을 뚫어지게 주시했으나 그는 전혀 표정의 변화가 없었다.

군유현은 그의 말대로 이곳에 좀 더 머물러 있어야 할지 아니면 당장 떠나야 할지 망설여졌으나 이내 마음을 결정했다. 한데 그가 막 무어라고 입을 열려는 순간, 멀지 않은 곳에서 말이 달려오는 소리가 들려왔다.

그리고 때 맞춰 임조몽의 밝고 낭랑한 웃음소리가 그의 귓전에 들려왔다.

"하하…… 마침 기다리던 손님들이 온 모양이오. 아무래도 오늘 내 일진(日辰)은 무척 좋은 것 같소. 아침부터 좀처럼 보기 힘든 미녀들을 연거푸 만나게 되다니 말이오."

군유현은 황급히 말발굽 소리가 들려온 곳으로 고개를 돌렸다.

훤하게 밝아 오는 아침 해를 받으며 공터로 들어오는 한 무리의 인마가 있었다. 말을 탄 이남삼녀(二男三女)였는데, 두 명의 남자는 체구가 건장한 중년인들이었고, 세 명의 여자는 눈이 번쩍 뜨이는 미모의 여인들이었다.

여인들의 얼굴을 확인한 군유현의 눈이 크게 뜨였다.

제 222 장
배반낭자(杯盤狼藉)

제222장 배반낭자(杯盤狼藉)

여인들 중 노란 옷을 입고 두 눈에 총기가 가득한 여인이 말에서 내려 휘장 앞으로 걸어오더니 휘장 안을 슬쩍 들여다보았다.
"찾았다!"
그녀가 누군가를 발견하고 짤막한 환호성을 내지르자 그녀의 뒤를 따라왔던 차분한 인상의 미녀가 가볍게 그녀를 꾸짖었다.
"산매. 경망하지 말고 어서 공주님께 아뢰어라."
"핏, 셋째 언니는 늘 나만 부려 먹더라. 그런 일은 여섯째 언니를 시켜도 되잖아요."
"내 말을 듣지 않을 셈이냐?"
차분한 인상의 미녀가 정색을 하자 황의 미녀는 입을 삐죽거리면서도 황급히 몸을 돌리더니 자신들의 뒤를 따라오고 있던 두 명의 중년인에게 다가갔다.

그동안에 차분한 인상의 미녀는 휘장 안에 있는 사람들을 빠르게 살펴보더니 이내 엷은 미소를 지으며 한 사람에게 살짝 고개를 숙여 인사를 했다.

"다행히 우리가 늦지 않은 모양이군요."

그녀의 인사를 받은 사람은 자리에서 일어나 있던 군유현이었다. 군유현은 반가운 얼굴로 그녀를 맞았다.

"이곳에서 세 분 선자들을 뵙게 되리라고는 상상도 못했소. 우리를 찾아오신 거요?"

갑작스럽게 나타난 여인들은 강호에 명성이 높은 천봉팔선자 중의 세 사람이었다.

차분한 인상의 미녀는 천봉팔선자 중 셋째인 영봉 금교교였고, 그녀의 옆에 조용히 서 있는 여인은 여섯째인 남봉 엄쌍쌍이었다. 그리고 조금 전에 호들갑을 떨었던 노란 옷의 여인은 막내인 옥봉 누산산이었다. 군유현은 천봉팔선자 중 몇 사람을 만난 적이 있었고, 특히 금교교와는 서너 번 만나서 어느 정도의 친분이 있는 상태였다.

금교교는 침착한 음성으로 입을 열었다.

"여의신거가 습격을 당하고 있다는 급한 전갈을 받고 황급히 달려왔지만 정확한 위치를 몰라 이 일대에서 한참을 헤맸습니다. 인원을 나누어 찾아보기로 하고 일행을 나누었는데, 마침 우리가 길을 제대로 찾았군요."

"오, 정말 다행한 일이구려. 그런데 전갈을 받았다는 건 무슨 말이오?"

금교교는 한차례 주위를 둘러보더니 붉은 입술을 살짝 열었다. 그러자 군유현의 귀로 그녀의 전음성이 들려왔다. 군유현은 심각한 얼굴로 그녀의 전음을 듣고 있다가 가느다란 한숨을 내쉬었다.

"일이 그렇게 되었구려. 그들이 어떻게 그 사실을 알았는지는 모르지만 어쨌든 우리를 위해 먼 길을 달려와 주신 것에 감사드리오."

군유현은 그녀를 향해 정중하게 포권을 했다. 금교교는 가볍게 고개를 내저었다.

"당연한 일을 했을 뿐이에요. 때마침 정양 근처의 노군묘에 머물러 있었기 때문에 늦지 않게 올 수 있어서 천만다행이에요. 그런데……."

그녀는 일행의 숫자가 예상보다 너무 적다고 말하려다가 입을 다물었다. 묻지 않아도 일이 어떻게 된 것인지를 충분히 짐작할 수 있었던 것이다. 습격자들에게 참변을 당하지 않았다면 이들의 숫자가 겨우 이 정도에 불과할 리가 없었다.

영특한 그녀는 재빨리 화제를 바꾸었다.

"이런 곳에 계시리라고는 미처 생각지 못했군요. 저는 은밀한 장소에 몸을 피해 계시거나 이곳에서 멀지 않은 영하의 강변을 따라 이동했을 거라고 예상하고 있었어요."

"추격을 따돌리느라 이리저리 방향을 바꾸는 바람에 우리가 있는 곳의 정확한 위치도 파악하지 못하고 있었소. 그러다 우연히 이곳을 발견하고 잠시 몸을 쉬게 된 것이오."

"그러셨군요. 그렇다면 이곳의 주인은……."

군유현은 그렇지 않아도 임조몽의 정체에 대해 의구심을 가지고 있었기에 재빨리 그를 소개했다.

"이쪽에 계시는 분은 임 공자이시오. 임 공자가 우리를 초대해 주어서 잠시 편안한 휴식을 취할 수 있었소."

금교교의 시선이 한쪽에 느긋한 자세로 앉아 있는 임조몽을 향했다. 임조몽의 절세의 미남이라고 표현할 수밖에 없는 준수한 얼굴을 보자 금교교의 눈빛이 영롱하게 반짝거렸다. 임조몽은 금교교와 시선이 마주치자 천천히 자리에서 일어나더니 가볍게 포권을 했다.

"천하에 이름 높은 천봉선자를 만나게 되니 안계가 넓어지는 것 같소. 나는 임조몽이라고 하오."

금교교는 그와 시선이 마주치자 가슴이 뛰었다. 아무리 그녀가 두뇌가 총명하고 침착하기로 유명한 강호의 기녀(奇女)라고 해도 어디까지나 여인이었다. 난생처음 보는 절세 미남자의 옥안에 설레지 않을 수 없었다. 하나 그녀는 이내 마음을 가라앉히고 가볍게 고개를 숙여 인사를 받았다.

"이제 보니 임 공자이셨군요. 금교교라고 해요. 그런데 저를 만난 적이 있나요?"

"아직 그런 운은 없었소."

"그런데 어떻게 저희가 천봉선자인지를 알아보셨는지 신기하군요."

그녀의 날카로움이 담긴 말에도 임조몽은 전혀 당황하는 기색이 없이 오히려 빙그레 미소 지었다. 세상 모든 여인들의 혼을 앗을 듯한 마력적인 미소였다.

"강호가 아무리 넓다 해도 선자라고 불릴 만한 아름다운 여인들은 많지 않소. 게다가 절정수사와 친분이 있는 선자들이라면 천봉궁의 팔선자밖에 더 있겠소?"

"단지 그뿐인가요?"

금교교의 거듭된 질문에도 임조몽은 전혀 흔들림이 없었다.

"나는 소저들을 만난 적이 없는데, 소저는 혹시 나를 본 적이 있소?"

그가 오히려 되묻자 금교교는 자신도 모르게 고개를 저었다.

이런 미남자를 봤다면 기억하지 못할 리가 없었다. 스치듯 지나쳤더라도 반드시 뇌리에 선명한 기억이 남아 있을 것이다.

그러면서도 금교교는 임조몽이 무척 심기가 깊은 인물이라는 느낌이 들었다. 단순한 반문(反問) 하나로 자신이 더 물어볼 여지를 봉쇄해 버린 것이다.

그때 단봉 공주에게 소식을 전하러 간 줄 알았던 누산산이 경쾌한 동작으로 휘장 안으로 뛰어 들어왔다.

"숙부님들께서 다녀오신다고 하셨어요. 공주님의 향차를 몰고 오려면 자신들이 가는 게 더 낫다고 하시면서요."

그녀는 무심코 금교교를 향해 종알거리다가 문득 앞에 있는 임조몽에게로 시선이 향했다. 임조몽을 보자 누산산은 눈을 휘둥그렇게 뜨더니 이내 얌전한 표정으로 묻는 것이었다.

"이분은 누구신가요?"

평소 남자를 우습게 알고 천방지축으로 날뛰는 그녀의 모습을 생각해 본다면 믿어지지 않는 변신이라고 할 수 있었다. 금교교는 그 모습이 우습기도 하고 한심스럽기도 했으나, 그녀의 마음을 이해 못할 것도 없어서 조용한 음성으로 대답해 주었다.

"이곳의 주인이신 임 공자이시다. 임 공자의 배려 덕분에 군 대협과 다른 분들이 잠시 몸을 쉴 수 있었다고 하시는구나."

누산산은 임조몽에게 살짝 머리를 숙였다.

"반가워요, 임 공자님. 저는 천봉팔선자 중 막내인 누산산이라고 해요."

그녀는 특히 '막내'라는 단어에 힘을 주었다. 대개의 남자들이 어린 여자를 좋아한다는 삼촌 누굉표의 말이 문득 떠올랐던 것이다.

그녀의 앙큼스러운 마음을 아는지 모르는지 임조몽은 담담하게 웃으며 포권을 했다.

"천봉선자 중에서도 미모가 뛰어나다는 옥봉이셨구려. 반갑소, 나는 임조몽이라는 사람이외다."

"조몽…… 정말 멋진 이름이군요. 임 공자께선 무슨 일을 하시는 분이신가요?"

"그냥 술을 벗 삼아 강호를 주유하는 떠돌이외다."

누산산은 알겠다는 듯 짐짓 고개를 끄덕거렸다.

"풍류재사이시군요."

그 귀여운 모습에 임조몽은 낭랑한 웃음을 터뜨렸다.

"하하…… 풍류재사라니 당치 않소. 그냥 일개 파락호일 뿐이오."

"임 공자께서 아무리 스스로를 일개 파락호라고 주장하셔도 남들은 그렇게 생각하지 않을 거예요. 그리고 진짜 파락호였다면 오히려 강호에 널리 알려졌을지도 모르지요."

누산산은 별 생각 없이 즉흥적으로 내뱉은 말일지 몰라도 그녀의 말을 듣는 순간 금교교는 정신이 번쩍 들었다.

임조몽은 그녀 같은 강호의 기녀도 보는 순간 마음이 흔들릴 정도로 절세의 미남자였다. 이런 미남자가 세상에 전혀 알려지지 않았다는 것은 쉽게 이해가 되지 않는 일이었다. 그가 파락호든 아니든 상관없이 그 마력적인 용모만으로도 충분히 사람들의 입에 오르내릴 수 있는 것이다.

그런데도 금교교는 지금까지 임조몽이란 이름을 들어 본 적이 없었다.

이것은 둘 중의 한 가지일 가능성이 높았다. 첫째는 임조몽이 그동안 강호에 전혀 나타나지 않고 철저히 숨어 지냈다가 이번에 처음으로 출도한 인물이라는 것이다. 하나 그는 분명 자기 입으로 강호를 주유(周遊)하고 있다고 했으며, 사람을 대하는 그의 능수능란한 태도로 보아 결코 강호 초행(江湖初行)의 풋내기가 아니었다.

두 번째는 임조몽이 자신의 신분을 숨긴 채 강호에서 은밀히 활동하고 있을 가능성이었다. 사람들은 또 다른 신분의 그를 알고 있지만, 그 사람이 바로 임조몽 본인이라는 것은 전혀 모르고 있을 수도 있는 것이다.

'아니면 임조몽이란 이름 자체도 가명(假名)일지도 모르지.'

그렇게 생각해 보니 그녀의 뇌리에는 강호에서 그 정체가 알려지지 않은 몇 명의 신비인(神秘人)들이 떠올랐다. 임조몽은 그들 중 한 사람일 가능성이 농후했다.

아니면 이 모든 것은 그녀의 지나친 기우(杞憂)에 불과하고, 임조몽은 자신이 말한 대로 유유자적하게 강호를 주유하는 단순한 풍류남아일 뿐일까?

금교교의 시선이 임조몽의 준수한 얼굴에 고정되었다.

'그럴 리는 없다. 저런 용모와 저런 마력의 소유자라면 결코 평범한 파락호일 리가 없다. 게다가 그에게서는 무언지 모르게 위험한 냄새가 풍기고 있다.'

그것은 그녀만의 예리한 직감이었다. 몹시도 준수한 얼굴에 방심이 흔들리는 것과는 별개로 그녀는 본능적으로 임조몽이 위험한 남자라는 것을 느꼈다. 그것이 어떤 종류의 위험인지는 아직 모르겠지만, 치명적인 독을 품은 독사처럼 그는 접근을 허락해서는 안 될 사람으로 생각되었다.

금교교가 이런저런 생각에 잠겨 있을 때, 우연인지 임조몽이 힐끔 고개를 돌려 그녀를 쳐다보았다. 임조몽과 시선이 마주친 금교교는 가슴이 덜컥 내려앉고 말았다. 임조몽의 얼굴에는 거의 알아차릴 수 없을 만큼 희미한 미소가 떠올라 있었다. 그것은 비아냥거림이 어린 흐릿한 조소였다.

그 미소는 이내 씻은 듯이 사라졌으나 금교교는 절로 불안한 생각이 들었다. 때마침 자신에게 다가오는 임영옥을 보지 않았다면 그녀는 자신의 심정을 그대로 얼굴에 드러내 보였을지도 몰랐다.

"나 때문에 일부러 어려운 걸음을 했군요."

임영옥이 특유의 조용한 음성으로 말하자 금교교는 억지로 웃어 보였다.

"인사가 늦었군요. 우리가 원해서 하는 일이니 부담은 갖지 말아요."

그녀를 대하는 임영옥의 태도는 평상시와 다름없었으나, 지나치게 무덤덤해서 왠지 차갑게 느껴졌다.

"조금 전에 누 소저의 말을 들으니 단봉 공주도 이 근처에 계신 모양이군요."

"마침 연락을 받던 자리에 공주님도 계셨어요. 사태가 다급한 것을 알고는 우리를 먼저 보내셨는데, 머지않아 뵐 수 있을 거예요."

금교교의 모습 또한 조금은 딱딱했고, 왠지 모르게 임영옥을 어려워하는 것 같았다.

더욱 이상한 것은 한쪽에 있는 모용연이었다. 천봉선자가 자신들을 구하러 온 것을 뻔히 알면서도 그녀들에게 다가와 인사를 하기는커녕 시선조차 제대로 주지 않았다. 고개를 돌려 일부러 그녀들을 외면하는 듯한 모용연의 모습은 무심함을 넘어 냉랭해 보이기까지 했다.

그런데도 천봉선자들 중 누구도 그녀의 그런 행동에 불만을 표하는 사람이 없었다. 단지 누산산만이 못마땅한 듯 입을 삐죽거리며 모용연을 흘겨보고 있었으나, 그런 누산산도 겉으로는 아무런 내색을 하지 않았다.

자연히 장내의 분위기는 어색해질 수밖에 없었다. 그것을 가장 빨리 알아차린 사람은 군유현이었다. 군유현은 예전부터 그녀들 사이에 묘한 알력이 있다는 것을 어렴풋이 느끼고 있었기에 한차례 헛기침을 하고는 이내 밝은 음성으로 입을 열었다.

"소저들이 조금만 늦게 왔어도 이곳에서 우리를 보지 못할 뻔했소. 이제 올 사람이 모두 온 듯하니 이만 떠나는 게 어떻겠소?"

그런데 이번에도 임조몽이 그를 제지했다.

"아직 떠나기에는 조금 이른 것 같소."

군유현의 눈빛이 날카롭게 변했다.

"그럼 또 올 사람이라도 있단 말이오?"

군유현이 무심결에 던진 말에 뜻밖에도 임조몽은 선뜻 고개를 끄덕이는 것이었다.

"아직 오늘의 운이 모두 사라진 게 아닌 것 같으니 조금만 더 기다려 보는 게 좋을 듯하오."

군유현은 임조몽의 의중을 파악하려는 듯 그의 얼굴을 뚫어지게 주시하며 분명한 어조로 말했다.

"우리는 더 만날 사람이 없소."

임조몽은 빙긋 웃어 보였다.

"때로는 만나기 싫어도 어쩔 수 없이 만나야 하는 사람도 있는 법이오."

"대체 누가 우리를 만나야 한단 말이오? 그리고 당신은 그런 사실을 어떻게 알고 있소?"

"술을 벗 삼아 강호를 떠돌다 보면 가끔은 굳이 원하지 않아도 풍월을 듣게 되는 경우가 있소."

"어떤 풍월 말이오?"

임조몽의 입가에 떠올라 있는 미소가 조금 더 짙어졌다.

"뭐 대단한 건 아니오. 사연이 깊은 오래된 상자 하나와 그 상자를 열 수 있는 열쇠에 대한 케케묵은 이야기라고나 할까."

군유현은 물론이고 나머지 사람들의 안색도 모두 굳어진 채 임조몽에게로 시선이 집중되었다. 중인들의 따가운 시선을 한 몸에 받으면서도 임조몽은 여전히 미소를 잃지 않았다.

"그런 눈으로 나를 볼 필요 없소. 그걸 노리는 사람은 내가 아니니 말이오."

군유현은 양손을 자연스레 늘어뜨리며 진중한 음성으로 물었다.

"그럼 누가 노린단 말이오?"

임조몽은 문득 한곳으로 시선을 돌렸다.

"그들이 왔군. 내가 뭐라고 했소? 이곳에 있으면 당신들을 만나려는 자들을 볼 수 있다고 하지 않았소?"

군유현의 시선도 그쪽으로 향했다.

공터의 한쪽에서 옷자락 펄럭이는 소리가 들려오더니 대여섯 명의 인영들이 공터 안으로 날아오고 있었다. 그들의 선두에 서 있는 사람은 눈부신 백의를 걸친 차가운 인상의 청년이었다. 그 청년의 허리춤에는 유난히 폭이 얇은 기형도가 매달려 있었다.

그 청년의 냉기로 뒤덮인 듯한 차가운 얼굴을 본 군유현의 입에서 나직한 음성이 흘러나왔다.

"낙일무영(落日無影) 전일도(全日到)……."

거의 혼잣말처럼 중얼거리는 소리였는데도 백의 청년은 용케도 알아들었는지 휘장 앞으로 떨어져 내리며 차가운 음성을 내뱉었다.

"내가 바로 전일도요."

그의 음성에는 숨길 수 없는 자부심과 당당함이 가득 담겨 있었다.

하나 그를 아는 사람이라면 누구라도 그를 광오(狂傲)하다고 탓하지 못할 것이다. 그도 그럴 것이 전일도는 마도를 석권하고 있는 신목령의 열두 사자 중 서열 이위인 신목이호(神木二號)였던 것이다.

뿐만 아니라 그는 강호 제일의 쾌도라 불리는 질풍추혼 견동과 쌍벽을 이루는 절세의 쾌도객(快刀客)이기도 했다. 견동은 천하제일의 쾌검이라고 인정받고 있는 분광검객 고심홍과 함께 무림쌍쾌라 불릴 정도로 대단한 절정 고수였으니, 그런 견동과 견줄 만하다는 것만으로도 전일도의 도법이 얼마나 뛰어난 것인지를 충분히 짐작할 수 있었다.

휙휙!

옷자락 펄럭이는 소리가 연거푸 들리며 전일도의 뒤쪽으로 네 명의 백삼인들이 내려섰다. 그들은 칼날같이 예리한 기도를 지닌 자태가 비범해 보이는 중년인들이었다. 그들은 전일도를 측근에서 호위하는 인물들로, 낙일사영(落日四影)이라 했다.

전일도가 나타나자 신목령과는 오랜 숙원(宿怨) 관계였던 천봉선자들이 아연 긴장한 표정이 되었다.

　전일도는 휘장 앞에 몸을 우뚝 세운 채 거칠 것 없다는 듯한 눈으로 중인들을 한차례 쓸어 보았다. 천봉선자들을 볼 때는 가벼운 냉소를 날리던 전일도의 시선이 군유현에게로 향할 때는 날카로운 빛을 번뜩이기도 했다. 이글거리는 듯한 투기(鬪氣) 가득한 눈으로 군유현을 쏘아보던 전일도는 다시 고개를 돌리기 시작했다. 그의 눈이 최종적으로 향한 곳은 바로 임영옥이었다.

　임영옥의 전신을 한차례 훑어보던 전일도의 입가에 냉랭한 미소가 떠올랐다.

　"과연 소문이 사실이었군."

　의미 모를 말을 중얼거린 전일도는 성큼 휘장 안으로 걸어 들어왔다. 마치 자신이 주인이라도 된 듯한 안하무인의 행동이었으나, 왠지 그에게는 무척이나 잘 어울려 보였다.

　전일도는 휘장 안을 이리저리 둘러보더니 임조몽을 향해 물었다.

　"당신이 이곳의 주인이오?"

　전일도의 무례해 보이는 태도에도 임조몽은 조금도 화를 내거나 꺼려하지 않고 담담하게 고개를 끄덕였다.

　"그렇소."

　"아늑한 곳이군. 잠시 자리에 앉아도 되겠소?"

　"그렇게 하시오."

　전일도는 임조몽의 앞에 털썩 앉더니 한쪽에 있는 술상을 쳐다보았다.

제222장 배반낭자(杯盤狼藉)

"마침 급히 달려오느라 목이 탔던 참인데 잘되었군. 한 잔 마셔도 되겠소?"

"그러시구려."

전일도는 서슴없이 술상 위에 놓인 술병을 들어 술잔에 따르더니 거침없이 들이켰다. 이곳에 자신과 임조몽 외에는 아무도 없다는 듯한 그의 제멋대로인 행동에 군유현과 금교교를 비롯한 천봉선자들이 어이가 없는지 아무 말도 하지 않고 그를 지켜보고만 있었다.

전일도는 단숨에 술잔을 비우고는 고개를 갸웃거렸다.

"맛은 괜찮은데 조금 약한 것 같군. 몇 잔 더 마셔도 상관없겠소?"

임조몽은 피식 웃었다.

"상관없소."

전일도는 다시 자기 손으로 두 번이나 연거푸 술잔을 따라 마셨다. 석 잔째 마신 다음에야 그는 흡족한 표정으로 자리에서 일어났다.

"잘 마셨소. 이제야 몸이 풀리는군."

그는 오른쪽 어깨를 빙빙 돌리며 군유현을 향해 몸을 돌렸다. 군유현의 몸을 쓰윽 훑던 전일도의 시선이 그의 허리춤에 매달려 있는 옥색 섭선에 고정되었다.

"그게 절옥선(絕玉扇)이오?"

군유현은 천천히 손을 움직여 섭선의 손잡이를 부드럽게 쓰다듬었다.

"그렇소."

"듣자 하니 절정수사가 절옥선을 한 번 펼쳤다가 접으면 사람 목숨 하나가 사라진다고 하더군. 그게 사실이오?"

군유현은 한차례 어깨를 으쓱거렸다.

"궁금하면 직접 확인해 보지 그러시오?"

전일도의 눈빛이 강렬해지며 입가에 차가운 미소가 떠올랐다.

"그렇지 않아도 그럴 참이었소."

말이 채 끝나기도 전에 그의 옆구리에 매달려 있던 기형도가 어느새 뽑혀 나와 군유현의 목덜미를 찔러왔다. 그 속도가 어찌나 빨랐던지 사람들의 눈에는 이미 군유현의 목덜미가 기형도에 꿰뚫린 듯한 착각이 들 정도였다.

"앗?"

난데없는 공격에 놀란 중인들이 경호성을 터뜨렸지만 군유현은 조금도 당황하지 않고 섭선을 잡고 있던 오른손을 슬쩍 흔들었다.

탕!

그의 목을 찔러 오던 기형도가 섭선과 부딪치며 귀청이 찢어지는 듯한 음향이 터져 나왔다.

전일도는 처음의 자세 그대로 우뚝 서 있었고, 기형도 또한 원래의 칼집에 그대로 꽂혀 있었다. 전일도의 동작은 무척이나 자연스러워서 그 짧은 시간에 그가 칼을 뽑아 군유현의 목덜미를 찔렀다가 섭선에 튕긴 칼을 다시 칼집에 집어넣었다는 것을 도무지 믿을 수 없을 정도였다. 그의 별호가 왜 낙일무영인지를 여실히 보여 준 모습이라고 하지 않을 수 없었다.

군유현은 수중에 절옥선을 든 채로 담담한 신색을 유지하고 있었으나, 입가로는 한 줄기 고소를 머금고 있었다.

'이자의 성정이 이토록 거칠 줄은 몰랐군.'

군유현은 전일도가 나타나자마자 술 석 잔을 마시더니 대뜸 자신에게 칼을 날려 오리라고는 전혀 예상도 못했던 것이다. 칼에 실린 역도(力道) 또한 당초 생각했던 것보다 훨씬 강력한 것이었다.

그리고 그때 비로소 군유현은 왜 전일도가 상당히 독한 장호춘을 석 잔이나 마셨는지 알 것 같았다.

전일도는 누구나가 알다시피 쾌도의 고수였다. 쾌도를 쓰는 자는 순간적인 공력의 운용이 필수적인데, 전일도는 독주 석 잔을 마심으로서 체내의 혈액순환을 일시적으로 상승시켜 공력을 보다 원활하게 운용할 수 있었던 것이다. 전일도가 몸이 풀렸다고 말한 것도 바로 그런 의미였다.

전일도는 언제 손을 썼느냐는 듯 아무렇지도 않은 얼굴로 태연히 군유현을 바라보았다.

"기대에 어긋나지 않는군. 조금 있다가 제대로 겨루어 보도록 합시다."

군유현은 지극히 일방적인 그의 말에 어처구니가 없어서 오히려 피식 웃고 말았다.

"지금은 누가 말리기라도 한단 말이오?"

"내 마음 같아서야 당장 당신과 자웅을 겨루어 보고 싶지만, 일이 먼저요. 그 다음에는 질리도록 싸워 주지."

이어 그의 시선이 한쪽에 서 있는 천봉선자들을 향했다.

"마지막 기회요. 조용히 물러난다면 천목지약(天木之約)이 깨어지는 일은 없을 거요."

금교교가 입을 열기도 전에 누산산이 냉랭한 코웃음을 날렸다.

"흥! 천목지약은 이미 당신들이 우리를 건드린 예전에 깨어진 거 아닌가요?"

"서십왕촌의 일을 말하는 거라면 본 령 내부의 배신자들로 인한 일이니 본 령과는 상관이 없다고 말하고 싶군. 당신들도 지금쯤은 그런 사정을 파악하고 있을 텐데……."

서안의 서십왕촌에서 신목사자들인 조화심과 공손도, 위중설이 금교교를 습격한 일이 있었다.

그때 위기에 처한 금교교를 뒤늦게 나타난 정소소와 두청청이 구해 주었는데, 다급한 격전의 와중에 두청청의 비수에 위중설이 죽고 말았다. 그 때문에 정소소 등은 천목지약이 깨어질 것을 우려했으나, 그 후에 들려온 소식으로는 당시의 습격을 주도했던 조화심과 공손도가 신목령을 배반하고 오히려 사숙뻘인 조옥린을 암습하는 바람에 신목령에서 축출되었다는 것이었다.

전일도의 말은 천목지약이 아직도 유효하다는 뜻이니 그녀들로서는 내심 안도의 한숨을 내쉬지 않을 수 없었다.

하나 그것도 잠시, 누산산은 이내 더욱 기세등등하게 소리쳤다.

"언제부터 신목령이 감히 본 궁을 오라 가라 할 수 있었는지 모르겠군. 자기들 앞가림도 제대로 못하는 것 같더니 이제 사정이 좀 나아졌나 보군요."

전일도의 짙은 눈썹이 한차례 꿈틀거렸으나 의외로 그는 화를 내지 않고 냉정한 음성으로 말했다.

"본 령의 내부 문제는 당신들이 관여할 바가 아니오. 이건 정말 내가 베풀 수 있는 마지막 호의요. 더 늦기 전에 이곳을 떠나시오."

누산산은 화가 나서 쏘아붙이려다가 그의 음성이나 표정이 무척 진지한 것을 깨닫고 터져 나오려는 욕설을 속으로 집어삼켰다. 금교교 또한 전일도의 말이 결코 허언이나 공갈이 아님을 알아차렸다.

"우리가 떠난다면 막지 않겠다는 말인가요?"

금교교의 물음에 전일도는 서슴없이 대답했다.

"그렇소. 단, 이는 천봉궁의 인물들에게만 해당되는 말이오."

금교교의 고운 아미가 살짝 찌푸려졌다.

"우리에게 구궁보의 사람들을 남기고 가라는 말인데, 그걸 우리가 승낙할 거라고 생각하나요?"

"한 사람만 두고 가면 되오."

금교교는 묻지 않았다. 굳이 묻지 않아도 전일도가 말하는 사람이 누구인지를 짐작할 수 있기 때문이었다. 아니나 다를까? 전일도의 시선이 이내 한 사람에게 고정되었다.

임영옥은 전일도의 칼날같이 날카로운 시선이 자신에게 향해 있는 것을 보고는 조용한 음성을 내뱉었다.

"나는 안 된다는 말이군요."

전일도는 그녀의 차분한 태도가 의외인 듯 그녀를 뚫어지게 쳐다보더니 불쑥 입을 열었다.

"소저가 이곳을 떠나려면 한 가지 방법밖에는 없소."

"그게 무엇인가요?"

"물건 하나를 내놓으면 되오."

"어떤 물건을 말하는 건가요?"

"알면서 물어보는 거요? 아니면 정말 몰라서 묻는 거요?"

임영옥은 그의 말의 의미를 파악하려는 듯 잠시 허공을 응시하고 있었다.

어느덧 아침 해가 완전히 떠올라 주위는 어둠이 가시며 새로운 모습으로 기지개를 켜고 있었다.

오늘따라 아침의 공기는 더할 나위 없이 신선했고, 때마침 들려오는 새들이 지저귀는 소리는 마음까지 맑게 씻어 주는 듯했다. 고개를 드니 유난히 파란 하늘이 눈을 찔렀다. 그녀의 영롱한 눈동자에 투영된 푸른 하늘은 오늘은 좋은 날이 될 거라고 속삭이는 것 같았다.

이곳에는 제법 많은 사람들이 있었으나, 그녀의 묘한 분위기에 압도당한 듯 아무도 입을 여는 사람이 없었다. 모두의 시선이 그녀에게 집중된 가운데 그녀는 천천히 한숨을 내쉬었다.

"나는 며칠 전부터 계속 의문을 가지고 있었어요. 나와는 아무런 원한도 맺지 않은 자들이 여의신거를 습격할 때부터 말이죠. 나는 지난 몇 년 동안 병을 치료하느라 바깥출입도 하지 않은 사람인데, 왜 그들은 그토록 집요하게 나를 노리고 있는지 정말 그 이유를 알고 싶었어요. 하지만 아무도 나에게 그 이유를 말해 주지 않더군요. 심지어는 여의신거를 호위하는 같은 일행들까지 말이지요."

모용연이 안색이 약간 굳어진 채 그녀에게 다가왔다.

"언니……"

임영옥은 그녀의 마음을 안다는 듯 살짝 고개를 끄덕이며 말을 이었다.

"이번에 구궁보에서 나온 사람들은 모두 열두 명이었어. 군 대협의 일행까지 합치면 스무 명도 훨씬 넘지. 여자 하나를 호위하기 위해서는 지나친 숫자라고 생각하지 않니?"

"언니…… 그건 오빠가 언니를 보호하기 위해서……"

"누구로부터 말이니?"

임영옥의 물음에 모용연은 순간적으로 아무 말도 할 수 없었다.

"나는 지난 삼 년이 넘는 시간 동안 구궁보 밖으로는 나가 본 적도 없는 사람이야. 그 전에는 종남파에서만 있었고, 강호에서 활동한 기간이라고 해도 한 달 남짓에 불과해. 내 존재 자체를 아는 사람도 거의 없는데, 누가 나를 위협한다고 그처럼 많은 사람들을 호위로 쓴 것일까? 심지어는 군 대협 같은 강호의 절정 고수까지 동원해서 말이지."

모용연은 창백해진 얼굴로 임영옥을 바라보고만 있었다. 임영옥은 그녀를 향해 살짝 미소를 보냈다.

"아마 너도 모르고 있었겠지. 너는 속마음을 잘 숨기지 못하는 사람이니까. 하지만 나는 그전부터 의구심을 가지고 있었단다. 모용 공자가 내게 청혼한 그날부터……."

 "언니……."

 "모용 공자가 내게 어느 정도의 마음이 있다는 건 나도 알고 있었지만, 그날의 청혼은 정말 뜻밖이었지. 그는 내게 굳이 당장 대답할 필요는 없다며 자신이 먼저 중추절까지로 기한을 정했어."

 그녀의 음성은 그리 크지 않았으나 주위가 워낙 고요했기 때문에 이곳에 모인 모든 사람들의 귀에는 아주 선명하게 들렸다.

 "나는 그 일에 대해 아무에게도 말하지 않았는데, 이상하게도 그 뒤부터 내가 모용 공자에게 청혼받은 일이 구궁보 내에 파다하게 소문이 나더니 나중에는 그와 중추절에 결혼하는 것이 기정사실인 것처럼 세상에 알려지더구나."

 임영옥은 마치 다른 사람의 이야기를 하듯 담담한 표정으로 말을 이어 나갔다.

 "원래 나는 사형이 재출도했다는 말을 듣자 사형을 만나기 위해 길을 떠날 생각이었어. 나 혼자 조용히 가려고 했는데, 모용 공자가 청혼을 한 뒤로 사정이 바뀌어서 도저히 혼자 움직일 수 없는 상태가 되고 말았지. 나는 내가 사형을 만나려고 길을 떠난다는 걸 알고 모용 공자가 내게 청혼한 게 아닌가 생각하고 있어. 모용 공자가 구궁보에서도 두 대뿐인 여의신거를 내게 내주고 친구인 군 대협에게 부탁하면서까지 많은 수의 호위대를 딸려 보내는 것을 보고 그런 의심이 더욱 굳어지게 되었지."

임영옥은 핼쑥한 얼굴로 변해 버린 모용연의 얼굴을 가만히 바라보았다.

"연매도 알고 있다시피 내가 구궁보에서 그 정도 대접을 받을 만한 위치에 있는 여자는 아니었잖아."

모용연은 아무 대답도 하지 않았으나, 그녀의 눈초리가 가늘게 떨리는 것으로 보아 임영옥의 말을 수긍하는 것 같았다.

"사형을 만나고 돌아올 때까지도 나는 모용 공자의 청혼과 일련의 행동들이 단순한 나의 착각일지 모른다고 생각했어. 왜냐하면 그의 목적을 의심할 만한 어떠한 일도 벌어지지 않았기 때문이지. 그런데 그런 내 생각을 비웃듯이 그때부터 정체 모를 자들의 습격이 시작되더군. 집요할 정도로 무서운 습격이 말이지. 그리고 그때 비로소 나는 내가 단순히 착각한 것이 아니라는 걸 알게 되었지."

"……!"

"왜 모용 공자는 내게 느닷없이 청혼한 것일까? 그리고 왜 갑자기 그 소문이 파다하게 퍼져서 나는 꼼짝없이 그의 약혼자가 된 것일까? 왜 나의 지극히 개인적인 여행에 그토록 많은 호위들이 따라온 것일까? 왜 알지도 못하는 자들이 그토록 집요하게 나를 습격한 것일까?"

그녀의 계속되는 질문은 그녀 자신에게 하는 독백처럼 들렸다.

"왜 생전 처음 보는 신목령의 고수마저 나를 노리고 있는 것일까? 내게 과연 무슨 가치가 있기에 이런 일들이 벌어지고 있는지를 곰곰이 생각해 보았지. 그리고 이제 어렴풋이나마 그 해답을 알게 되었어."

임영옥은 그윽한 음성으로 물었다.

"그게 무엇인지 알고 싶지 않아, 연매?"

모용연은 고개를 저으려 했다. 그녀의 다음 말을 듣게 되면 무언가 자신이 원하지 않는 진실을 알게 될지 몰라 귀를 막고 싶었다. 하나 그녀는 그럴 수 없었다. 그녀는 당당한 구궁보의 일원이었으며, 스스로의 삶에 자부심을 가지고 있는 여인이었다. 아무리 진실이 견디기 어려운 것이라 할지라도 그녀는 감당해 내어야 하며, 능히 그럴 자신이 있었다. 그래서 그녀는 간절함과 절실함이 담긴 음성으로 말했다.

"말해 주세요."

임영옥은 결연함을 넘어 비장해 보이기까지 하는 그녀에게 온화한 미소를 보냈다.

"연매는 좋은 여자야. 연매를 알게 된 게 지난 삼 년간 내가 한 일 중 가장 보람된 일이었어."

"언니……."

"모용 공자가 내게 청혼한 날, 그는 청혼의 증표라며 내게 한 가지 물건을 건네주었지. 나는 받지 않으려고 했지만, 청혼을 거절하려면 자신에게 직접 말하지 않아도 중추절에 그 물건을 돌려주는 것으로 의사를 표현할 수 있다는 그의 말에 물건을 받고 말았어."

장내의 공기가 아연 긴장되었다. 천봉선자들은 물론이고 신목령의 고수들도 모두 그녀의 말에 온 신경을 집중시켰다. 심지어는 제삼자처럼 느긋한 표정으로 사태를 지켜보고 있던 임조몽조차도 두 눈에 기광을 번뜩인 채 그녀를 주시하고 있었다.

"그건 황금으로 된 봉황 문양의 장식품이었어. 지나치게 호화롭지 않으면서도 은은한 멋이 있어서 나는 그걸 머리 장식용으로 사용했지."

그 말에 중인들의 시선이 모두 그녀의 머리 위로 향했다. 과연, 풍성하게 말아 올린 그녀의 머리카락 한쪽에 봉황 문양이 새겨진 세 치가 조금 넘는 작은 장식용 비녀 하나가 꽂혀 있었다.

임영옥은 천천히 손을 올려 그 황금 비녀를 뽑아 들었다.

그녀는 황금 비녀를 든 채 전일도에게로 시선을 돌렸다.

"내게 당신이 노릴 만큼 귀한 물건이라면 이 비녀밖에는 없어요. 당신이 원하는 물건이 바로 이건가요?"

전일도는 신광이 번뜩이는 눈으로 그녀의 손에 들린 황금 비녀를 응시하더니 이내 차가운 미소를 날렸다.

"흐흐…… 과연 그거로군. 난 한눈에 알아봤지."

"당신이 내 머리 위를 집요하게 쳐다볼 때부터 그러리라고 생각했어요."

"그걸 내게 건네주면 당신에게는 손끝 하나 건드리지 않겠소."

"이 물건이 무엇인가요?"

전일도는 어처구니없다는 듯 실소를 날렸다.

"머리에 꽂고 다녔으면서도 그게 무엇인지 몰랐단 말이오?"

"모용 공자는 내게 이 물건에 대해 아무런 말도 해 주지 않았어요."

"흐흐…… 그건 너무 심하군. 모두가 노리는 보물을 맡기면서도 언질조차 주지 않다니 약혼녀를 대하는 태도치고는 너무 형편없군."

"그에게도 나름대로 사정이 있겠지요."

전일도는 광망이 이글거리는 눈으로 임영옥의 얼굴을 뚫어지게 바라보더니 문득 고개를 끄덕였다.

"모용 공자가 왜 그토록 당신에게 목을 매는지 알 것도 같소. 당신 같은 여자는 정말 흔치 않은데, 모용 공자가 운이 좋다고 해야 하나……."

임영옥은 전일도의 약간은 조롱기가 담긴 말에도 전혀 흔들림 없는 음성으로 물었다.

"이 물건이 무엇인지 말해 줄 수 있나요?"

"알고 싶다면 말해 주지. 당신은 그걸 비녀라고 했지만, 사실 그건 비녀가 아니라 다른 용도로 쓰이는 것이오."

"다른 용도라면?"

"특정한 상자를 여는 데 쓰이지. 다시 말해서 그건 비녀가 아니라 열쇠요. 세상에서 오직 하나뿐인 상자를 여는, 오직 하나뿐인 열쇠. 그것의 이름은……."

바로 그때, 사람의 마음을 후벼 파는 듯한 카랑카랑한 음성이 들려왔다.

"그게 바로 봉황금시다, 아이야."

그와 함께 한 사람이 천천히 휘장 안으로 들어왔다.

짙은 흑포를 걸친 앙상하게 마른 노인이었다. 어찌나 말랐던지 바람이라도 세차게 불면 그냥 날아가 버릴 것만 같았다. 게다가 얼굴의 여기저기에 검버섯이 피어 있고, 눈가에는 진물이 흐르고 있었다.

하나 그 노인을 보는 순간, 좀처럼 냉정을 잃지 않던 금교교를 비롯한 천봉선자들의 낯빛이 창백하게 변했다. 심지어는 군유현마저 바짝 긴장한 채 얼굴표정이 딱딱하게 굳어졌다.

전일도가 흑포 노인에게 다가가 공손하게 머리를 조아렸다.

"오셨습니까, 사숙."

조금 전만 해도 자신만만함을 넘어 광오해 보이기까지 했던 그로서는 전혀 상상도 할 수 없는 정중한 모습이었다.

흑포 노인은 거의 알아차릴 수 없을 만큼 미약하게 고개를 끄덕이고는 예의 카랑카랑한 음성으로 입을 열었다.

"노부가 늦지 않게 도착한 모양이구나."

이어 그는 핼쑥하게 질려 있는 천봉선자들을 둘러보더니 얄팍한 입술을 비틀며 나직하게 웃어 댔다.

"너희들로서는 너무 늦은 셈이겠지만 말이지. 흐흐흐."

제 223 장
독무검영(毒霧劍影)

제 223 장 독무검영 (毒霧劍影)

 임영옥은 고개를 떨구어 자신의 손에 들린 황금빛 봉황 장식을 가만히 내려다보았다.
 봉황금시.
 어떻게 잊을 수 있겠는가? 사 년 전에 소림사의 대집회에 참가하기 위해서 길을 떠났을 때 동중산이 훔친 봉황금시로 인해 얼마나 많은 고초를 겪었던가? 그들은 영문도 모르고 쫓겨야 했고, 수시로 습격을 받았으며, 때로는 생사의 위기에 처하기도 했었다. 결국 진산월이 동중산에게서 봉황금시를 회수하여 모용 공자에게 돌려줌으로서 일단락이 되었지만, 그 일이 종남파에 끼친 여파는 실로 막대했다.
 당시에 그녀는 봉황금시라는 말만 무성하게 들었지 실제로 실물을 보지는 못했었다. 그런데 오랜 세월이 흘러 그 물건이 모용 공자의 손을 거쳐 자신에게 전해졌으니 그 괴이한 인연에 묘한 감흥을 느끼지 않을 수 없었다.

모용 공자는 왜 이 봉황금시를 자신에게 건네준 것일까? 그리고 자신도 모르는 그 내용을 어떻게 남들이 먼저 알고 있는 것일까? 대체 봉황금시의 비밀이 무엇이기에 이토록 많은 피를 뿌리면서까지 사람들이 얻으려는 것일까? 사 년 전에 종남파의 고수들은 자신들이 원치도 않았던 봉황금시 때문에 많은 수난을 당했는데, 지금 그녀도 그와 똑같은 일을 겪는 것은 단순한 우연일 뿐일까?

숱한 상념이 그녀의 머리를 어지럽혔지만 어느 것 하나 속 시원하게 알 수 있는 것이 없었다.

임영옥이 봉황금시를 만지작거리고 있을 때, 흑포 노인이 느릿한 걸음으로 그녀의 앞으로 다가왔다.

"네가 모용 애송이가 아낀다는 임가 계집이로구나."

흑포 노인이 나타난 순간부터 천봉선자들과 군유현이 딱딱하게 굳어 있는 것을 보았으면서도 임영옥은 조금도 두려워하지 않고 차분한 눈길로 그를 응시했다.

"내가 임영옥이에요. 노인장께서도 이 봉황금시를 노리고 오셨나요?"

흑포 노인은 음산한 괴소를 날렸다.

"흐흐…… 그야 당연한 이야기이고, 노부가 이렇게 직접 온 것에는 한 가지 이유가 더 있다."

"그게 무엇인가요?"

흑포 노인의 주름살투성이 얼굴이 더욱 깊게 파였다.

"너를 보기 위해서다."

뜻밖의 말에 임영옥이 의아한 듯 물었다.

"나를 보기 위해서라니요?"

"너는 네 몸의 가치를 아직 모르는 모양이구나. 노부 같은 사람에게 너는 세상에 둘도 없는 영약(靈藥)이라고 할 수 있지."

임영옥의 눈빛이 차가워졌다.

"노인장도 음공(陰功)을 익힌 모양이군요."

그녀는 구궁보에 와서야 비로소 자신이 태음신맥을 타고났음을 알게 되었다. 태음신맥을 지닌 여자는 천성적으로 천하에서 가장 강한 음기를 지니고 있기 때문에, 음공의 고수가 태음신맥을 지닌 여자를 아내로 맞이하게 되면 음공을 대성(大成)할 수 있다고 알려져 있었다.

"비슷하긴 하지만 조금 다르지. 노부가 익힌 건 한음독정공(寒陰毒精功)이란 것이다. 들어 본 적이 있느냐?"

임영옥의 눈빛이 아주 살짝 떨렸다. 흑포 노인은 징그럽게 웃었다.

"흐흐…… 들어 본 적이 있는 모양이구나."

한음독정공은 천하에 산재한 무수한 독공(毒功) 중에서도 가장 음독(陰毒)하기로 악명이 자자했다. 알려지기로는 이 독공에 입문하기 위해서는 상상을 초월할 정도로 지독한 고통을 감내해야 하는데, 그 과정에서 대부분이 인성(人性)을 상실한 살인마가 된다고 한다. 게다가 주기적으로 독물과 음기를 흡입해야 하며, 일정 단계에 이를 때까지 이를 지키지 않으면 전신이 한 줌의 핏물로 녹아 버린다고 했다.

대신에 그 위력은 실로 가공할 지경이어서, 단 오성(五成)만 익혀도 능히 독인(毒人)의 경지에 이르며, 팔성 이상 익히면 독으로는 상대할 사람이 없다고 알려진 무시무시한 무공이었다.

당금 천하에서 이 독공을 익힌 사람의 숫자는 다섯 손가락으로 헤아릴 정도이며, 그중에 한 사람은 한음독정공의 경지가 무려 구성(九成)에 다다라 있었다. 그래서 많은 사람들이 그를 천하제일독인(天下第一毒人)이라 부르며 두려워했다.

항상 침착함을 잃지 않았던 임영옥도 지금 이 순간만큼은 음성이 떨려 나오는 것을 어쩔 수가 없었다.

"노인장이 바로 독중지존(毒中至尊)이라는 독존자(毒尊者) 갈황(葛荒)이군요!"

흑포 노인은 마침내 누런 이를 드러내며 소리 내어 웃었다.

"크하하…… 그렇다. 노부가 바로 갈황이다."

독존자 갈황!

당금 무림에서 자타가 공인하는 독공의 제일 고수이며, 신목령의 오천왕 중 일인이었다. 무공 실력만 따지면 오천왕 중 경천신수 동방욱이 가장 강하다는 평가를 받았으나, 사람들은 동방욱보다는 갈황을 더욱 두려워했다. 그것은 그만큼 그의 독공이 무서운 위력을 지니고 있기 때문이었다. 만에 하나 그의 한음독정공이 십성에 다다른다면 동방욱을 넘어서 오천왕 중 제일인자가 될 뿐 아니라 능히 신목령주와도 자웅을 겨루어 볼 만하다는 것이 많은 사람들의 의견이었다.

　게다가 갈황은 단순히 독공만 강한 것이 아니라 용독(用毒)과 하독(下毒)에도 일가견이 있어서 상대하기 더욱 까다로운 인물이었다.

　갈황은 광소를 터뜨리면서도 쭉 찢어진 사갈 같은 두 눈으로 연신 임영옥의 전신을 훑고 있었다. 그것은 탐욕과 갈망이 어우러진 눈빛이어서 보기만 해도 절로 소름이 돋을 정도였다.

　"너에 대한 이야기를 듣고 긴가민가했었는데, 오늘 직접 보게 되니 과연 태음신맥의 소유자가 확실한 걸 알 수 있겠구나. 너만 노부 손에 들어온다면 구성에서 막혀 있는 한음독정공을 완성할 수 있을 것이다. 모용 애송이가 무슨 마음을 먹고 너를 구궁보 밖으로 내보냈는지는 모르지만, 노부에게는 두고두고 고마운 일이지. 클클……."

　갈황은 이미 임영옥을 수중에 넣은 듯 득의만면한 미소를 짓고 있었다. 그도 그럴 것이 그는 이곳에서 자신의 독공을 상대할 수 있는 자는 아무도 없다고 확신하고 있기 때문이었다.

　천봉궁에서 그의 독공을 감당할 능력이 있는 자는 오랫동안 모습도 잘 드러내지 않는 천봉궁주와 늙어 죽지도 않는 괴물인 총관 차복승 정도였고, 천하를 통틀어도 채 스무 명도 되지 않았다.

　그건 무공 실력 이전에 내공의 상성(相性)에 관한 문제였고, 그 점에 대해 갈황은 절대적인 자신을 가지고 있었다. 극양(極陽)의 열양공을 화경까지 익힌 고수이거나, 자신이 익힌 것과 비슷한 종류의 음공이나 독공을 최소한 자신의 수준까지 연마한 자가 아니면 한음독정공의 극음(極陰)을 띤 독기를 막아 낼 수 없는 것이다. 하물며 아직 젖비린내도 가시지 않은 천봉팔선자나 구궁보의 풋내기들은 언급할 가치도 없었다.

임영옥을 이미 손안에 들어온 물건 취급하는 갈황의 모습은 중인들의 공분을 사기에 충분한 것이었다. 특히 임영옥을 누구보다도 흠모하고 있던 모용연은 머리끝까지 노화가 치밀어 올라 금시라도 심장이 터져 버릴 것만 같았다.

가뜩이나 자신의 오빠에 대한 의구심으로 가슴이 답답했던 모용연은 더 이상 참지 못하고 성난 고함을 내지르며 갈황을 향해 쌍장을 휘둘렀다.

"노독물! 뚫린 입이라고 함부로 입을 놀리는구나! 구궁보가 그렇게 우스워 보였단 말이냐?"

그녀의 한 쌍의 옥수에서 칼날처럼 날카로운 예기가 줄기줄기 뻗어 나갔다. 절옥단금(切玉斷錦)이라는 상승(上乘)의 수공(手功)이었다.

갈황은 피하지도 않고 그 자리에 우뚝 선 채 귀찮은 듯 오른 소맷자락을 한차례 휘둘렀다.

팡!

그녀가 펼쳐 낸 예기와 갈황의 소맷자락에서 뿜어져 나오는 경풍이 중간에서 부딪치며 작은 폭음이 들려왔다. 모용연은 갈황의 경력이 생각보다 강하지 않다고 판단하고, 재차 공세를 이어 나가려 했다.

한데 쌍장을 채 절반도 내뻗기 전에 그녀의 몸이 휘청거렸다.

갈황이 그녀를 돌아보며 음충맞게 웃었다.

"흐흐…… 아이야. 남들에게는 구궁보라는 이름이 통할지 몰라도 노부에게는 어림없다. 모용 늙은이나 모용 애송이가 아니라면 누구도 노부 앞에서 큰소리를 치지 못한다."

모용연은 안색이 창백하게 변한 채 몸을 가늘게 떨었다. 갈황의 경력과 부딪혔던 양손이 꽁꽁 얼어 버린 것처럼 제대로 움직여지지 않았던 것이다. 기이한 한기가 손을 지나 팔목 위로 올라오는 것이 생생하게 느껴졌다.

이것이 바로 한음독정공의 위력이었다. 단순히 장력을 교환하기만 해도 피부를 통해 차가운 음독이 체내로 침투해 들어오니 일반적인 고수들은 도저히 그를 당해 낼 수 없는 것이다.

모용연은 황급히 공력을 끌어 올려 팔뚝 위로 올라오는 독기에 대항하기 시작했다. 하나 독기는 매우 수월하게 그녀의 공력을 뚫고 계속 어깨 쪽으로 올라왔다.

'세상에 이토록 지독한 독기가 있다니…….'

모용연은 이를 악물며 구궁보의 비전인 천양신공을 운용했다. 그러자 무서운 기세로 팔을 타고 올라오던 독기가 조금씩 누그러지기 시작했다. 하나 팔 자체가 얼얼하여 제대로 움직이기 힘든 것은 여전했다.

단 일수 만에 모용연을 꼼짝도 못하게 만든 갈황은 이내 임영옥을 향해 시선을 돌렸다.

"너는 네 발로 노부를 따라오겠느냐, 아니면 노부의 손을 거치겠느냐? 네가 원하는 대로 해 주마."

제223장 독무검영(毒霧劍影)

참으로 모욕적인 말이었으나 임영옥은 동요하지 않았다. 그녀는 손에 들고 있던 봉황금시를 다시 머리에 꽂았다. 천하에서 가장 무서운 독인을 앞에 두고도 헝클어진 머리를 매만지며 봉황금시를 꽂고 있는 임영옥의 모습은 무척이나 인상적인 것이었다.

갈황도 그녀의 행동이 예상 밖이었는지 아무 말도 하지 않고 번들거리는 눈으로 그녀를 바라보고만 있었다. 마침내 머리치장을 마친 임영옥은 물처럼 조용한 눈으로 갈황을 향해 입을 열었다.

"할 수 있다면 직접 가져가 보세요."

갈황은 어이가 없는지 한동안 아무 말도 하지 않았다. 그러다 그의 옆으로 길게 찢어진 눈에서 시퍼런 광망이 줄기줄기 흘러나왔다.

"흐흐…… 맹랑한 계집이군. 태음신맥을 타고난 자는 남과 다른 구석이 있다고 하더니 확실히 틀린 말은 아닌 모양이구나."

갈황은 음산하게 웃으며 고개를 절레절레 흔들어 보였다.

"하지만 아이야, 너는 뭔가 잘못 생각하고 있구나. 노부는 여자라고 해서 봐주는 사람이 아니다. 다른 놈들이야 너를 신주단지 모시듯 떠받들었을지 몰라도 노부에게 너는 몸에 좋은 보약 이상은 아니다. 팔다리 하나쯤 없어진다고 해도 태음신맥이 사라지는 것은 아니니 미리 각오하고 있는 게 좋을 게다."

듣기만 해도 모골이 송연해지는 말을 태연히 내뱉으며 갈황은 천천히 그녀를 향해 다가왔다. 군유현이 입술을 질끈 깨문 채 절옥선을 뽑아 들고 갈황의 앞을 막아서려고 막 움직이려 했을 때였다.

휘익!

어디선가 한 줄기 휘파람 소리가 들려왔다. 휘파람 소리는 끊어지지 않고 계속 이어졌다. 그것은 음의 고저장단도 불분명하고 가락도 그리 인상적이지 못해서 마치 어린아이가 부는 것 같았다.

그런데 그 휘파람 소리를 듣는 순간, 임영옥의 얼굴에 묘한 표정이 떠올랐다. 무언지 모를 아련한 그리움과 마음속 깊은 곳의 떨림이 동시에 느껴지는 표정이었다.

휘휘이익!

휘파람 소리는 때로는 서툴게, 때로는 나직하게 들려왔다. 마치 누군가가 근처를 배회하며 장난삼아 부르는 것 같았다. 아니면 풋내기 꼬마가 어린 연인을 앞에 두고 두근거리는 자신의 마음을 담아 연주를 하는 것 같기도 했다.

한 가지 기이한 것은 이곳에 있는 사람들 중 고수가 아닌 사람이 없었으나 누구도 휘파람 소리가 정확히 어디서 들려오는지를 알지 못한다는 것이었다.

갈황의 눈꼬리가 꿈틀거렸다.

"어느 놈이 허튼 장난을 치는 거냐?"

짙은 살기를 담은 그의 음성이 주위를 뒤흔들었으나, 휘파람 소리는 아랑곳하지 않고 계속 들려왔다. 어딘지 모르게 서툴고 어색한 휘파람 소리였으나 그것을 듣는 여인들은 왠지 모르게 가슴이 뭉클해져서 자신도 모르게 그 소리에 귀를 기울이고 있었다.

"흥!"

갈황이 냉랭한 코웃음을 치며 양쪽 소매를 세차게 떨쳤다.

파파파곽!

회오리를 연상하게 하는 거센 바람이 휘몰아치며 사방을 가리고 있던 휘장이 갈가리 찢겨 나갔다. 실로 무시무시한 경력이라고 하지 않을 수 없었다.

휘장이 모두 사라지자 주위의 풍경이 훤히 드러나 보였다.

중인들의 시선이 모두 한곳을 향했다. 공터의 가장자리에 있는 커다란 나무에 한 사람이 등을 기댄 채 휘파람을 불고 있었다.

무척 키가 크고 비쩍 마른 사나이였다. 먼 길을 달려온 듯 머리는 잔뜩 헝클어져 있었고 온몸은 먼지와 땀으로 범벅이 되어 있었으나 추레하기보다는 거칠고 강인해 보였다. 고적한 눈으로 허공을 응시한 채 휘파람을 불고 있는 사나이의 옆구리에 매달린 기다란 장검 하나가 유난히 시선을 끌었다.

사나이의 얼굴을 본 누군가의 입에서 신음 같은 음성이 흘러나왔다.

"신검무적……."

사나이의 휘파람 소리가 점차 잦아들었다.

사나이는 천천히 몸을 곧추세우고 중인들을 향해 돌아섰다.

왼쪽 뺨에 나 있는 깊은 흉터가 꿈틀거리며 입가에 희미한 미소가 떠올랐다. 차갑고 비정해 보였으나, 누군가에게는 한없이 부드럽고 따뜻하게 느껴지는 미소였다.

"이곳에 있는 줄도 모르고 엉뚱한 곳을 한참이나 돌아다녔지 뭐야."

누구에게 하는 말인지 모를 조용한 음성이었다. 아무도 대답하는 사람이 없었다. 하나 사나이는 조금도 아랑곳하지 않고 계속 입가에 미소를 지은 채 입을 열었다.

"그동안 곰곰이 생각해 봤는데, 아무래도 안 되겠더군."

사람들은 그가 대체 무슨 말을 하는지 몰라 우두커니 그를 지켜보고 있었다. 사나이는 독백이라도 하는 것처럼 낮은 목소리로 중얼거리며 천천히 걸음을 떼었다.

"몇 번이나 되짚어 보고 곱씹어 보아도 역시 결론은 하나뿐이야. 사매를 데리고 돌아가야겠어. 사매를 홀로 내버려 두는 것은 한 번으로 족하단 말이야."

임영옥은 떨리는 눈으로 하염없이 그를 바라보았다.

사나이, 진산월은 그녀에게 시선을 고정시킨 채 계속 다가왔다.

"나에겐 사매가 필요해. 사매가 있어야 할 곳은 다른 어느 곳도 아닌 바로 내 옆이야. 그리고 사매에게도 내가 필요하지. 사매 옆에 설 수 있는 사람도 오직 나뿐이야. 어느 누구도 그걸 대신할 수 없어."

임영옥의 아름다운 두 눈에 그렁그렁 눈물이 맺혔다. 처음 휘파람 소리가 들려올 때부터 그녀는 알고 있었다. 그것은 진산월이 자신을 위해 불러 주었던 아주 오래된 노래였다.

진산월이 종남파에 온 지 얼마 되지 않은 어느 날이었다. 임영옥은 깊은 시름에 잠겨 있었다. 그날은 돌아가신 어머님의 기일이었다. 그날따라 혼자라는 외로움과 소녀다운 감상에 깊게 젖어 든 그녀는 하염없이 울고 있었다.

그때 휘파람 소리가 들려왔다.

서툴고 어색해서 정말 멋없는 소리였으나 그녀에게는 세상의 어떤 말보다도 위로가 되는 소리였다. 한참을 울다가 고개를 돌린 그녀의 눈에 어색한 표정으로 휘파람을 불고 있는 진산월의 모습이 들어왔다.

그녀는 눈물이 그렁한 얼굴로 그를 보고 있다가 이내 피식 웃고 말았다.

"이런 음치. 휘파람도 하나 못 부르는 엉터리잖아."

진산월은 붉게 상기된 얼굴에 땀을 뻘뻘 흘리면서도 계속 휘파람을 불었다. 그녀는 한동안 그를 바라보다가 조용히 눈을 감고 귀를 기울였다. 그가 불러 주는 휘파람 소리는 세상의 어떤 음악보다도 부드럽고 달콤하게 들렸다. 외로움에 젖어 울고 있는 한 소녀를 위해 한 소년이 해 줄 수 있는 최고의 위로였기 때문이다.

그리고 이제 진산월은 다시 그녀를 위해 휘파람을 불어 주었다. 자신을 노리는 자들에게 물건처럼 취급받고 천하제일의 독인에게 위협을 받는 절체절명의 상황에서 들려온 휘파람 소리는 그녀에게 커다란 위안과 힘이 되어 주었다.

임영옥은 진산월을 향해 웃어 주고 싶었다. 그가 정성을 다해 불러 준 그 서툰 휘파람 소리가 정말 듣기 좋았다고 말해 주고 싶었다.

하나 아직은 그럴 때가 아니었다.

"네놈이 바로 요즘 제법 명성을 날리고 있는 신검무적이란 말이냐?"

갈황의 살기 어린 음성이 들려왔다.

임영옥은 몸을 움찔했다. 자신을 향해 다가오던 진산월의 앞을 갈황이 가로막고 있었던 것이다.

진산월은 갈황에게는 시선도 돌리지 않았다. 그는 여전히 임영옥을 보며 웃고 있었다. 그 미소를 보자 임영옥은 가슴을 조여 오던 불안감이 가시며 마음이 평온해졌다.

진산월이 자신은 쳐다보지도 않고 계속 임영옥만을 주시하고 있자 갈황의 주름살 가득한 얼굴이 흉악하게 일그러졌다.

"애송이가 이름을 좀 얻었다고 눈에 뵈는 것이 없는 모양이구나. 대단할 것도 없는 종남파의 장문인 주제에 감히 노부의 말을 무시해?"

그제야 진산월은 천천히 고개를 돌려 그를 쳐다보았다. 진산월의 얼굴에는 아직도 미소가 사라지지 않고 있었다. 대체 무엇이 그리도 우스운 것일까?

그 미소를 보자 갈황은 더욱 기분이 나빠졌다.

"네놈이 어떻게 알고 이곳까지 왔는지는 모르지만 알량한 칼솜씨 하나를 믿고 노부 앞에서 재주를 피울 요량이라면 어림없는 수작이라고 말해 주지. 이 계집 앞에서 네놈을 죽이고 계집과 금시를 취해야겠다."

갈황의 험악한 말에도 진산월은 전혀 표정의 변화가 없이 무심한 음성을 내뱉었다.

"말이 많군."

"뭐라고?"

"어차피 곧 죽을 늙은이가 말이 너무 많아."

갈황은 일시지간 아무 대꾸도 못하고 눈만 껌벅거렸다. 너무도 어이가 없어서 순간적으로 할 말을 잊어버린 것이다. 갈황뿐 아니라 진산월이 나타날 때부터 초조한 표정으로 그를 지켜보고 있던 천봉선자들 또한 모두 아연한 표정이 되었다.

갈황의 주름살로 뒤덮인 얼굴이 푸르뎅뎅하게 변했다.

"이…… 이 찢어 죽일 놈이……!"

하나 그의 노성이 채 끝나기도 전에 진산월의 몸은 어느새 그를 향해 돌진해 오고 있었다. 그가 검을 뽑는 장면을 누구도 제대로 보지 못했는데, 우웃빛 검광이 갈황의 상반신을 뒤덮어 갔다.

"이놈! 어림없다!"

갈황은 양쪽 소맷자락을 세차게 휘둘렀다. 푸르스름한 빛을 띤 경력이 노도처럼 일어나며 검광에 맞서 갔다.

파파팡!

마치 가죽 북이 찢어지는 듯한 음향이 거푸 터져 나오며 사방이 온통 경풍과 검영에 휘감겨 버렸다.

지켜보고 있던 중인들이 다급하게 뒤로 사오 장이나 급히 물러났다. 하나 그들은 이내 다시 오 장을 더 물러나야만 했다. 푸르스름한 경력 속에 강한 독기가 담겨 있음을 알아차린 것이다.

푸스스…….

땅바닥에 널린 휘장의 파편에 독기가 닿자 시커먼 연기가 솟아

오르는 것만 보아도 경력에 담긴 독기가 얼마나 지독한 것인지를 여실히 알 수 있었다.

갈황이 미친 듯이 양쪽 소맷자락을 흔들자 시퍼런 장영이 그야말로 사방을 완전히 헤집어 놓을 듯 무서운 기세로 휘몰아쳐 갔다. 보기만 해도 오금이 저릴 정도로 무시무시한 광경이었으나, 진산월은 조금도 망설이지 않고 그 장영 속으로 뛰어들며 용영검을 질풍처럼 휘둘렀다. 그들이 싸우는 곳은 온통 시퍼런 장영과 우윳빛 검광에 휘감겨 그 안에 있는 사람의 모습도 제대로 보이지 않을 정도였다.

진산월이 나타났을 때부터 누구보다도 눈을 반짝이며 그의 일거수일투족을 지켜보았던 누산산은 안력을 돋우어 그들의 싸움이 어떻게 진행되는지 알아보려 했으나 이내 눈살을 찌푸리고 말았다. 그녀는 옆에 있는 금교교를 돌아보며 조그만 음성으로 물었다.

"언니, 누가 우세한 것 같아요?"

금교교는 싸움 장면에서 시선조차 떼지 않은 채 고개만 내저었다.

"잘 모르겠다. 두 사람의 신형이 너무 빨라서 제대로 알아볼 수가 없구나."

"금안공(金眼功)은 이럴 때 안 쓰고 언제 쓰려고요? 공력 아끼지 말고 실력 발휘 좀 해서 자세한 사정을 좀 알려 줘요."

누산산이 발을 동동 구르며 재촉을 하자 금교교가 그녀를 힐끗 돌아보더니 어쩔 수 없다는 듯 고개를 절레절레 흔들고는 이내 자신의 양쪽 관자놀이를 손으로 문질렀다. 그러자 그녀의 눈빛에 금광(金光)이 어른거리며 그녀의 눈동자가 투명해졌다.

그녀는 금빛으로 물든 눈으로 장내의 광경을 한동안 주시하더니 감탄성이 담긴 음성으로 입을 열었다.

"진 장문인의 검술이 정말 대단하구나. 갈황의 원음독장(元陰毒掌)이 그의 검에 막혀 그의 몸에 가까이 닿지 못하고 있다."

누산산의 얼굴이 환하게 밝아졌다.

"그럼 곧 저 늙은 독물은 진 장문인의 검에 갈가리 찢겨 죽겠군요?"

"그럴 것 같지는 않다. 진 장문인 또한 원음독장에서 흘러나오는 음기와 독기 때문에 움직임에 막대한 지장을 받고 있는 것 같구나. 내뻗었던 검초를 자주 거두어들이는 것으로 보아 마음먹은 대로 검법을 펼치기에 난관이 있는 모양이다."

누산산은 답답한 듯 고운 아미를 잔뜩 찡그렸다.

"그럼 대체 누가 유리하단 말이에요?"

"아직까지는 진 장문인이 조금 유리한 것은 사실이다. 갈황의 상반신 몇 군데가 검에 베어 피가 흘러나오고 있으니 말이다."

누산산은 안도의 한숨을 내쉬었다.

"그러면 진 장문인이 이길 거예요. 진 장문인은 그 늙은 독물보다 훨씬 젊으니 시간이 흐를수록 체력이 남아서 더 유리해질 테니까요."

"네 말대로 된다면 얼마나 다행이겠니? 그런데……."

금교교가 무슨 말인가를 하려다 입을 다물자 누산산은 안달이 나서 그녀를 재촉했다.

"왜 말을 하다 말아요? 언니 생각은 그렇게 되지 않을 거란 말이에요?"

금교교는 관자놀이에 올려놓았던 손을 서서히 내렸다. 그러자 그녀의 눈에 어렸던 금광도 사라지고 그녀의 눈동자도 원래의 색으로 돌아왔다. 금안공은 순간적으로 안력을 극대화하여 초인적인 시각을 보여 주는 절세의 신공이었으나, 그만큼 내공의 소모가 막대하여 오랜 시간을 사용하기는 힘들었다.

금교교는 자신의 팔을 잡은 채 안달을 하는 누산산을 보더니 한숨을 내쉬었다.

"넌 왜 그렇게 진 장문인의 승패에 관심이 많으냐?"

누산산은 움찔하다가 이내 뾰로통한 음성을 내뱉었다.

"그야 저 노독물이 이기면 우리까지 위험해지니 당연한 일이 아닌가요? 그나저나 어서 말해 줘요. 언니가 보기에는 저들의 싸움이 어떻게 될 거 같아요? 금안공으로 지켜봤으니 짐작 가는 게 있을 거 아니에요?"

"금안공이라고 만능인 줄 아느냐? 그들의 움직임과 얼굴 표정만 간신히 확인했을 뿐이니 앞으로의 일까지 예측할 수는 없다."

"언니의 좋은 머리로 추측이라도 해 봐요. 진 장문인이 저 늙은 독물을 이길 수 있을 것 같아요?"

"지금은 분명 진 장문인이 유리하긴 한데…… 문제는 갈황이 독공의 고수라는 것이다. 그의 한음독정공은 단순히 스치기만 해도 독기가 혈맥을 타고 체내로 들어오기 때문에 사실상 막기가 가장 까다로운 무공이다."

누산산의 얼굴 표정이 어두워졌다.

"역시 그놈의 독공이 문제로군요. 그런데 진 장문인은 지금까지 잘 버티고 있잖아요."

"그래서 나도 기이하게 생각하는 중이다. 진 장문인이 아무리 원음독장을 완벽하게 막는다고 해도 지금쯤이면 체내에 적지 않은 독기가 쌓여서 몸 상태가 정상이 아니어야 할 텐데 전혀 독에 중독된 기색이 없으니 어찌된 영문인지 모르겠구나."

누산산의 눈이 반짝거렸다.

"진 장문인이 혹시 독을 막는 피독주(避毒珠)라도 소지하고 있는 게 아닐까요?"

금교교는 고개를 저었다.

"갈황의 한음독정공이 배출하는 것은 단순한 독기가 아니라 지독한 극음기(極陰氣)를 담고 있는 독기다. 그래서 음기와 같이 섞여서 체내에 침투하기 때문에 피독주만으로는 막을 수 없다."

누산산은 상상만으로도 질리는지 몸을 한차례 떨었다.

"정말 악독한 무공이로군요."

"그렇지 않았다면 강호인들이 그를 그토록 두려워할 리가 없지. 절세의 열양공을 익힌 고수가 아니라면 누구라도 한음독정공의 독기를 당해 낼 수 없을 것이다."

"그러면 언니는 진 장문인에게 승산이 없다고 판단하시는 건가요?"

금교교의 얼굴에 아리송한 빛이 떠올랐다.

"글쎄…… 처음에는 그럴 줄 알았는데, 금안공으로 살펴본 바로는 진 장문인은 독기의 영향을 거의 받지 않는 것 같구나."

누산산의 얼굴이 확연히 알아볼 수 있을 정도로 활짝 펴졌다.

"왜 그런 것 같아요?"

"나도 아까부터 그 이유를 생각하고 있는 중이란다. 한 가지 짐작 가는 것이 있기는 한데……."

"그게 뭔가요?"

"사 년 전에 진 장문인은 서장의 제일 지자인 천애치수 단목초를 암습하려다 앙천지독에 중독된 적이 있었다."

"나도 기억이 나요. 그 때문에 진 장문인은 거의 죽었다 살아났다고 하더군요."

"그래. 무림 제일 신의인 노방이 아니었다면 진 장문인은 살아나지 못했을 거야."

"그런데 그 일이 이번 일과 무슨 관련이 있다는 거죠?"

"내가 듣기로 힌번 절독에 중독되었던 사람은 그보다 약한 독에는 잘 중독되지 않는다고 하더구나. 독에 내성(耐性)이 생겨서 웬만한 독쯤은 간단하게 견뎌 낼 수 있다는 거야."

누산산이 가벼운 탄성을 내질렀다.

"아! 그건 충분히 공감이 가는 이야기로군요. 그렇다면 언니는 진 장문인이 그때의 사건 때문에 만독불침(萬毒不侵)의 몸이 되었다고 생각하는 거예요?"

금교교는 피식 웃었다.

"만독불침이 그렇게 쉽게 되겠니? 다만 어지간한 독은 충분히 감당할 정도는 될걸. 진 장문인 정도의 고수가 독기에 강한 내성

제223장 독무검영(毒霧劍影) 149

을 가지고 있다면 어떤 독공의 고수라 해도 독으로는 그를 쉽게 쓰러뜨릴 수 없을 거야. 설사 한음독정공을 익힌 갈황이라고 해도 말이지.”

누산산은 반색을 하며 흥분된 표정을 숨기지 않았다.

“그렇다면 언니는 진 장문인이 갈황을 이길 거라고 생각하는군요?”

“갈황의 독기가 효력을 발휘하지 못한다면 남는 것은 두 사람의 진재실학(眞才實學)뿐이야. 그 싸움에서 누가 이길지는 대결이 끝나기 전에는 아무도 모르는 일이지.”

금교교의 말에도 누산산은 하얀 이를 드러내며 배시시 웃었다.

“순수한 무공의 겨룸이라면 진 장문인이 저 늙어 빠진 독물을 당해 내지 못할 리가 없어요.”

그녀의 말을 증명이라도 하듯 갑자기 장내에 처절한 비명이 울려 퍼졌다.

“크아악!”

두 여인은 깜짝 놀라 비명성이 들려온 곳으로 고개를 돌렸다.

장내의 싸움은 어느새 그쳐 있었다. 장영과 검풍에 휩싸였던 곳은 거의 폐허처럼 변해 버렸는데, 그 폐허 한가운데 하나의 인영이 질펀한 피바다 속에 쓰러져 있었다.

갈가리 찢어진 흑포를 걸친 채 왼쪽 가슴에서 아랫배까지 쩌억 갈라져 숨이 끊어져 있는 인영은 다름 아닌 독존자 갈황이었다. 신목령의 오천왕 중 일인이며 가공할 한음독정공으로 모든 무림인들의 두려움을 샀던 독중지존이 비참한 몰골로 싸늘한 시신이 되어 버린 것이다. 딱딱하게 굳어진 갈황의 주름진 얼굴에는 자신의 죽음을 믿지 못하겠다는 듯한 경악과 공포의 빛이 가득 담겨 있었다.

진산월은 갈황의 시신에서 삼 장 떨어진 곳에 서 있었다. 가뜩이나 헝클어진 채 먼지가 수북했던 그의 머리카락은 땀에 흠뻑 젖어 있었고, 옷의 군데군데가 해어져 있었지만 그는 담담한 신색을 유지하고 있었다.

그는 손에 들린 용영검을 천천히 거두어들였다. 피 한 방울 묻지 않은 용영검이 소리도 없이 검집 속으로 사라지는 광경은 보는 이의 가슴에 진한 인상을 남기는 것이었다.

장내는 무거운 침묵에 잠겨 있었다.

중인들은 각기 다른 표정으로 바닥에 쓰러져 있는 갈황의 시신과 진산월을 번갈아 가며 보고 있었는데, 누구도 선뜻 입을 여는 사람이 없었다. 그만큼 갈황의 죽음은 그들에게 커다란 충격으로 다가왔던 것이다.

침묵을 깬 사람은 다름 아닌 진산월이었다.

진산월의 시선은 장내의 한 사람에게 고정되어 있었다.

"이제 당신이 숨겨 두었던 수를 보여 줄 때가 된 것 같군."

중인들은 진산월의 말에 의아한 빛을 감추지 못했다.

진산월이 쳐다보고 있는 사람은 뜻밖에도 임조몽이었던 것이다.

임조몽은 준수한 얼굴에 어리둥절한 빛을 띠었다.

"내가 무슨 수를 숨겨 두었단 말이오?"

진산월은 담담한 시선으로 그를 응시했다.

"이곳에 오면서 습격자들의 시신을 발견했지. 뒤져 보니 하나같이 가슴에 검은색 전갈 문신을 하고 있더군. 그들은 흑갈방의 방도였던 거요."

"……!"

"그런데 흑갈방을 이끌고 있는 당신이 이들과 함께 이곳에 있으니 무언가 수를 부리려는 게 아니면 무엇이란 말이오?"

흑갈방이란 단어가 나올 때부터 두 눈에 기광을 번뜩이고 있던 임조몽이 불쑥 물었다.

"내가 누군지 아시오?"

"한 번 본 사람을 잊어버릴 정도로 멍청하지는 않소. 특히 검을 들고 싸웠던 상대를 몰라볼 수는 없지. 그렇게 생각하지 않소, 화면신사?"

진산월의 조용한 음성에 중인들은 경악 어린 눈으로 임조몽을 바라보았다.

임조몽은 한동안 말없이 진산월을 응시하고 있더니 이내 어깨를 들썩이며 낭랑한 웃음을 터뜨렸다.

"하하…… 정말 상대하기 까다로운 친구로군. 그렇소. 내가 바로 흑갈방을 이끌고 있는 흑백쌍사 중 화면신사요."

제 224 장
적전논담(敵前論談)

제224장 적전논담(敵前論談)

아침 해가 밝아 올 즈음, 동중산이 조용히 낙일방을 찾아왔다.

"낙 사숙, 드릴 말씀이 있습니다. 잠시 시간을 내주시겠습니까?"

"들어오세요. 장문 사형의 일로 온 건가요?"

낙일방이 묻자 동중산은 가볍게 웃었다.

"역시 낙 사숙께서도 알고 계셨군요."

"어제 장문 사형이 흑기보주와 함께 나간 뒤로 돌아오지 않아서 나도 걱정 중이었어요. 늦게까지 방의 불이 켜져 있던데, 장문 사형을 기다리느라 밤을 꼬박 새운 건가요?"

동중산은 멋쩍은 웃음을 흘렸다.

"저는 새벽녘에 잠시 눈을 붙였습니다. 낙 사숙께선 한잠도 주무시지 않은 모양이군요."

"일부러 밤을 새운 건 아니에요. 잠이 오지 않아서 몇 차례 운공(運功)을 했더니 어느새 날이 밝아오더군요."

낙일방이 대수롭지 않은 듯 말했으나, 동중산은 낙일방이 새벽부터 숙소의 입구에서 진산월이 오기만을 기다렸음을 알고 있었다. 자신도 입구에서 기다리려다 낙일방이 있는 것을 보고는 발걸음을 돌렸던 것이다.

동중산은 잠시 숨을 골랐다가 진중한 표정으로 입을 열었다.

"장문인께서 흑기보주와 함께 나가시기 전에 제자를 불러 말씀하신 게 있습니다."

낙일방은 귀가 번쩍 뜨이는지 반색을 하고 물었다.

"그렇지 않아도 장문 사형이 아무 언급도 없이 나갔을 리가 없다고 생각했었어요. 장문 사형이 무어라고 말씀하셨나요?"

"장문인께서는 일이 잘못될 경우 돌아오는 게 늦어질 수도 있다며, 하루를 더 기다렸다가 그때까지도 장문인께서 돌아오지 않으시면 먼저 회남으로 떠나라고 하셨습니다."

낙일방은 잠시 생각에 잠겼다가 다시 물었다.

"장문 사형께서 무슨 일 때문에 그렇게 급히 나가셨는지 혹시 들은 게 없나요?"

"그 점에 대해서는 별다른 말씀이 없으셨습니다."

"흑기보주는 우리와 전혀 친분 관계가 없는 사람인데, 장문 사형이 왜 갑자기 그와 동행하여 나갔는지 쉽게 이해가 되지 않는군요. 흑기보주가 장문 사형에게 무슨 이야기를 했는지 알고 있나요?"

"저는 흑기보주를 장문인께 안내하고는 밖으로 자리를 비켜 주었기 때문에 두 분이 무슨 이야기를 나누었는지는 전혀 알지 못합니다. 이럴 줄 알았으면 염치 불고하고 그 자리에 버티고 있을 걸 그랬습니다."

동중산이 씁쓸한 표정으로 말하자 낙일방이 살짝 웃었다.

"그게 어디 동 사질의 잘못인가요? 문파의 법도가 그러한데요. 그런데 진짜 그 일에 대해서는 전혀 아는 바가 없나요?"

낙일방이 눈을 반짝이며 재차 묻자 동중산은 잠깐 머뭇거리다가 이내 가느다란 한숨을 내쉬었다.

"휴…… 낙 사숙께선 갈수록 예리해지시는 것 같습니다. 사실은 어제 흑기보주에 대해 수소문을 하다가 한 가지 소식을 들은 게 있습니다."

"동 사질이 장문인의 외출에 대해 별로 궁금해 하지 않는 것 같아서 아마도 그 이유를 짐작하고 있기 때문이 아닐까 추측한 거지요. 동 사질이 들었다는 소문이 어떤 것인가요?"

동중산은 정양의 외곽 근처에서 구궁보의 것으로 보이는 마차의 잔해가 발견되었다는 소문을 들려주었다.

낙일방은 조용히 그의 말에 귀를 기울이고 있다가 질문을 던졌다.

"동 사질은 장문 사형께서 흑기보주와 함께 그 마차의 잔해가 있는 곳으로 갔다고 생각하나요?"

"그렇습니다."

"그렇게 생각하는 이유가 있겠지요?"

동중산은 이 얘기까지 꺼내야 하나 하고 순간적으로 망설였으나, 낙일방이 맑은 눈으로 자신을 빤히 응시하고 있자 쓴웃음을 지으며 입을 열었다.

"사실은…… 이번 일이 일어나기 얼마 전에 구궁보의 마차에 대해 들은 이야기가 있습니다."

진산월 일행이 종남파를 내려온 이후 어느 지역을 가든 동중산이 제일 먼저 해당 지역의 정보를 탐문해 왔기에 그가 강호의 소식에 밝은 것은 전혀 이상한 일이 아니었다.

동중산은 자신이 들은 구궁보의 마차에 대해 이야기해 주었다.

"이번에 강호에 나온 구궁보의 마차는 아주 특별한 것으로, 구궁보에서도 가장 핵심적인 인물이 타고 있다고 하더군요. 그중 가장 파다하게 퍼진 소문은 그 핵심 인물이 모용 공자의 정혼녀라는 것이었습니다."

낙일방은 고개를 갸웃거렸다.

"모용 공자에게 정혼녀가 있었나요?"

"몇 년 전부터 모용 공자가 한 여인을 구궁보에 데리고 와서 끈질기게 구애하여 결국 얼마 전에 청혼에 성공했다고 하더군요. 돌아오는 중추절에 그 여인과 혼인을 하기로 했다는 소문이 파다합니다."

처음에는 낙일방도 모용 공자의 정혼녀에 대한 이야기를 동중산이 왜 이렇게 장황하게 꺼내는지 의아하게 생각했다. 그러다 갑자기 한 가지 상념이 그의 뇌리를 퍼뜩 스치고 지나갔다.

'몇 년 전에 모용 공자가 구궁보로 데려온 여인?'

그 생각이 어찌나 충격적이었는지 임독양맥이 타통된 후로 평정심을 흐트러뜨려 본 적이 없던 낙일방이 안색이 변한 채 몸을 세차게 떨었다.

 동중산은 낙일방의 얼굴이 순간적으로 창백하게 굳어진 것을 보고는 자신도 표정이 어두워졌다.

 낙일방은 한동안 깊은 상념에 잠겨 있더니 진지한 눈으로 동중산을 응시했다.

 "동 사질, 솔직하게 말해 줘요. 동 사질은 그 여인이 임 사저(林師姐)일지도 모른다고 의심하고 있는 거죠?"

 동중산의 외눈에 복잡한 빛이 떠올랐다.

 "그럴 가능성이 조금은 있다고 생각했습니다. 임 사고를 믿지 못하는 것은 아니지만, 시기적으로 상당히 완벽하게 맞아떨어져서 의심해 보지 않을 수 없었습니다."

 낙일방은 표정이 굳어진 채 무거운 음성을 내뱉었다.

 "동 사질이 근거 없는 의심을 할 리는 없으니 무작정 아니라고 부인할 수도 없겠군요. 대체 그동안 임 사저에게는 무슨 일이 일어난 것일까요? 아니, 그 여인이 임 사저가 맞기는 한 걸까요?"

 "아직은 아무것도 확실한 것이 없습니다. 제가 생각이 짧아서 엉뚱한 착각을 하고 있을 가능성이 더 높습니다."

 낙일방은 동중산이 그렇게 경솔한 사람이 아니라는 것을 누구보다도 잘 알고 있었지만, 굳이 그의 말에 토를 달지는 않았다. 동중산의 말대로 모용 공자의 정혼녀라는 여인이 임영옥일지도 모른다는 의심이 잘못된 착각이었으면 하는 바람이 매우 강력했던 것이다.

제224장 적전논담(敵前論談) 159

한동안 두 사람 사이에 무거운 침묵이 감돌았다.

낙일방은 문득 생각난 듯 물었다.

"장문 사형도 모용 공자의 정혼녀에 대한 소문을 알고 계시나요?"

"그건 저도 모르겠습니다. 그런 쪽으로는 통 말씀이 없으신 분이라서 말입니다. 그렇다고 제가 먼저 이야기를 꺼낼 수도 없는 형편이라……."

"만약 장문 사형이 구궁보의 마차 때문에 황급히 나간 것이라면 그 소문을 들어서 알고 있다는 말이 되겠군요."

낙일방의 지적에 동중산은 아차 하는 표정이 되었다.

"아, 그렇겠군요. 낙 사숙의 말씀대로 장문인께서는 아마도 그 여인에 대한 소문을 이미 들어서 알고 있고, 나름대로의 추측도 하셨던 모양입니다. 그렇지 않았다면 남궁세가와의 비무행을 앞에 두고 이렇게 훌쩍 자리를 비우지는 않으셨을 겁니다."

"지금이라도 구궁보의 마차가 발견된 곳으로 가 봐야 하지 않을 까요?"

"이미 늦었을 겁니다. 그곳에서 해결될 일이었으면 어젯밤에 장문인이 돌아오지 않았을 리가 없습니다. 공연히 그쪽으로 이동했다가 장문인과 길이 엇갈리거나 장문인이 하고자 하는 일에 지장을 초래하게 된다면 정말 낭패스러운 일이 될 겁니다."

"하지만 이대로 있자니 너무 답답하군요."

낙일방이 그답지 않게 인상을 찡그리며 한숨을 내쉬자 동중산은 진중한 음성으로 입을 열었다.

"이번 일이 정말 임 사고와 관련된 것이라면 더욱 장문인께 맡겨야 한다고 생각합니다. 우리가 잘못 끼어들었다가는 자칫 일이 엉망으로 될지도 모릅니다. 두 분 사이의 일은 두 분에게 전적으로 맡기는 것이 옳다고 봅니다."

"……!"

"그리고 만약 임 사고와 상관없는 일이라면 당연히 우리가 끼어들 필요도 없겠지요. 결국 어찌 되었건 장문인을 믿고 그분의 말씀에 따르는 게 가장 올바른 행동이라고 생각합니다."

낙일방은 침울한 표정으로 한참 동안이나 생각에 잠겨 있다가 무거운 한숨을 내쉬었다.

"동 사질의 말이 맞겠지요. 장문 사형을 믿어 볼 수밖에요. 이럴 때 무언가 힘이 되어 주고 싶은데, 그럴 수 없다는 게 너무나 원통하군요."

"회남을 지나면 구공보가 있는 구화신이 멀지 않습니다. 그곳에 가면 임 사고에 대한 자세한 소식을 들을 수 있을 겁니다. 그때가 되면 반드시 우리가 힘을 보탤 수 있는 기회가 올 것입니다."

낙일방의 무거웠던 표정이 조금 밝아졌다.

"과연 그럴 기회가 올까요?"

동중산은 허공의 한 점을 응시하고 있다가 결연한 음성으로 말했다.

"올 겁니다. 안 오면 무슨 수를 써서라도 기필코 오게 만들어야지요."

두 사람은 각오가 서린 눈빛을 주고받았다.

* * *

"초희의 고향은 하북성(河北省) 곡주현(曲周縣)입니다. 그녀는 일곱 살 때까지 그곳에서 살다가 부모가 역병(疫病)으로 사망하자 다섯 살 손위의 오빠와 함께 유랑을 시작했습니다."

지일환은 또렷한 목소리로 자신이 조사해 온 사실들을 발표했다.

"그렇게 오 년을 떠돌다가 산서성 대동(大同) 인근의 석화촌(石花村)에 정착을 했습니다. 오빠인 초력(楚靂)은 일을 찾아 뒷골목을 전전했고, 그녀는 꽃을 팔아 생계를 유지했다고 하더군요. 그러다 그녀는 기연을 만나 어느 여고수의 제자가 되었습니다. 그녀가 바로 취호접(醉蝴蝶) 적경홍(狄驚鴻)입니다."

지일환은 목이 타는지 입술에 살짝 침을 바르고는 재차 말을 이었다.

"적경홍의 문하로 들어가는 바람에 오빠와 헤어지게 된 초희는 칠 년 후에 무공 수련을 마치고 오빠를 찾아 대동으로 갔습니다. 하나 그녀의 오빠는 이미 몇 년 전에 어딘가로 사라져 아무도 종적을 아는 사람이 없었습니다. 그 후로 그녀는 계속 강호에서 활동하면서도 오빠의 행적을 수소문했고……."

노해광은 쓴웃음을 지으며 그의 말의 뒤를 이었다.

"이번에 운명처럼 다시 오빠를 만나게 되었다는 말이군."

지일환은 어색하게 웃으며 고개를 끄덕였다.

"그렇게 된 것 같습니다."

"그녀의 오빠라는 작자에 대해서는 어디까지 알아보았느냐?"

"그것이…… 시간이 너무 촉박해서 거의 알아내지 못했습니다. 죄송합니다."

지일환이 우물쭈물하며 고개를 떨구자 의외로 노해광은 화를 내지 않고 그의 어깨를 두드려 주었다.

"그렇게 오빠를 찾아 헤매던 그녀도 십 년이 넘게 행방을 알지 못했는데 내가 너무 무리한 요구를 한 것 같군. 어깨를 펴고 기운을 차려라. 넌 지금 충분히 잘하고 있다."

"예? 예."

지일환은 뜻밖의 칭찬에 잔뜩 고무되어 얼굴이 붉게 상기되었다.

"그나저나 초희의 오빠 이름이 초력이라고 했느냐?"

"그렇습니다."

"강호에는 아직 알려지지 않은 이름이 분명하지?"

"저는 물론이고 제 주변에 제법 발이 넓고 소식이 빠른 자들에게 물어보아도 그런 이름을 들어 본 사람은 아무도 없었습니다."

"강호 초행이거나 특정 단체에 소속된 인물이겠군."

노해광은 혼잣말처럼 중얼거리며 잠시 생각에 잠겨 있었다. 그러다 한쪽에 말없이 서 있는 가휘를 돌아보며 물었다.

"천희방에게 포천망(抱天網)을 씌울 때 옆에 있던 황삼인 기억나나?"

가휘는 고개를 끄덕였다.

"예. 기억하고 있습니다."

"아무래도 그자가 미심쩍단 말이야. 유현상의 수하들은 우리가 모두 파악하고 있었는데, 그런 인상착의를 지닌 자는 없었네. 그렇다고 광동원앙문의 고수라고 하기에는 그자가 사용한 무공의 성질이 전혀 달랐단 말이지."

가휘는 눈을 빛내며 물었다.

"대형께선 그자가 초희의 오빠라고 생각하십니까?"

"그럴지도 모른다는 걸세. 아무튼 그건 중요한 게 아니고, 문제는 초희가 어디까지 개입하느냐 하는 것일세."

묵묵히 그들의 대화를 듣고 있던 하응이 의아한 듯 물었다.

"어디까지 개입하다니요?"

"초희가 비록 우리의 뒤통수를 치고 유현상을 빼돌리기는 했지만, 그렇다고 우리와 완전히 등을 돌린 것도 아니야. 무엇보다도 오빠 때문에 그런 일을 했다고 이렇게 서신까지 남겼지 않느냐?"

노해광은 손에 들고 있는 종잇조각을 흔들었다. 그 종이는 초희의 방에서 발견한 것인데, 오랫동안 헤어졌던 오빠의 지시를 어길 수 없어 미안하다는 짤막한 사과문이 적혀 있었다.

하응은 선뜻 노해광의 말을 이해할 수 없었는지 고개를 갸웃거렸다.

"하지만 달리 생각해 보면 서신까지 남긴 건 우리와 완전히 갈라서겠다는 통보라고 볼 수 있지 않겠습니까?"

노해광은 고개를 흔들며 혀를 찼다.

"쯧…… 그렇게 오랫동안 같이 지냈으면서 아직도 초희의 성격을 모르느냐? 초희는 일단 마음을 먹었으면 뒤도 돌아보지 않는 성격이다."

"그렇지요. 남자 못지않은 그런 점 때문에 초희를 좋아하는 녀석들도 많았지요. 그래서 더욱 초희가 우리에게 다시 돌아올 가능성은 없다고 생각되는데요."

"머리를 좀 굴려 보라구. 초희가 정말 우리를 적으로 삼을 결심이었다면 이런 편지 같은 건 남기지도 않았을 거란 말이야. 어차피 싸우게 될 상대에게 사과문 같은 걸 남긴다는 게 초희 성격에 맞기나 해?"

하응은 곰곰이 생각해 보고는 어색하게 웃었다.

"대형의 말씀을 듣고 보니 확실히 그렇긴 하군요. 그렇다면 대형은 초희가 이 편지를 남긴 의도가 무어라고 보십니까?"

"그녀는 마음이 흔들리고 있는 거야. 오빠 때문에 우리를 배신하기는 했는데, 그게 썩 마음에 내키지 않는 거지. 그래서 우리에게 제발 자신을 붙잡아 달라고 애원하고 있는 거란 말이야."

"편지에 그런 말도 적혀 있었습니까?"

하응이 고개를 내밀고 편지를 읽어 보려 하자 노해광이 피식 웃으며 그의 머리를 살짝 밀었다.

"너는 눈치도 빠르고 임기응변도 강한 녀석이 머리를 굴리는 일에는 도통 관심이 없으니 정말 큰일이구나. 제발 생각 좀 하고 살아라."

하응은 뒤통수를 긁적이며 멋쩍게 웃었다.

"하도 여러 신분으로 변장을 하고 지냈더니 복잡한 생각을 하는 건 질색이 되더군요. 머리를 굴리는 거야 대형도 있고, 가휘 형님도 계시니 저는 그저 지금처럼 살겠습니다."

"들어 봐라. 초희가 편지를 남긴 건 무언가 미련이 남았기 때문이다. 이런 상황에서 그녀에게 남은 미련이 무엇이 있겠느냐?"

하응은 잠시 생각하다가 이내 눈을 반짝였다.

"우리로군요."

"그래. 그녀가 강호에서 활동하면서 유일하게 마음을 터놓고 지낸 건 너희들과 나뿐이다. 그런데 오랫동안 소식이 끊겼다가 불쑥 나타난 오빠 때문에 그동안 쌓아 놓았던 모든 인간관계가 사라지게 생긴 거야. 그녀로서는 갈등이 일어날 만하지."

하응의 눈알이 갑자기 빨개졌다.

"그녀는 불쌍한 여자입니다. 우리가 도와줘야 해요."

노해광은 하응이 감정의 기복이 심한 편이라 화도 잘 내고 눈물도 곧잘 흘린다는 것을 알고 있기 때문에 별반 대응하지 않고 말을 계속했다.

"그녀가 우리에게 미련이 남아 있다는 것도 중요하지만, 더욱 중요한 건 자신의 그런 마음을 우리가 알 수 있도록 암시를 했다는 것이다. 바로 이 편지를 남겨 놓음으로써 말이다."

아무리 생각하기를 싫어하는 하응도 이제는 확연히 알았는지 단호한 어조로 말했다.

"그녀는 다시 우리에게 돌아오고 싶어 하는군요."

"그렇지. 그래서 우리는 그녀가 자연스럽게 돌아올 수 있는 기회를 마련해 주어야 한다."

"어떻게 말입니까?"

"그녀가 지은 죄보다 더욱 큰 공을 세우게 하면 된다. 그러면 공과(功過)가 자연스레 상쇄되니 그녀는 다시 우리 일행에 합류할 수가 있게 되지."

"그러니까 어떻게 그녀가 큰 공을 세우게 한다는 겁니까?"

하응이 꼬박꼬박 말대꾸와도 같은 질문을 던졌으나 노해광은 조금도 짜증을 내거나 화를 내지 않고 친절하게 대답해 주었다.

"그녀가 지은 죄는 우리의 손에 잡혔던 유현상을 풀어 준 것이다. 그러니 유현상보다 더욱 중요한 인물을 잡게 되면 공이 더 커지지 않겠느냐?"

하응은 눈을 동그랗게 뜨며 손뼉을 탁 쳤다.

"정말 옳은 말씀입니다, 대형."

"그래서 네가 할 일이 있다."

"그게 무언데요?"

노해광은 하응을 향해 전음으로 말했다.

지일환은 옆에서 그들의 대화를 열심히 듣고 있다가 정작 가장 중요한 부분에서 노해광이 전음을 사용하자 김이 팍 새어 버렸다.

'제길. 내가 들을까 봐 전음을 쓰는 모양이군. 나는 아직 완전히 신임할 수 없단 말이지?'

노해광의 수하가 된 이후 열성을 다해 일해 왔기에 그들의 조직에 잘 적응하고 있다고 생각했던 지일환으로서는 내심 실망스러운 생각이 들지 않을 수 없었다.

하나 이건 그가 하나만 알고 둘은 모르는 데서 비롯된 오해였다.

노해광이 그를 조금이라도 의심했다면 초희가 다시 돌아오고 싶어 한다는 중요한 사실을 그가 알도록 내버려 두었을 리가 없었다. 노해광이 굳이 하응만 들을 수 있도록 전음을 사용한 것은 굳이 계획의 세세한 부분까지 공개할 필요가 없기 때문이다. 원래 알고 있는 사람이 적을수록 비밀을 지키기에 용이한 법이었다.

                    *   *   *

노해광이 지일환을 다시 부른 것은 그날 오후였다.
"장안 일대의 지리를 잘 아는 사람을 구해 올 수 있느냐?"
지일환은 흔쾌히 고개를 끄덕였다.
"물론입니다."
"그럼 데려오도록 해라."
"언제까지 말입니까?"
"최대한 빠른 시간에."
"알겠습니다."
지일환은 자신 있게 대답하고는 몸을 한 바퀴 돌리더니 이내 노해광을 향해 머리를 조아렸다.
"대령했습니다."
노해광은 눈썹을 꿈틀거렸다.
"이게 무슨 짓이냐?"
지일환은 히죽 웃어 보였다.
"장안 일대의 지리는 저보다 더 잘 알고 있는 사람이 없습니다."

노해광은 잠시 멍하니 그를 쳐다보고 있다가 이내 어깨를 들썩이며 웃었다.

"하하…… 그렇지. 네 별호가 무엇이었는지를 내가 깜박 잊었구나."

지일환은 노해광의 밑에 들어오기 전에 서안 일대를 주름잡던 최고의 밤도둑이었다. 오죽했으면 밤이슬만 감상하고 다닌다고 해서 상로객이라는 외호까지 붙어 있겠는가? 그런 지일환인 만큼 서안의 지리는 다른 누구보다 훤히 꿰뚫고 있을게 분명했다.

"저 같은 자를 찾으신 용건이 무엇입니까?"

노해광은 지일환을 손짓해 가까이 불렀다.

"한 군데 장소를 찾으려고 한다."

"그곳이 어디입니까?"

"물길이 만나는 곳이다."

"예?"

영문 모를 말에 지일환이 어리둥절했으나 노해광은 아랑곳하지 않고 눈을 빛내며 계속 말을 이었다.

"장안 성내에서 너무 가까워도 안 되고, 그렇다고 너무 멀어도 곤란하다. 반나절 안에는 도착할 수 있는 곳이어야 한다."

"대체 무슨 말씀이신지……."

"주변 십 리 이내에 인적이 드물어야 하고, 배를 댈 수 있는 곳이 주변에 서너 군데는 되는 장소여야 한다."

"……!"

"수심(水深)이 깊고 물살이 빠른 곳이어야 한다. 무엇보다 중요한 것은 가까운 곳에 모래톱이 있어서 물에 빠지더라도 최악의 경우에 몸을 피할 수 있는 곳이어야 한다는 것이다. 이 주변에 그러한 곳이 있느냐?"

지일환은 노해광이 묻는 뜻을 알아차렸는지 한동안 가만히 생각에 잠겨 있었다. 노해광은 그의 상념을 방해하지 않고 묵묵히 그를 지켜보고만 있었다.

한참 후에야 지일환은 정신을 차리고 힘찬 음성으로 입을 열었다.

"있습니다. 말씀하신 모든 조건에 부합하는 지형이 딱 한 군데 있습니다."

노해광은 눈을 번쩍 빛내며 물었다.

"그곳이 어디냐?"

지일환은 자신에 찬 목소리로 하나의 지명을 내뱉었다.

"쌍수마(雙水磨)."

* * *

지일환을 돌려보낸 노해광이 다음에 부른 사람은 가휘였다.

"부르셨습니까, 대형?"

그의 나이는 사실 노해광보다도 다섯 살이 더 많았다. 하나 그는 노해광을 자신의 대형으로 인정한 이후에 그에게 꼬박꼬박 존칭을 사용했으며, 단 한 번도 그를 대하는 데 소홀함이 없었다.

노해광 또한 다른 부하들과는 달리 가휘만은 일정 수준의 대우를 해 주고 있었다.

"자네와 한 가지 상의할 일이 있네."

"말씀하십시오."

"자네는 초희가 알고 있는 우리의 가장 큰 비밀이 무어라고 생각하나?"

가휘는 깊이 생각할 것도 없다는 듯 즉시 대답했다.

"그야 우리의 주 거래 전장(錢莊)이 손 노태야의 손가전장이 아니라 방가보(方家堡)의 방보당(方寶堂)이라는 것이지요. 방보당의 비밀 창고에 우리의 금전 대부분과 비밀 장부가 보관되어 있으니 말입니다."

서안에 소문나기로는 노해광이 주로 거래하는 전장은 손가전장으로 알려져 있었다. 그도 그럴 것이 서안에서 가장 크고 공신력 있는 곳이 바로 손가전장이었고, 손 노태야와 노해광의 사이도 나쁜 편이 아니었으니 누구나가 그렇게 생각할 만했다.

노해광도 손가전장을 이용하지 않는 것은 아니었다. 하나 그들의 거래량은 남들의 생각만큼 많지 않았다. 겉으로 드러난 것과는 달리 노해광은 대부분의 금전 거래를 방보당과 하고 있었다.

방보당은 손가전장보다 작고 그리 유명하지도 않았으나, 역사는 서안에 있는 어떠한 전장보다도 오래된 곳이었다. 방씨 일가는 대대로 서안에 거주하는 토박이였고, 벌써 오 대째 전장을 가업(家業)으로 이어 오고 있었다. 하나 서안의 상류층이 아니라 하류층을 주 고객으로 삼았기 때문에 규모는 그리 크지 않았다.

노해광이 방보당과 거래를 시작한 것은 종남파에 있을 때부터였다.

종남파의 일 대 제자 신분이면서도 종남파에서 무공을 익히기보다는 밖으로 돌아다니기를 좋아했던 노해광은 곧잘 방보당과 금전 거래를 했고, 그것은 나중에 그가 오랜 유랑을 끝내고 서안에 돌아와 정착했을 때도 계속 이어졌다.

노해광이 방보당을 자주 이용한 것은 방보당이 서안에서도 제법 후미진 뒷골목에 위치해 있기 때문이었다. 떳떳한 종남파의 일 대 제자가 전장에 들락거리는 모습이 남들 눈에 뜨이면 결코 좋을 게 없었다. 그런데 방보당은 별로 유명한 곳도 아니고 서안의 외진 곳에 위치해 있어서 자주 들락거려도 쓸데없는 소문이 나지 않았던 것이다. 게다가 당시 막 방보당의 젊은 주인이 되었던 방태동(方泰動)과도 죽이 잘 맞아서 젊은 시절에는 두 사람이 자주 의기투합하여 어울리기도 했었다.

노해광은 외견상으로는 손가전장을 주 거래 전장으로 삼은 것처럼 행동하면서도 실질적으로 중요하고 큰 거래는 어김없이 방보당을 이용했다. 이 사실을 알고 있는 사람은 노해광의 가장 친한 측근인 삼묘와 손 노태야, 그리고 방보당의 주인인 방태동과 실무책임자 고옥기(高鈺麒)뿐이었다.

방보당은 규모도 작았고 인원도 그리 많지 않았기 때문에 노해광의 주 거래 전장이 그곳이라는 사실이 알려진다면 주변에 적이 많은 노해광으로서는 치명적인 위험을 당하게 될 소지가 다분했다. 그런 위험을 감수하면서도 노해광은 방보당과 거래를 유지했고, 방태동 또한 최대한의 성의를 다해 그의 믿음에 보답하고자 했다.

노해광은 가휘를 향해 다시 물었다.

"자네는 초희가 방보당에 대한 것을 그들에게 발설하리라고 보는가?"

가휘는 머뭇거리다가 고개를 끄덕였다.

"그럴 겁니다. 유현상이 바보가 아니라면 그녀에게서 제일 먼저 우리의 자금줄부터 확인하려 할 테니까 말입니다. 그녀도 그들의 편에 선 이상 신임을 얻기 위해서라도 말하지 않을 수 없을 겁니다."

만약에 유화상단에서 방보당이 노해광의 주 거래 전장이라는 사실을 알게 된다면, 고수 몇 명을 보내 방보당을 없애는 것만으로 노해광의 자금원을 봉쇄할 수 있을 것이다.

무척이나 암울한 상황이었는데도 노해광은 별로 당황하거나 침울해 하지 않고 담담한 표정을 유지했다.

"그렇다면 방보당이 피바다로 변하는 것도 시간문제겠군. 방보당에는 무공을 익힌 사람도 없어서 살수 몇 명만 보내도 아무도 막을 수 없으니 말일세."

"수하들을 보내 지켜야 할까요?"

노해광은 고개를 흔들었다.

"그건 미봉책에 불과하네. 그들이 언제 올지도 모르는데 기약도 없이 수하들을 보낼 수는 없지. 그리고 보낸다면 몇 명을 보내겠나? 우리가 몇 명을 보내든 그들이 더 많은 숫자를 보내면 소용없는 일이 될 텐데 말일세."

"그렇다고 손 놓고 가만히 있을 수만도 없지 않습니까?"

가휘가 답답하다는 듯 인상을 찌푸리자 노해광이 그를 보며 빙그레 웃었다.

"그래서 내가 이렇게 자네를 찾아와 상의하는 게 아닌가?"

가휘의 눈이 번쩍 빛났다.

"대형께선 무언가 다른 복안(腹案)이라도 가지고 계십니까?"

"모든 일은 상대적인 면이 있네. 이번 일도 안 좋게 생각하면 그들이 우리의 자금줄을 파악하여 우리의 목줄을 쥐게 된 것이지만, 다른 한편으로 생각해 보면 우리가 그들에게 한 방 먹일 절호의 기회를 갖게 된 것이라고도 할 수 있지."

가휘는 순간적으로 노해광의 말뜻을 파악하지 못하고 어리둥절한 얼굴로 물었다.

"어떻게 말입니까?"

"적어도 우리는 그들의 다음 목표가 어딘지를 알게 되었네. 상대가 노리는 곳을 정확히 알고 있는데, 그냥 당하고만 있을 텐가?"

가휘는 이내 반색을 하며 절로 목소리에 힘이 들어갔다.

"그럴 리가 있습니까? 상대의 목표를 안다면 오히려 그들을 옭아매는 것은 여반장(如反掌)입니다."

"그래서 내가 이번 일을 기회라고 하는 것일세. 그들이 방보당을 노리고 있다면 이번에야말로 그들의 숨통을 끊어 놓을 기회를 잡게 될 테니 말일세."

"대형의 말씀을 듣고 보니 이번이 그들과 승부를 낼 수 있는 절호의 기회가 될 수 있겠군요."

"그래. 이런 싸움은 너무 길게 끌면 좋지 않아. 벌써 이번 일의 여파로 이달에는 심한 적자를 면치 못하게 되었네. 이번에야말로 일을 확실히 마무리 짓도록 하세."

"알겠습니다."

"그러기 위해서는 초희의 도움이 절대적으로 필요하네."

가휘의 얼굴에 망설임의 빛이 떠올랐다.

"그녀가 우리를 도와주려 할까요?"

"그거야 그녀의 마음에 달린 일이지. 그래도 편지를 남긴 것으로 보아 마음이 아주 없지는 않을 걸세. 우리로서는 충분히 시도해 볼 만한 일이지."

"하지만 그녀와 연락할 방법이 없지 않습니까?"

"그래서 자네가 실력을 발휘해야 하네."

노해광은 가휘를 향해 나직한 음성으로 소곤거리기 시작했다.

* * *

노해광이 그날 마지막으로 만난 사람은 조일평이었다. 조일평은 숙소에서 쉬고 있다가 자신을 찾아온 노해광을 반가운 얼굴로 맞이했다.

"어서 오십시오."

"쉬고 있는데 방해가 된 것은 아닌가?"

"아닙니다. 그렇지 않아도 며칠째 하는 일 없이 빈둥거리고 있어서 좀이 쑤시던 참이었습니다."

노해광은 빙그레 웃었다.

"잘되었군. 자네가 해 주었으면 하는 일이 있네."

조일평의 눈이 번쩍 빛났다.

"이제 시작하는 겁니까?"

"아직은 아닐세. 지금은 준비 단계이지. 하지만 일단 일이 궤도에 오르면 순식간에 모든 일이 마무리될 걸세. 그러니 지금부터 마음의 준비를 하는 게 좋을 걸세."

조일평은 차가운 얼굴에 엷은 미소를 그려 냈다.

"준비야 항상 하고 있습니다. 다만 너무 오래 기다리면 준비만 하다가 지치게 될 테니 그게 걱정이지요."

"이번에는 그리 오래 기다리지 않아도 될 걸세."

"기대하겠습니다. 이번에 제가 해야 할 일이 무엇입니까?"

"한 사람을 죽여 주게."

조일평은 조금도 놀라지 않고 담담하게 물었다.

"그게 누굽니까?"

노해광은 조용한 음성을 내뱉었다.

"방태동."

제 225 장

일전쌍조(一箭雙雕)

제225장 일전쌍조(一箭雙雕)

주위는 아주 조용했다.

이제는 해가 완연히 떠올라 주위는 아침의 신선한 빛이 가득했으나 중인들의 마음은 어느 때보다 무겁게 가라앉아 있었다.

중인들의 이런 마음을 아는지 모르는지 임조몽은 여전히 입가에 여자들을 매혹시킬 것 같은 미소를 짓고 있었다.

"조금 더 분위기가 무르익으면 자연히 내 신분을 밝히려 했는데 모양새가 조금 우습게 되었군. 어차피 그래도 결과는 달라지지 않을 테지만 말이오."

그의 말이 끝나기도 전에 공터 주변의 숲 속에서 하나둘씩 인영들이 모습을 드러내기 시작했다. 그들의 수는 삽시간에 수십으로 불어나서 이내 공터 주위를 빈틈없이 에워싸고 있었다.

조금 전만 해도 전혀 주위에 인기척을 느낄 수 없었는데 어느새 소리도 없이 나타나 장내를 포위하고 있는 것만 보아도 그들이 얼마나 잘 수련된 자들인지를 충분히 짐작할 수 있었다. 아닌 게 아니라, 그들 대부분은 태양혈이 불룩하고 두 눈에 신광이 번뜩이는 고수들이었고, 그들 중 몇몇은 언뜻 보기에도 일류를 넘어선 수준의 실력자들임이 분명했다.

"이들은 우리 흑백쌍사가 제법 오랫동안 고련(苦練)시켜 온 이십팔살(二十八煞)이오. 어제 투입되었던 자들과는 질적으로 다른 고수들이라고 할 수 있지."

임조몽의 말이 아니더라도 군유현은 이들이 자신들을 습격했던 무리들보다 훨씬 더 강한 자들임을 충분히 느끼고 있었다. 개개인이 결코 무시할 수 없는 강렬한 기도를 풍기고 있어서 이들 중 서너 명이 합공하면 자신이라도 감당할 수 있을지 선뜻 확신할 수가 없을 정도였다.

흑갈방이 비록 하남성 일대에서 무서운 속도로 세를 확대하고 있다고 해도 이토록 뛰어난 고수들을 많이 거느리고 있는 것은 놀라운 일이 아닐 수 없었다. 아니, 어제 자신들이 당했던 그 집요하고 무서운 습격이 흑갈방의 소행이라는 것조차 진산월의 말이 아니었다면 짐작도 하지 못했을 것이다.

중인들은 주위에 이토록 많은 흑갈방의 고수들이 에워싸고 있을 줄은 상상도 못했는지 모두 표정이 어두워졌다. 특히 신목령의 고수들은 철석같이 믿었던 갈황의 죽음을 눈앞에서 보아서인지 다소 의기소침한 모습들이었다.

무거운 얼굴로 주위를 둘러보던 전일도가 군유현을 향해 슬쩍 입을 열었다.

"사정이 이상하게 돌아가는군. 상황이 바뀌었으니 우리의 관계도 달라져야 한다고 보는데, 당신 생각은 어떻소?"

앞뒤가 모두 잘린 말이었으나, 군유현은 그의 말뜻을 알아들었다.

"서로 힘을 합치자는 말이오?"

"지금 상황은 너무 일방적이라 어느 한쪽만으로는 사태를 타개해 나갈 수 없소. 일단 이곳을 벗어날 때까지만이라도 같이 행동하는 게 좋지 않겠소?"

오만할 정도로 자신만만해 보였던 전일도의 평소 태도로는 상상하기 어려운 유연한 모습에 군유현은 내심 쓴웃음이 흘러나왔다.

'거칠기만 한 줄 알았더니 의외로 세심한 구석도 있군.'

군유현은 전일도의 의견이 일리가 있다고 느꼈다. 하나 조금 전만 해도 갈황을 앞세워 임영옥을 겁박하던 신목령의 무리들과 손을 잡는다는 것이 선뜻 내키지 않아서 잠시 망설이고 있었다. 자신이 비록 이번 출행의 책임자이기는 해도 임영옥의 의사를 무시할 수는 없었다. 더구나 그녀는 누가 뭐라고 해도 이번 일의 가장 큰 피해자가 아닌가?

"그녀의 의사를 타진해야겠소."

군유현의 말에 전일도는 냉랭한 미소를 흘렸다.

"누구에게 물어보겠다는 거요? 구궁보의 세상 물정 모르는 소공녀요, 아니면 모용 공자의 명목뿐인 약혼녀요?"

전일도의 독설에 가까운 말에 군유현의 눈썹이 살짝 찌푸려졌다.

"말이 너무 지나친 것 같소."

"어차피 결정은 당신이 해야 한다는 뜻이오. 당신도 알고 있지 않소? 그녀들에게는 달리 선택권이 없다는 것을."

이번에는 군유현도 그의 말을 부인하지 않고 입을 다물었다. 군유현은 한동안 생각에 잠겨 있다가 나직한 음성으로 말했다.

"천봉궁의 선자들에게는 미리 언질을 해야겠소."

"그녀들도 거절하지 않을 거요. 본 령 외의 다른 문파에 굴욕을 당한다는 건 그녀들로서는 가장 원치 않는 일일 테니까 말이오."

그들이 남들의 눈을 피해 나직하게 대화를 나누고 있는 동안 진산월은 마침내 임영옥을 마주 보게 되었다.

두 사람은 서로를 응시한 채 잠시 아무런 말도 하지 않았다. 할 말이 무척이나 많았지만 말문이 막혀 버린 것인지, 아니면 이미 하고 싶은 말을 모두 마음속으로 해 버려서 달리 더 말할 것이 남아 있지 않은 것인지는 아무도 알 수가 없었다. 아마 두 사람 자신들도 알지 못할 것이다.

그들은 그저 서로를 하염없이 응시한 채 그렇게 서 있을 뿐이었다. 그것만으로 충분한 표정이었다.

모용연조차도 두 사람의 분위기에 압도당한 듯 입을 굳게 다물었고, 금교교를 비롯한 천봉선자들 또한 조금 떨어진 곳에서 조용히 그들을 지켜보고만 있었다.

두 사람 사이의 침묵을 깬 것은 임조몽의 낭랑한 음성이었다.

"하하…… 두 분이 나란히 서 있는 모습이 너무 보기 좋구려. 하지만 이제는 일을 매듭지어야 할 시간이 된 것 같소."

진산월은 그에게는 시선도 돌리지 않은 채 계속 임영옥을 바라보며 담담한 음성으로 입을 열었다.

"아직 때가 되지 않았소."

임조몽은 의아한 듯 되물었다.

"그게 무슨 말이오? 때가 되지 않다니……."

"올 사람이 다 오지 않았다는 뜻이오."

임조몽의 준수한 얼굴이 살짝 굳어졌다.

"올 사람은 이미 모두 왔소."

진산월은 고개를 저었다.

"주인공이 나타나지 않았소."

"지금 물건과 그 주인이 모두 여기에 모여 있는데, 무슨 주인공을 말하는 거요?"

"이번 일을 계획했던 실질적인 주인공 말이오."

임조몽의 짙은 눈썹이 세차게 꿈틀거렸다.

"이번 일의 주재자가 내가 아닌 다른 사람이라고 생각하는 거요?"

진산월은 비로소 임영옥에게서 천천히 시선을 떼어 그에게로 고개를 돌렸다.

"당신은 너무 자신에 대한 자부심이 강해서 이런 일을 꾸밀 만큼 치밀하지도 않고, 성격적으로도 맞지가 않소."

임조몽의 얼굴에 냉소가 떠올랐다.

"나에 대해 잘 아는 것처럼 말하는구려."

"당신에 대해 들은 적이 있지."

진산월이 부인하지 않자 임조몽은 묘한 눈으로 그를 응시했다.

"정말 내가 누구인지 알고 있단 말이오?"

"적어도 당신의 본래의 성(姓)이 백(伯)씨라는 건 알고 있소."

진산월의 말에 임조몽은 표정이 조금 굳어지더니 이내 피식 웃고 말았다.

"정말 방심할 수 없는 사람이군. 나에 대해서 그 정도로 알고 있다면 나로서는 더 할 말이 없구려."

임조몽은 과장스럽게 양손을 들어 항복했다는 표시를 하고는 이내 허공을 향해 소리쳤다.

"이제는 당신이 나와서 마무리를 지으시오. 이런 식으로 말장난을 하는 건 영 내 체질이 아닌 것 같소."

그러자 걸걸한 웃음소리와 함께 장내에 한 인영이 나타났다.

"하하…… 내가 뭐라고 했나? 자네 말솜씨로는 그를 감당하지 못할 거라고 하지 않았나?"

조금 전까지 아무도 없던 공터에 어느새 한 사람이 우뚝 서 있었다. 건장한 체구를 지닌 흑포 복면인이었다. 장내에는 제법 많은 사람들이 있었고, 그들 중 고수가 아닌 사람이 없었으나 누구도 흑포 복면인이 무슨 신법으로 장내에 나타났는지 제대로 알아본 사람이 없었다.

하나 진산월은 조금도 놀라거나 당황하지 않고 담담한 눈으로 그를 맞았다.

"이제야 오늘의 주인공이 나타나셨군."

흑포 복면인은 다름 아닌 운중용왕이었다. 운중용왕은 진산월의 담담한 얼굴을 날카로운 눈으로 훑어보더니 특유의 걸걸한 목소리로 입을 열었다.

"너는 내가 이곳에 나타나리라는 것을 어떻게 알았느냐?"

"당신이 어쩔 수 없다는 듯 내게 사매의 행방을 알려 주었을 때부터 나는 이미 당신을 의심하고 있었소."

운중용왕은 다소 뜻밖인 듯 신광을 번뜩이며 재차 물었다.

"그런데 왜 나를 순순히 풀어 주었느냐?"

"그래야 내가 도착할 때까지 당신들이 사매에게 손을 쓰지 않을 테니까."

운중용왕은 어깨를 들썩이며 웃었다.

"하하…… 정말 대단한 안목에 놀라운 뱃심이다. 확실히 우리는 네가 네 사매를 만날 때까지 그녀에게 어떠한 수작도 부리지 않을 생각이었다. 그래서 그녀의 호위들이 대부분 제거되었을 때 습격을 중지시켰지."

그 말에 군유현과 모용연의 안색이 모두 변했다. 그들은 지금까지 흑갈방의 습격이 임영옥을 노린 것인 줄로만 알았는데, 이제 보니 그들의 목표는 처음부터 임영옥을 호위하는 구궁보의 고수들과 군유현의 수하들이었던 것이다. 거추장스러운 호위들로부터 임영옥을 떨어뜨려 놓는 것이 그들이 습격한 진짜 목적이었다.

'어쩐지 오늘 아침부터 아무도 습격해 오는 자들이 없다고 했더니……'

군유현은 그런 점을 미처 알아차리지 못한 자신의 실책을 자책했지만, 때늦은 후회일 뿐이었다.

운중용왕은 다시 진산월을 향해 물었다.

"너는 어디까지 짐작하고 있느냐?"

"당신들이 내 사매를 습격한 건 나를 유인해서 이곳으로 끌어들일 속셈이었다는 정도요. 아마도 천룡궤와 봉황금시를 한 번에 얻으려고 한 것이겠지."

"흐흐…… 바로 보았다. 네가 가진 천룡궤와 그녀가 가지고 있는 봉황금시는 따로 떨어져 있으면 아무런 가치도 없는 물건들이다. 봉황금시가 없으면 천룡궤를 열 수가 없고, 천룡궤가 없으면 봉황금시는 단순한 장식품에 불과하니 말이다. 둘 중 한 가지만 얻어 보았자 남들의 주목만 받게 되고 집중적인 견제를 당하기만 할 뿐이어서 우리는 두 물건을 한꺼번에 입수하는 것이 가장 바람직하다고 판단했지."

"……!"

"그때 두 물건을 가진 자들이 너와 네 사매임을 알게 되었다. 공교롭게도 우리가 그토록 원하던 그 물건들이 연인 관계의 두 사람 손에 각기 하나씩 쥐이게 된 것이다. 그러자 머릿속에서 한 가지 계획이 떠오르더군. 바로 화살 하나로 새 두 마리를 낚는 방법이지. 마침 네 사매가 너를 만나기 위해 구궁보를 나왔다는 정보가 들어오자 우리는 계획을 실행할 결심을 하게 되었다."

그 계획을 성공시키기 위해서는 몇 가지 조건이 갖추어져야 했다.

그녀를 호위하는 구궁보의 무사들에게서 그녀를 떼어 놓아야 했고, 임영옥과 봉황금시를 노리는 신목령의 고수들을 막아야 했으며, 필연적으로 따라올 게 뻔한 봉황금시의 원주인인 천봉궁의 추격을 뿌리쳐야 했다.

구궁보의 무사들을 제거하는 것은 쉽지는 않았으나 흑갈방의 고수들을 동원하면 충분히 가능한 일이었다. 천봉궁의 추격도 그들을 현혹시켜 몇 개의 무리로 나누게 하면 어렵지 않게 처리할 수 있었다.

문제는 신목령의 고수였다. 원래 운중용왕은 신목령에서 신목 십이호 중의 한두 명을 보낼 줄 알았으나, 예상 밖으로 태음신맥을 지닌 임영옥을 노리고 오천왕 중의 갈황이 직접 모습을 드러낸 것이다. 갈황의 무공은 그리 걱정할 것이 없었으나 그의 독공만큼은 아무리 운중용왕이라 할지라도 두려움을 느끼고 있었다. 더구나 한음독정공은 그의 무공과는 완전히 상극(相剋)이나 마찬가지여서 그로서는 도저히 갈황을 상대할 마음이 생기지 않았다.

이번 일을 함께 하기로 한 임조몽과 다른 용왕들도 갈황을 껄끄러워 하는 것은 마찬가지였다.

그때 운중용왕은 이독제독(以毒制毒)의 묘수(妙手)를 생각해 냈다. 독에 대한 강한 내성을 지닌 것이 확인된 진산월로 하여금 갈황을 상대하게 한다는 것이다.

몇 가지 사항이 보완되었고, 마침내 전반적인 계획이 짜이자 그들은 바로 실행에 옮겼다.

그들은 임영옥이 움직일 수 있는 노선을 철저히 파악하여 천라지망을 펼쳐 놓은 후 천봉궁과 신목령의 고수들에게 이곳의 위치를 일부러 누설하여 그들을 한곳에 모이게 했다. 그런 다음 진산월을 이쪽으로 유인하였던 것이다.

운중용왕의 계획은 멋지게 성공하여 임영옥의 일행은 대부분의 호위를 잃고 겨우 다섯 명의 인물들만 남게 되었고, 천봉궁의 고수들은 몇 개로 나뉘어 단지 세 명의 선자만이 이곳에 오게 되었다. 그리고 갈황은 자신을 상대할 가장 무서운 사신(死神)이 오는 줄도 모르고 신목령의 고수 몇 명만을 동반한 채 기세등등하게 나타났던 것이다.

그 결과는 지금 중인들의 앞에 명명백백하게 펼쳐져 있었다.

운중용왕의 말을 듣고 있던 천봉선자들과 전일도의 안색이 창백하게 변했다. 자신들이 운이 좋아 늦지 않게 이곳에 도착한 줄 알았는데, 이제 보니 철저히 운중용왕의 수작에 놀아난 것임을 깨달은 것이다.

운중용왕은 느긋한 표정으로 진산월을 향해 입을 열었다.

"사실 이번 일은 너뿐만 아니라 구궁보와 천봉궁, 신목령이 모두 얽혀 있어서 계획을 세운 나조차도 성공 여부를 장담할 수 없었다. 그런데 이렇게 잘 마무리되었으니 오늘 내 일진은 무척 좋은 것 같구나. 네 생각은 어떠하냐?"

그의 말은 명백한 비아냥거림을 담고 있었으나, 진산월은 처음과 다름없는 담담한 얼굴로 그를 응시했다.

"멋진 계획이었소. 단 한 군데를 제외하면 말이오."

"그게 무엇이냐?"

"당신은 나와 내 사매를 구석으로 몰아넣었다고 생각하겠지만, 아직 물건은 우리들 손에 있다는 거요."

운중용왕의 눈빛이 잠시 흔들렸다.

"무슨 뜻이냐? 설마 물건을 파훼하겠다는 것이냐?"

"말 그대로요. 물건은 여전히 우리 수중에 있고, 당신은 아직까지는 아무것도 얻은 것이 없소."

그제야 진산월의 말뜻을 알아차린 운중용왕이 복면 사이로 날카로운 눈빛을 번뜩거렸다.

"너희들에게서 물건을 입수하기 전에는 아직 우리 것이 아니란 말이지?"

"그렇소. 그리고 당신들 실력으로는 내게서 물건을 빼앗지 못할 거요."

진산월은 운중용왕과 임조몽을 모두 상대해 보았으므로 그의 말은 결코 허언이라고 할 수 없었다. 운중용왕도 그 점을 충분히 인지하고 있을 텐데도 의외로 전혀 걱정하는 빛을 보이지 않았다.

"흐흐…… 네 검법은 솔직히 내가 상대하기에는 벅차다는 걸 인정하지. 너는 내가 만나 본 최고의 검객이다."

그는 오히려 엄지손가락을 내밀며 진산월의 무공을 칭찬하는 것이었다. 하나 그 광경을 본 진산월의 마음은 처음으로 무겁게 가라앉았다. 운중용왕에게 자신을 상대할 절대적인 방법이 있지 않다면 이런 여유를 보일 리 없다는 것을 누구보다도 잘 알고 있기 때문이었다.

그의 그런 마음을 비웃기라도 하듯 운중용왕은 입가에 득의만면한 미소를 지었다.

"그래서 너를 위해서 최고의 만찬을 준비했지. 아마 너도 기쁘게 받아들일 것이라고 생각한다."

운중용왕의 말이 끝나기도 전에 공터를 에워싸고 있던 흑살방의 고수들 사이가 갈라지며 한 사람이 느릿느릿 앞으로 걸어 나왔다.

체구가 그리 크지 않은 흑삼인이었다. 강퍅한 얼굴에 피부가 거무스름해서 초췌해 보이기도 했다. 하나 흑삼인의 두 눈을 보는 순간 그런 생각은 씻은 듯이 사라져 버렸다. 아무런 감정도 담겨 있지 않은 절대 공백(空白)의 무심한 눈이었던 것이다.

나이는 대략 사십 대 초반 정도로 보였다.

옆구리에 고색창연한 칼 한 자루를 차고 있는 것을 제외하고는 볼품없는 인상이었는데도, 그를 보는 진산월의 얼굴에는 한 줄기 긴장감이 감돌고 있었다. 진산월은 흑삼인을 보는 순간 화산파의 절대 고수였던 매장원을 볼 때와 비슷한 느낌을 받았던 것이다.

흑삼인은 느릿한 걸음으로 진산월의 삼 장 앞까지 다가왔다. 그러고는 그 무색투명한 눈으로 물끄러미 진산월을 쳐다보더니 거의 알아차릴 수 없을 만큼 살짝 고개를 끄덕이는 것이었다.

"정말 멋진 눈이로군. 애써 이곳까지 찾아온 보람이 있겠어."

무척 낮아서 목이 쉰 것처럼 들리는 음성이었다. 그런데도 그 음성을 듣는 사람들은 왠지 모르게 가슴 한구석이 섬뜩해져 왔다. 텅 빈 그의 눈만큼이나 공허한 음성이었던 것이다.

진산월은 한동안 그를 가만히 바라보다가 운중용왕을 대할 때와는 달리 격식을 차려 인사를 했다.

"종남의 진산월이오."

흑삼인은 무심한 음성으로 대꾸했다.

"나는 양천해(梁天解)다."

그 짤막한 한마디에 장내가 온통 커다란 충격에 휩싸여 버렸다.

"금도무적(金刀無敵) 양천해?"

"저 사람이 무림구봉 중 그 도봉(刀峯)이란 말인가?"

놀란 경호성이 여기저기서 터져 나왔다. 개중에는 도저히 믿지 못하겠다는 눈으로 흑삼인을 뚫어지게 쳐다보는 자들도 있었다.

그도 그럴 것이 양천해는 강호 무림에서 십 년 넘게 최고의 도객으로 손꼽히는 절세의 고수였던 것이다. 무림구봉의 일인일 뿐 아니라 도에 관한 한은 자타가 공인하는 제일인자(第一人者)였다.

그런 양천해가 이렇듯 볼품없는 몰골의 사나이일 줄은 누구도 예상치 못한 일이었다.

진산월 또한 놀라기는 마찬가지였다.

"양 대협도 쾌의당의 소속이었소?"

양천해는 아무런 감정의 빛도 담겨 있지 않은 눈으로 진산월을 쳐다보더니 천천히 고개를 끄덕였다.

"쾌의당 칠대용왕 중의 도중용왕이 바로 나다."

그 말에 몇몇 사람들이 경악을 참지 못하고 신음성을 흘렸다. 강호 제일의 도객이 쾌의당의 용왕 중 한 사람이라니 도저히 믿을 수 없었던 것이다.

화산파의 최고 검객 중 한 사람이었던 매장원이 쾌의당의 검중용왕임이 밝혀졌을 때 강호가 온통 시끄러운 적이 있었다. 그런데 양천해마저 쾌의당 용왕 중 한 사람이라는 것이 알려진다면 한바탕 난리가 날 것이 분명했다.

양천해 같은 절대 고수도 일개 용왕에 불과하다면 나머지 용왕들은 어떤 인물들이란 말인가? 그리고 이런 고수들을 휘하에 거느리고 있는 쾌의당의 당주는 대체 누구란 말인가?

중인들이 놀라든 말든 양천해는 무심한 음성으로 입을 열었다.

"일전에 내 사제가 너를 만난 적이 있다고 하더군."

진산월은 고개를 끄덕였다.

"위남에서 귀 사제의 솜씨를 겪어 본 적이 있었소."

"사제가 네 칭찬을 많이 했다. 자신이 싸워 본 검객들 중 가장 무서운 솜씨를 지니고 있다고 입이 닳도록 떠들어 대더군. 무척 진중한 녀석이었는데 평소의 모습답지 않게 호들갑을 떨어 대기에 너에 대한 호기심이 일었다."

양천해가 말하는 사람은 무정도 한충이었다. 위남의 강변에서 진산월과 종남파의 고수들은 한충을 비롯한 고수들의 갑작스러운 공격을 받았으며, 그 때문에 한바탕 곤경에 처하기도 했었다.

진산월은 양천해가 그 이야기를 꺼낸 것이 다소 의외라고 생각했으나 양천해의 다음 말을 듣고서야 이해를 했다.

"내 사제는 허언을 하지 않는 성격이니 사제의 말대로라면 너는 나의 좋은 적수가 될 수 있을 것이다. 그래서 이번 일에 손을 빌려 달라는 운중용왕의 부탁을 선뜻 승낙한 것이다."

"나와 싸워 보고 싶소?"

"그게 내가 살아 나가는 이유이다."

짤막한 말이었으나, 그 말을 듣자 진산월은 양천해가 어떠한 종류의 인간인지 알 수 있을 것 같았다.

생사를 건 격투에 자신의 모든 걸 내던지는 전형적인 무인이라고 할 수 있을 것이다. 아니면 강자를 꺾는 쾌감만을 쫓는 싸움광일 수도 있었다.

어찌 되었건 자신은 오늘 양천해와의 싸움을 피할 수 없을 게 분명했다. 양천해는 자신을 상대하기에 가장 적합한 인물이라고 할 수 있을 것이다. 운중용왕은 확실히 절묘한 수를 준비해 놓은 것이다.

하나 운중용왕이 그를 위해 준비한 수는 이게 전부가 아니었다.

운중용왕이 어느 한곳으로 고개를 돌리더니 불쑥 입을 열었다.

"부인이 온 건 내 제안을 승낙했기 때문이라고 생각하는데, 내가 제대로 본 거요? 아니면 날이 좋아서 바람이라도 쐬려고 나온 거요?"

그의 시선을 받은 사람은 뜻밖에도 임조몽의 옆에서 술을 따랐던 시비로 보이는 여인이었다. 여인은 여전히 임조몽의 옆에 다소곳한 모습으로 앉아 있다가 운중용왕이 자신을 향해 입을 열자 못마땅한 표정으로 그를 흘겨보더니 이내 한숨을 내쉬었다.

"왜 가만히 있는 나를 끼어들이려는 거예요? 설마 도중용왕만으로 부족하다고 생각하는 거예요?"

제225장 일전쌍조(一箭雙雕) 193

그 말에 텅 비어 있던 양천해의 눈에 무시무시한 섬광이 번뜩거렸다.

운중용왕은 황급히 손을 내저었다.

"그럴 리가 있소? 나는 다만 부인의 귀여운 제자가 부인에게 내 말을 제대로 전했는지 궁금했을 뿐이오."

여인은 얄밉다는 듯 그를 쏘아보더니 이내 붉은 입술을 살짝 열었다.

"제자 아이는 제 할 일을 다했어요."

"오, 그럼 내 제안을 받아들이는 거요?"

"그럴 생각으로 오긴 했는데, 당신이 도중용왕까지 부른 줄 알았다면 생각을 달리했을 거예요."

운중용왕은 너털웃음을 터뜨렸다.

"허허…… 부인께선 걱정하지 마시오. 도중용왕은 물건에는 아무런 관심이 없으니…… 그는 그저 신검무적과 싸우는 것만으로 만족하기로 했소."

여인의 봉목이 반짝 빛났다. 여인은 엷은 미소를 짓더니 영롱한 음성으로 말했다.

"정말 당신의 수단은 알아 줘야겠군요."

"고마운 말씀이오. 이제 부인의 대답을 듣고 싶소만."

그녀는 입술을 잘근잘근 깨물더니 어쩔 수 없다는 듯 고개를 끄덕였다.

"여기까지 왔는데 헛걸음을 하고 싶지는 않군요. 당신의 제안을 받아들이겠어요."

운중용왕은 그럴 줄 알았다는 듯 빙긋 웃었다.

"그럼 내게 줄 것이 있을 텐데……."

여인은 한 번 더 그를 흘겨보더니 이내 소맷자락에서 책자 하나를 꺼내 그에게 던졌다. 그녀와 운중용왕의 사이는 제법 멀리 떨어졌는데도 책자는 마치 줄에 매달린 것처럼 허공을 둥둥 떠가더니 운중용왕의 손에 정확히 떨어졌다.

운중용왕은 감탄성을 발했다.

"정말 부인의 물건 던지는 솜씨는 강호 일절이라 할 만하오. 과연 명불허전이 따로 없구려."

여인이 날카롭게 쏘아붙였다.

"쓸데없는 소리 하지 말고 책자나 확인하도록 해요."

운중용왕은 손에 들린 책을 살펴보고는 이내 고개를 끄덕였다.

"철혈무해가 맞군. 부인의 권리를 인정하겠소."

"배분은?"

"부인께서 둘 중 하나를 고르시오."

"나는 금시를 원해요."

"그렇게 하도록 하겠소."

그녀의 시선이 옆에 앉아 있는 임조몽을 슬쩍 스치고 지나갔다.

"물건은 하나뿐인데, 남은 사람은 둘이군요."

운중용왕은 걸걸하게 웃었다.

"하하…… 부인이 다른 사람 생각까지 할 줄은 몰랐소. 그는 물건 대신 사람을 갖기로 했으니 부인께선 걱정하지 마시오."

제225장 일전쌍조(一箭雙雕)

여인이 임조몽을 빤히 쳐다보았다.

"그것으로 만족할 수 있겠나?"

운중용왕을 대할 때와는 달리 그녀는 임조몽에게 서슴없이 하대를 했다. 하나 임조몽은 조금도 불쾌해 하지 않고 입가에 수려한 미소를 매달았다.

"저는 신검무적의 목과 태음신맥의 여자를 가지는 것으로 충분합니다. 오히려 두 분보다 제가 더 많은 배분을 가지는 것 같아서 죄송하군요."

"그렇다면 다행이군. 하긴…… 자네는 아직 젊은 나이지."

임조몽은 그녀의 말에 아무 대꾸도 하지 않고 그저 빙그레 웃기만 했다.

진산월은 자신과 임영옥을 이미 수중에 들어온 것처럼 자기들 멋대로 배분하고 있는 그들의 대화를 묵묵히 듣고 있다가 운중용왕을 향해 물었다.

"저 여인도 용왕 중 한 사람이오?"

운중용왕은 선뜻 대답을 해 주었다.

"그렇다. 그녀가 바로 화중용왕이다."

진산월은 이미 어느 정도는 짐작하고 있었기 때문에 조금도 놀라지 않고 다시 물었다.

"그녀가 소수마후요?"

운중용왕의 입가에 차가운 미소가 그려졌다.

"그건 나중에 네가 그녀에게 직접 물어보도록 해라. 아마 그럴 기회는 없겠지만 말이다."

그의 말이 끝남과 동시에 진산월은 뼛골이 시릴 듯 차가운 기운 한 가닥이 자신을 향해 쏘아져 오는 것을 느꼈다. 고개를 돌리니 양천해가 예의 무색투명한 눈으로 그를 뚫어지게 응시하고 있었다.

"언제까지 기다려야 하느냐?"

진산월은 양천해가 발출한 무형지기를 슬쩍 고개를 움직여 피하며 그를 향해 우뚝 마주 섰다.

"지금이오."

양천해 또한 양손을 자연스레 늘어뜨린 채 허리를 쭉 펴고 몸을 곧추세웠다.

두 사람이 서로를 마주 보고 서 있자 장내의 공기가 아연 긴장되며 팽팽한 기운이 사방을 무겁게 짓눌렀다. 중인들은 두 사람에게 시선을 고정시킨 채 마른침을 삼켰다.

한쪽은 오랜 세월 동안 무림에서 천하제일 도객으로 인정받고 있는 무림구봉 중 도봉인 금도무적. 다른 한쪽은 혜성같이 나타나 백 년 내 제일가는 검객이라고까지 찬사를 받고 있는 신검무적.

두 절대 고수의 생사를 건 대결이 이제 막 시작되려 하는 것이다.

제 226 장
용검쟁투(龍劍爭鬪)

제 226 장 용검쟁투(龍劍爭鬪)

"꿀꺽!"

누군가의 침 삼키는 소리가 크게 들릴 정도로 주위는 고요한 적막에 잠겨 있었다.

시간도 흐름을 멈춘 것 같은 순간, 장내에 갑자기 도기와 검풍이 휘몰아치기 시작했다. 두 사람 중 누가 먼저 출수(出手)했는지는 아무도 알 수 없었다. 중인들이 보기에는 그냥 가만히 서 있던 두 사람 사이로 난데없는 도기와 검기가 솟구쳐 오른 것 같았다.

파파파팍!

삽시간에 사방이 온통 도풍과 검영에 휘감겨 버렸다. 중인들은 눈을 부릅뜨고 장내의 격전을 지켜보았으나 알 수 있는 것이라고는 두 사람이 팽팽한 접전을 벌이고 있다는 점뿐이었다.

양천해의 도는 중앙에 금색의 실선이 그어져 있었다. 일단 그가 손을 쓰면 도가 어찌나 빨리 움직이는지 이 금색 실선이 마치 칼 전체에 띠를 두른 것처럼 보였다. '금도(金刀)'는 이 때문에 붙은 별호였다. 지금도 진산월의 사방을 무섭게 압박해 들어가는 양천해의 도는 진산월이 보기에도 금빛으로 테를 두른 것 같았다.

일전에 진산월은 양천해의 사제인 한충과 싸워 본 적이 있었기 때문에 막연히 두 사람의 도법이 비슷할 거라고 짐작하고 있었다. 하나 막상 겪어 본 양천해의 도법은 한충과는 판이하게 달랐다.

한충의 도법은 칼 자체의 회전력을 최대한 이용하는 것으로, 좀처럼 보기 드문 괴이한 형태여서 상대하는 데 어려움이 있었다. 반면에 양천해의 도법은 흔하게 접할 수 있는 평범한 방식이었다. 다만 엄청나게 빠르고 무거울 뿐이었다.

양천해의 도와 처음 부딪쳤을 때 진산월은 하마터면 용영검을 손에서 놓칠 뻔했다. 그만큼 양천해의 칼에는 무지막지한 경력이 담겨 있었던 것이다.

칼 한 자루에 그처럼 엄청난 경력을 실을 수 있다는 것도 놀라웠지만, 그러면서도 그 속도가 눈으로 제대로 볼 수 없을 정도로 빠르다는 것은 더욱 놀라운 일이었다.

양천해의 도법은 구절마도(九截魔刀)라는 것으로, 초식 자체는 그리 변화무쌍하거나 다양하지 않았다. 한충을 비롯한 양천해의 사제인 무적사도는 구절마도에 각기 개성에 맞게 다양한 변화를 집어넣거나 도를 휘두르는 방식을 독창적으로 개발해서 나름대로의 절학으로 삼았다. 한충의 겁륜구절도도 그렇게 탄생된 무공이었다.

하나 양천해는 그들과는 다른 길을 걸었다. 변화를 늘리거나 다른 편법을 사용하지 않고 무공 본연의 빠르고 강력함을 극대화한 것이다. 그것이 그를 무림구봉 중의 하나로 끌어 올린 원동력이 되었다.

속도와 무거움을 담게 되자 구절마도는 그야말로 천하의 어떤 도법보다도 더욱 가공할 위력을 발휘하기 시작했다. 그제야 양천해의 사제들은 '정도(正道)가 곧 왕도(王道)'라는 무공의 오래된 격언을 떠올렸으나, 이미 너무 다른 길을 걸어와서 되돌아갈 수 없는 상황이었다.

양천해의 별호에 '무적'이라는 단어가 붙은 것도 그즈음이었다. 나중에 양천해의 사제라는 위치 때문에 그의 사제들에게도 무적사도라는 이름이 붙기는 했으나, 그것은 그들에게는 쑥스럽고 계면쩍은 일이었다.

지금도 양천해의 칼은 별다른 변화를 보이지 않고 일직선으로 진산월의 목덜미를 찔러 오고 있었다. 단순히 곧장 앞으로 찔러 오는 단순한 일도(一刀)인데도 진산월은 사방이 온통 거대한 칼날로 변해 자신을 짓눌러 오는 듯한 느낌이 들었다.

이것이 구절마도의 무서운 점이었다. 칼에 막대한 경력이 담겨 있기 때문에 칼이 움직이면 주위의 공기가 그 힘에 눌려 상대에게 질식할 듯한 압박감을 선사하는 것이다. 더구나 칼이 날아드는 속도가 무서울 정도로 빨랐으니 어지간한 고수는 피할 엄두조차 내지 못했다.

진산월도 피하지 않았다. 구절마도는 피한다고 해서 공세를 벗어날 수 있는 무공이 아님을 알아차린 것이다. 그는 양천해와 똑같이 용영검을 앞으로 내뻗었다. 용영검의 검 끝에 괴이한 광망이 이글거리며 시퍼런 검광이 쭈욱 뻗어 나왔다. 그 검광은 진산월의 목덜미를 찔러 오는 칼의 도첨(刀尖)과 정면으로 부딪쳤다.

꽝!

검과 도의 끝이 부딪친 소리라고는 믿어지지 않는 굉량한 폭음이 울려 퍼지며 세찬 경기가 반경 십여 장 내를 송두리째 휩쓸고 지나갔다.

주변에 있던 중인들은 이미 그들이 싸우기 전에 한참 뒤로 물러나 있었기에 별다른 피해를 입지 않았으나, 만에 하나 누군가가 경내에 있었다면 폭발하듯 회오리치는 도기와 검기의 폭풍에 사지가 갈가리 찢겨 나갔을 것이다. 이곳에 있는 중인들은 모두들 강호의 고수들일 뿐 아니라 경험도 풍부한 자들이어서 이런 사태를 대비해 멀찌감치 피해 있었던 것이다. 하나 그들조차도 두 사람의 격돌이 이토록 가공스러운 결과를 만들어 내는 것을 보고는 경악을 금치 못하고 있었다.

중인들이 눈에 불을 켜고 앞을 바라보니 양천해와 진산월이 모두 휘청거리며 뒤로 한 걸음씩 물러서고 있었다. 양천해의 상반신 옷자락은 여기저기가 검기에 잘려 누더기처럼 변해 있었고, 그 사이로 드러난 피부는 군데군데 베인 탓에 핏물이 흘러내려 낭패스러운 모습이었다.

진산월의 사정도 별반 다르지 않았다. 진산월은 겉모습이 그런대로 멀쩡했으나, 양천해의 막강한 도를 정면으로 받아친 탓인지 용영검을 쥔 오른손의 호구가 찢어져 핏물이 뚝뚝 떨어져 내리고 있었다. 게다가 낯빛이 창백한 것으로 보아 적지 않은 내상(內傷)을 입었음이 확실히 보였다.

두 사람은 휘청거리던 몸을 바로 세울 사이도 없이 재차 서로를 향해 몸을 날렸다. 양천해는 여전히 진산월의 목덜미를 노리고 칼을 찔러 왔는데, 조금 전과는 달리 칼이 비스듬히 누워 있어서 날아오는 각도가 판이하게 달랐다. 구절마도 중 절초인 사양절(斜陽截)이라는 것으로, 조금 전에 펼쳤던 일섬절(一閃截)보다 관통력은 떨어졌으나 날아드는 각도가 예리해서 막기는 더욱 힘든 초식이었다.

진산월은 무표정한 얼굴로 수중의 용영검을 한차례 흔들었다. 그러자 조금 전처럼 검 끝에서 검광이 폭사해 나왔다. 단지 그 숫자가 이번에는 네 개로 바뀌어 있다는 것이 다를 뿐이었다.

그 검광은 유운검법에서 가장 고명한 수법 중 하나인 유운검봉으로, 뿜어져 나오는 검광의 숫자에 따라서 명칭이 달라졌다. 진산월은 양천해의 도에 실린 막강한 경력을 상대하기 위해 유운검봉을 선택했는데, 그 결과가 조금 전의 대격돌로 나타났던 것이다. 이번에 펼친 유운사봉(流雲四峯)은 단순히 숫자만 네 개로 불어난 것이 아니라 검광의 경로에도 변화가 있었다. 두 가닥은 자신을 향해 찔러 오는 칼의 진로를 막아섰고, 나머지 두 가닥은 양천해의 상체를 향해 쏘아져 갔다. 공수를 겸한 그 초식의 운용은 가히 완벽한 것이었다.

파팡!

기이한 각도로 찔러 들어오던 양천해의 칼이 검광에 연거푸 두 번 부딪히며 옆으로 비틀어졌다. 그 사이에 나머지 두 개의 검광이 무서운 기세로 양천해의 인후혈과 심장을 노리고 날아들었다.

양천해는 내뻗었던 칼을 회수했다가 재차 찔러 댔다. 거두어들였다가 내뻗는 속도가 어찌나 빨랐던지 원래부터 찔러 가던 칼이 순간적으로 두 개로 불어났다가 하나로 합쳐진 것처럼 보였다. 이것은 중양절(重陽截)이라는 초식으로, 사양절과 연환하여 사용하면 누구도 제대로 막지 못하고 목구멍이 뚫리고 마는 살인적인 위력을 지니고 있었다.

양천해의 목덜미를 향해 날아들던 검광이 양천해의 칼에 부딪혀 소멸되었고, 심장을 노리고 날아드는 검광만이 남았다. 하나 진산월은 이내 뻗었던 검광을 거두어들이며 옆으로 물러났다. 검광이 양천해에게 닿는 것보다 양천해의 칼이 자신의 목을 찌르는 게 더 빠르다고 판단한 것이다.

쉬앙!

양천해의 칼이 무시무시한 파공음과 함께 진산월의 목덜미 옆을 스치고 지나갔다. 그 바람에 목덜미의 피부가 갈라져 핏물이 솟구쳐 나왔다. 단지 풍압(風壓)만으로 태을신공으로 보호되어 있는 진산월의 피부를 갈라 버릴 정도로 양천해의 칼에 담겨 있는 경력은 가공스러운 것이었다.

진산월은 지혈할 겨를도 없이 용영검을 휘둘러 반격을 가하려 했다. 하나 그 순간, 진산월의 목덜미를 스치고 지나가던 양천해의 칼이 옆으로 비틀어지더니 횡(橫)으로 움직이며 진산월의 목을 향해 들어왔다.

그것은 실로 믿을 수 없는 광경이었다. 무서운 기세로 앞으로 찔러 가던 칼날이 진행 방향을 구십도 바꾸어 버린 것이다. 어떤 물체라도 이런 움직임을 보일 수는 없었다. 이것이 바로 양천해를 천하제일 도객으로 올려놓은 구절마도 중의 절초, 횡단절(橫斷截)이었다.

사양절에서 중양절을 지나 횡단절로 이어지는 연환수법은 구절마도의 연환식 중에서도 가장 무서운 것 중 하나로, 얼마나 많은 고수들이 이 연환수법에 당해 목을 잘린 채 쓰러졌는지 모른다.

누가 보기에도 진산월의 목이 양천해의 칼에 뎅강 베일 것처럼 느껴졌다.

그때 진산월의 신형이 한차례 휘청거렸다. 그러자 놀랍게도 진산월의 몸이 원래의 위치에서 벗어나 어느새 양천헤의 죄측 방향으로 돌아서 있는 것이 아닌가?

두 눈에 신광을 번뜩인 채 장내의 광경을 주시하고 있던 운중용왕이 이 장면을 보고 이를 부드득 갈았다.

'저 보법이다. 저 보법이 대체 무엇이기에 나의 이신수미를 가볍게 뚫고 도중용왕의 절초마저 피해 버린단 말인가?'

양천해 또한 진산월의 기묘한 움직임을 예상치 못했는지 칼을 미처 회수하지 못하고 있었다.

그때 진산월이 용영검을 위에서 아래로 그어 내렸다. 유운단악의 검세가 폭포수 같은 검광을 뿌리며 양천해의 몸을 두 쪽 내버릴 듯한 기세로 떨어져 내렸다. 이번에는 반대로 양천해가 절체절명의 위기에 처하게 된 것이다.

검광이 막 자신의 머리 위로 떨어지기 직전에 양천해는 칼을 내뻗던 자세 그대로 몸을 회전시켰다. 그 동작이 어찌나 빨랐던지 양천해의 몸이 순간적으로 앞뒤가 바뀐 듯한 착각이 일어났다.

까깡!

양천해의 칼이 결정적인 순간에 진산월의 용영검을 튕겨 냈다. 하나 용영검의 기세를 완전히 막을 수는 없었는지 양천해의 머리카락이 우수수 잘려 나갔다. 그와 함께 검기 몇 가닥이 얼굴을 스치고 지나가는 바람에 양천해의 이마가 피범벅이 되었다.

"흐흐흐…… 정말 좋구나!"

양천해는 얼굴에 피칠을 하면서도 하얀 이를 드러내며 웃었다. 무심함만이 가득 담겨 있던 두 눈은 기이한 광기에 물들어 있었고, 입가에는 의미를 알기 힘든 미소가 그려져 있었다.

그는 피로 물든 얼굴을 닦을 생각도 하지 않고 다시 진산월을 향해 돌진해 들어갔다. 진산월 또한 조금도 물러서지 않고 유운검법 중의 절초들을 펼쳐 그에 맞서 갔다.

두 사람은 조금 전보다 더욱 치열하게 맞붙었다. 그들의 싸움이 어찌나 살벌하고 흉험하던지 사람들은 얼어붙은 듯 꼼짝도 못하고 그들의 격전을 지켜보고만 있었다. 그들 중 고수 아닌 자가 없었고, 강호의 숱한 싸움을 겪지 않은 자가 없었지만 누구도 이토록 무시무시하고 가슴 떨리는 격전은 본 적이 없었다.

쾅쾅!

그들의 도와 검이 부딪칠 때마다 마찰음이 아니라 굉음이 터져나왔고, 그때마다 주위의 땅이 뒤흔들리며 세찬 도기와 검기가 사방을 폭풍처럼 휩쓸고 지나갔다.

운중용왕은 심각한 표정으로 그들의 싸움을 보고 있다가 천천히 한 사람에게 다가갔다.

눈도 깜박이지 않은 채 격전을 바라보고 있던 화중용왕이 힐끗 그를 돌아보았다.

"무슨 일이에요?"

운중용왕이 입술을 살짝 들썩이자 나직한 전음이 그녀의 귓전에 들려왔다.

―부인께선 저들의 승패를 어떻게 보시오?

화중용왕 또한 전음으로 대답했다.

―모르겠군요. 지금으로서는 누가 이길지 전혀 짐작도 할 수 없어요.

―그래서 말인데…….

운중용왕의 목소리가 은근해졌다.

―도중용왕이 승리한다면 다행이지만, 그렇지 않다면 골치 아픈 상황이 벌어질 수도 있소.

화중용왕의 고운 아미가 살짝 찌푸려졌다.

―당신은 신검무적이 도중용왕을 쓰러뜨린다면 우리도 그의 상대가 되지 못할까 봐 걱정스러운가요?

―물론 부인의 실력을 믿지 못하는 건 아니오. 하지만 만약의 사태라는 게 있지 않소? 신검무적이 도중용왕마저 꺾은 후 몸을

피해 버린다면 누가 그의 앞을 막을 수 있겠소?

─내가 보기에는 신검무적은 어떤 일이 있어도 꼬리를 말고 도망칠 사람으로는 보이지 않는군요.

─그래서 만약이라고 하지 않았소? 아무리 신검무적이라도 멀쩡한 상태로 도중용왕을 이길 수는 없소. 그가 부상이 심하다면 훗날을 기약하고 물러날 수도 있소. 물론 주위에 흑갈방의 이십팔살이 있기는 하지만, 만에 하나라도 신검무적이 그들의 포위망을 뚫는다면 우리는 크나큰 후환을 남기게 되는 셈이오.

화중용왕도 그의 말에 일리가 있다고 생각하는지 잠시 침묵에 잠겨 있었다.

운중용왕은 그녀의 마음이 흔들리고 있다는 것을 알아차리고 다시 입을 열었다.

─게다가 눈치를 보니 구궁보와 신목령의 인물들이 서로 힘을 합칠 수도 있을 것 같소. 그들과 천봉궁이 뭉쳐서 대항한다면 일이 어떻게 전개될지 모르오.

화중용왕은 그를 흘겨보았다.

─그들이 합세할 가능성을 염두에 두지 않았단 말이에요?

운중용왕은 씁쓸하게 웃었다.

─그럴 리 있소? 당초의 계획대로였다면 구궁보와 신목령이 서로 상잔(相殘)을 하고 그 이후에나 흑갈방의 이십팔살이 등장할 예정이었소. 그런데 뜻밖에도 신검무적이 화면신사의 정체를 너무 빨리 폭로하는 바람에 일이 이렇게 꼬이게 된 것이오.

화중용왕은 처음부터 현장에 있었기 때문에 운중용왕의 말이

거짓이 아니며, 굳이 책임을 따지자면 계획을 세운 운중용왕보다는 화면신사에게 있다는 것을 알고 있었다.

사실 화면신사는 이 자리에 자기가 직접 나서지 않아도 되었는데, 굳이 본모습을 드러내면서까지 직접 끼어들었다. 그것은 자기 자신에 대한 자부심도 있었지만, 신검무적에 대한 묘한 경쟁심이 가장 큰 원인이었다. 신검무적이 몰락하는 장면을 자신의 눈으로 직접 보고 싶다는 욕심이 문제를 불러온 것이다.

운중용왕은 화중용왕의 표정을 살피며 신중한 음성으로 말했다.

-이번에 신검무적을 제거하지 않으면 언제 또 이런 기회를 잡게 될지 알 수 없소. 부인도 보셨다시피 어느 한 개인의 힘으로 그를 막기란 결코 수월한 일이 아니오. 나중에 크나큰 후환이 될 것을 뻔히 알면서도 손을 놓고 있을 수는 없지 않겠소?

화중용왕은 아직도 치열하게 싸우고 있는 두 사람을 잠시 주시하더니 어쩔 수 없다는 듯 가느다란 한숨을 내쉬었다.

-솔직히 썩 내키지는 않아요. 하지만 당신 말대로 후환을 남겨 두는 일은 더욱 내키지 않는군요.

-잘 생각하셨소. 도중용왕이 그를 이길 확률도 절반은 있으니 어쩌면 우리의 걱정이 한낱 기우에 그칠지도 모르는 일 아니겠소?

-정말 그랬으면 좋겠군요.

-부인께서 적당한 때에 손을 쓰시리라 믿겠소.

화중용왕은 아무 말 없이 살짝 고개만 끄덕였다. 운중용왕은 그것으로도 충분히 만족했는지 더 이상은 그녀에게 전음을 날리지 않았다.

두 사람이 은밀한 대화를 나누고 있는 사이에 장내의 격전은 점점 절정으로 치달려가고 있었다.

진산월은 호구가 갈라진 오른손이 계속된 격돌로 붉은 속살마저 드러나 있어 검을 잡고 있기도 힘든 상태였다. 게다가 양천해의 막강한 구절마도에 담긴 경력에 당한 내상이 깊어져서 입가로 계속 검붉은 피가 흘러나오고 있었다.

양천해의 모습은 더욱 처참했다. 그는 유운검법의 변화무쌍한 검초를 완벽하게 막지 못하고 크고 작은 검기에 계속 격중당하는 바람에 온몸이 피로 뒤덮여서 그야말로 혈인(血人)을 연상하게 했다. 오직 드러난 건 두 개의 광기 어린 눈과 가끔씩 내비치는 하얀 이빨뿐이었다.

그런데도 두 사람의 병기를 휘두르는 속도와 기세는 조금도 약해지지 않았다. 오히려 최후의 진력(眞力)까지 끌어 올리는지 더욱 강력하고 살벌한 공격을 가하고 있었다.

그러다 두 사람의 동작이 누가 먼저랄 것도 없이 거의 동시에 멈추어졌다. 두 사람은 땀과 피로 범벅이 된 채 거친 숨을 몰아쉬며 서로를 노려보았다.

장내의 고수들은 최후의 결전이 임박해 왔음을 느끼고 숨도 제대로 쉬지 못하고 그들에게 시선을 고정시켰다. 그 바람에 누구도 화중용왕이 머리에 꽂고 있던 나비 모양의 장식 하나를 손에 든 채 앉아 있던 자리에서 천천히 일어나는 것을 알지 못했다.

서로를 응시한 채 미동도 않고 서 있던 두 사람의 몸이 움직인 것은 그로부터 약간의 시간이 흐른 후였다.

먼저 움직인 사람은 양천해였다. 그는 지금까지와는 달리 두 손을 모두 이용해 칼을 움켜쥔 자세로 진산월을 향해 벼락같은 팔도(八刀)를 내질렀다. 항상 일직선으로만 도를 찔러 오던 지금까지와는 전혀 다른 모습이었다.

여덟 개의 선명한 도영(刀影)이 가공할 기세로 진산월의 전신을 압박해 들어왔다. 놀랍게도 여덟 개의 도영 모두에서 똑같이 강력한 경력이 생생하게 느껴졌다. 그것은 마치 여덟 명의 양천해가 진산월을 동시에 공격하는 듯한 모습이었다.

이 초식이야말로 양천해의 구절마도 중에서 최절초인 팔선절(八仙截)이었다. 팔선절은 엄밀히 말하면 양천해의 구절마도의 근간이 되는 일섬절을 연속으로 여덟 번을 펼치는 수법이었다.

무시무시한 위력을 담고 있지만 그만큼 투로가 단순했던 일섬절이 각기 다른 여덟 군데의 방향으로 거의 동시에 날아든다고 생각해 보라. 상상만으로도 모골이 송연해지는 일이 아니겠는가?

하나 그만큼 펼치기가 어려워서 양천해가 이 팔선절을 실전에서 사용한 것은 다섯 번도 되지 않았다. 그리고 그것으로 그는 천하제일 도객이라는 이름을 얻게 되었다.

이 팔선절은 칼을 여덟 개의 각기 다른 방향으로 거의 동시에 내찔러야 하기 때문에 펼치는 사람의 몸에 상당한 무리가 오게 된다. 초인적인 속도로 움직여야 하기에 근육의 과다한 사용으로 육체가 큰 손상을 입게 되고, 여덟 개의 도에 모두 경력을 싣느라 막

대한 공력이 손실되어 단전(丹田)이 깨어질 위험도 있었다. 그래서 양천해는 이 팔선절을 한 번 펼칠 때마다 적어도 보름 이상의 정양(靜養)을 취하곤 했다. 그런 만큼 그 위력은 실로 막강하여 지금까지는 누구도 그의 이 벼락같은 팔도를 피하는 사람이 없었다.

여덟 개의 도영이 진산월의 몸을 난도질하려는 순간, 진산월의 용영검이 환영처럼 움직였다.

그러자 솜뭉치처럼 작은 구름이 생겨났다. 그 구름은 순식간에 확대되더니 이내 장내를 완전히 뒤덮을 수 있을 만큼 거대한 구름으로 변해 버렸다. 그 구름은 무서운 기세로 진산월의 전신을 짓쳐 들던 여덟 개의 도광을 덮어 버렸고, 팔선절을 펼치고는 체력이 바닥난 채 휘청거리고 있는 양천해의 몸도 그대로 휘감아 버렸다.

비명 소리는 들려오지 않았다.

무섭게 피어올랐던 구름은 나타날 때와 똑같이 갑작스레 사라져 버렸다. 그리고 그 자리에는 온몸이 난자당한 양천해가 질펀한 피바다 속에 누워 있었다.

중인들은 그 광경을 보고 벌린 입을 다물지 못했다.

양천해가 쓰러졌다!

강호의 최고 고수인 무림구봉 중의 하나가 무너진 것이다.

중인들은 자신이 흘린 질펀한 피 속에 잠겨 싸늘히 식어 가고 있는 천하제일 도객의 시신을 보고 말로 형용할 수 없는 기이한 감흥에 젖어 들었다.

무림구봉은 지난 세월 동안 모든 무림인들의 우상이자 상징과도 같은 존재였다. 그들은 각기 한 분야에서 무림의 최정상을 달리는 절세의 고수들이었고, 확고한 자신만의 영역을 구축한 절대자들이었다. 많은 무림의 고수들이 그들의 자리를 노리고 무수히 도전했으나 성공한 사람은 아무도 없었다. 그런데 하남성 한쪽 구석의 이름 모를 야산에서 무림구봉 중의 하나가 꺾인 것이다.

그 광경을 직접 목격한 사람은 누구라도 충격을 받지 않을 수 없었다.

중인들의 시선이 무언가에 홀린 사람들처럼 한쪽에 서 있는 진산월에게로 향했다.

그때 갑자기 누군가의 날카로운 외침이 터져 나왔다.

"쳐라!"

그와 함께 주위를 에워싸고 있던 흑갈방의 고수들이 일제히 중인들을 향해 몸을 날렸다. 사전에 계획한 듯 그들은 두세 명씩 짝을 이루어 중인들을 공격하기 시작했다. 삽시간에 장내는 검풍과 장영이 휘몰아치고 욕설과 비명 소리가 난무하는 격전장이 되어 버렸다.

그 바람에 누구도 진산월의 모습을 제대로 살펴보지 못했다.

진산월은 여전히 그 자리에 우뚝 서 있었는데, 몸에 두 개의 칼자국이 새롭게 난 것을 제외하고는 별로 달라진 것이 없어 보였다. 양천해의 팔선절 중 여섯 개는 바로 소멸되었으나 나머지 두 개는 각기 진산월의 옆구리와 어깨 부위에 칼자국을 남기고 사라진 것이다. 두 군데의 상처가 제법 깊었지만, 천하제일 도객을 쓰러뜨리는 대가치고는 아주 미미한 것이라고 할 수 있었다.

제226장 용검쟁투(龍劍爭鬪) 215

하나 그의 몸을 자세히 살펴본 사람이라면 무언가 이상함을 느낄 수 있을 것이다. 우선은 그의 서 있는 자세가 너무 어색하고 딱딱했다. 게다가 허공을 응시하고 있는 그의 눈빛은 왠지 모르게 탁하고 흐릿해 보였다.

장내가 흑갈방 고수들의 공격으로 아수라장이 되어 버린 가운데 한 사람이 천천히 진산월에게로 다가왔다. 그는 다름 아닌 운중용왕이었다.

운중용왕은 진산월의 얼굴을 유심히 바라보더니 이내 흡족한 듯 고개를 끄덕였다.

"과연 명불허전이군. 아무리 허점을 노린 암습이었다고 해도 신검무적을 단숨에 꼼짝도 못하게 제압해 버리다니……."

그의 시선은 진산월의 얼굴을 지나 목뒤로 향했다.

진산월의 목뒤 아문혈(瘂門穴) 부위에 나비 한 마리가 앉아 있었다.

그 나비는 비록 정교하게 조각되기는 했으나 안력이 예리한 사람이라면 그것이 진짜 나비가 아니라 여인들이 머리에 꽂는 장신구임을 알 수 있을 것이다. 마치 살아 있는 것처럼 생생하게 조각된 나비 장신구는 금시라도 날개를 흔들며 날아오를 것만 같았다.

그 나비 장식품을 보는 운중용왕의 눈에는 짙은 경의와 은은한 두려움의 빛이 떠올라 있었다.

"과연 선녀호접표(仙女蝴蝶鏢)의 위력은 놀랍구나. 이렇게 아름다운 장신구가 강호 제일의 암기라는 것은 아무도 믿지 못할 것이다."

그때 거짓말처럼 나비가 허공으로 둥실 떠올랐다. 그러더니 날갯짓을 하며 어딘가로 날아가는 것이 아닌가?

그것은 눈으로 보고도 믿을 수 없는 광경이었다. 금속으로 만든 장신구가 진짜 살아 있는 생명체처럼 마음대로 움직이다니…….

운중용왕이 우두커니 지켜보고 있는 가운데 나비 장신구는 날개를 펄럭이며 허공을 날아가더니 이내 한 사람의 손에 내려앉았다.

그 손은 잡티 하나 없는 완벽한 옥수(玉手)였다. 어찌나 희고 깨끗한지 도저히 사람의 몸에 달려 있는 손이라고는 생각되지 않았다. 심지어는 당연히 나 있어야 할 모공(毛孔)조차 두 눈에 안력을 돋우기 전에는 찾아보기 힘들 정도였다.

나비 장신구는 그때까지도 날개를 펄럭이고 있었다. 옥수의 손가락 두 개가 움직여 날개를 잡자 그제야 나비는 움직임을 멈추고 평범한 장신구의 모습으로 돌아왔다.

운중용왕은 한참이나 나비 장신구와 옥수를 바라보더니 이내 가벼운 한숨을 내쉬었다.

"정말 부인의 솜씨에는 탄복하지 않을 수 없소. 도대체 어떻게 해야 선녀호접표를 그렇게 움직일 수 있는지 알 수가 없구려. 소수마공에 다른 기공(奇功)을 융합한 것 같기는 한데……."

손의 주인은 화중용왕이었다. 그녀는 담담한 표정으로 대수롭지 않게 말했다.

"개인적인 비밀이에요."

다른 사람의 무공의 비밀을 파악하려는 것은 자칫하면 심각한 오해를 초래할지 모르는 일이라 무림에서는 철저한 금기에 속했다. 더구나 당사자가 저렇게까지 말하면 언급조차 하지 않는 것이 옳은 일이었다.

운중용왕은 입맛이 씁쓸했지만 내색하지 않고 화제를 바꾸었다.

"지금 신검무적은 어떤 상태인 거요? 숨이 끊어지지도 않았고, 그렇다고 혈도가 제압된 것도 아닌 것 같구려."

"그는 선녀호접표의 접미침(蝶尾針)에 찔려 심신이 제압된 상태예요."

운중용왕은 고개를 갸웃거렸다.

"접미침에 극독이라도 묻어 있는 거요?"

"독으로는 신검무적을 제압할 수 없다는 걸 알잖아요? 접미침에 미인루(美人淚)를 조금 묻혔어요."

운중용왕의 몸이 움찔거렸다.

"미인루라면……."

"당신도 들어 본 적이 있는 모양이군요. 미인루는 독이 아니라 강력한 마비액의 일종이라 만독불침이라도 막을 수 없어요. 게다가 신지(神智)를 상실하게 하는 효능이 있어서 일단 체내에 투입되면 누구라도 몸과 마음을 꼼짝할 수가 없는 반송장이 되고 말아요."

물론 운중용왕도 알고 있는 사실이었다.

원래 미인루는 남자에게 실연(失戀)당한 어느 여고수가 평생 동안 심혈을 기울여 만든 천고의 기물이라고 했다. 마음이 떠난 애인을 잡아 두기 위해 만들었으나, 그 위력이 너무 지독해서 당하는 남자는 죽지도 못하고 살지도 못하는 식물인간이 되고 만다는 것이다.

 사랑하는 남자를 식물인간 상태로 만들어서라도 자기를 떠나지 못하게 하려는 여인의 애틋한 마음의 표현인지, 아니면 변심한 남자를 향한 여인의 무서운 복수심의 발로인지는 누구도 알 수 없지만, 미인루의 악명은 오랫동안 강호에 암암리에 퍼져 나가 세상의 모든 남자들을 두려움에 떨게 했다.

 하나 소문과는 달리 미인루를 실제로 보았다거나 미인루에 당했다는 사람은 찾아보기 힘들었다. 미인루를 만들었다는 신비의 여고수에 대한 이야기도 정확한 진위를 아는 사람이 없었다.

 그래서 사람들은 미인루가 여인들의 상상 속의 산물일 뿐이라고 생각하기도 했다.

 하나 운중용왕은 미인루의 전설이 사실이며, 미인루를 만들었다는 신비의 여고수가 실존하는 인물이라는 것도 알고 있었다.

 그도 그럴 것이 그 여고수는 다름 아닌 화중용왕이었던 것이다.

 오래전에 화중용왕이 자신을 배신한 산서철혈문의 고수에게 복수하기 위해 만든 것이 바로 미인루였다. 그녀는 산서철혈문으로 쳐들어가서 그들을 멸문시킨 후 자신을 배신했던 사람을 미인루를 이용해 반시체 상태로 만들어서 데려갔던 것이다. 그녀가 끌고 간 그를 어떻게 했는지는 그 뒤로 아무도 아는 사람이 없었다.

 이런 내막을 어느 정도 알고 있는 운중용왕으로서는 미인루라는 말에 절로 가슴 한구석이 섬뜩해지지 않을 수 없었다.

'미인루까지 사용하다니 그녀가 신검무적을 쓰러뜨리기 위해 단단히 마음먹은 모양이구나.'

바꿔 말하면 그만큼 신검무적이 그녀에게 두려움을 주는 존재였다는 뜻이기도 했다.

사실 도중용왕과의 처절한 격투를 직접 본 운중용왕 또한 신검무적이 두렵기는 마찬가지였다.

검중용왕이 신검무적에게 쓰러졌다는 소식을 들었을 때만 해도 놀라기는 했지만 자신이 감당하지 못할 상대라고는 전혀 생각지 않고 있었다. 매장원이 방심을 했을 수도 있고, 설사 신검무적이 정당한 승부로 매장원을 꺾었다 할지라도 운이 좋았거나 무공의 상성이 맞았기 때문일 거라고 추측했던 것이다.

하나 직접 신검무적과 손속을 겨루어 보고는 자신의 예상이 잘못되었음을 깨달았다. 신검무적은 소문보다 오히려 더 뛰어난 고수였던 것이다.

그리고 조금 전에 보았던 도중용왕과 신검무적의 격전은 그로 하여금 절대로 신검무적과 직접 검을 맞대고 싸우는 일은 피해야 한다는 절박감까지 안겨 주었다.

양천해는 천하제일 도객이라는 명성에 걸맞은 절세의 도객일 뿐 아니라 타고난 무공광(武功狂)이어서 운중용왕도 일대일로는 그를 꺾을 자신이 없었다. 아마 칠대용왕 중에서도 단순히 무공만 놓고 보자면 인중용왕(人中龍王)을 제외하고는 누구도 그의 위에 서지 못할 것이다.

그런 양천해가 전력을 다했음에도 상대에게 제대로 된 치명상도 입히지 못하고 온몸이 걸레 조각처럼 변한 채 싸늘한 시신이 되고 말았으니 운중용왕이 두려움을 느끼는 것도 무리는 아니었다.

화중용왕이 좀처럼 남들 앞에서 내보이지 않던 선녀호접표뿐 아니라 꽁꽁 숨겨 놓았던 미인루까지 사용한 것도 비슷한 이유에서였을 것이다.

두 사람은 의도적으로 도중용왕에 대해서는 이야기를 하지 않았다. 무림의 신화적인 인물이며 자신들의 동료이기도 했던 그의 시신이 바로 옆에 있음에도 불구하고 그쪽으로는 시선조차 돌리려 하지 않았다.

조금 전에 화중용왕은 양천해와 진산월이 최후의 격돌을 할 때를 노려 진산월을 암습했다. 그녀의 강호에서의 지위와 명성을 생각해 본다면 상상도 할 수 없는 일이었다. 그녀로서는 그 이상의 좋은 기회는 잡을 수 없을 거라고 생각했기에 감행한 일이었고 또한 완벽하게 성공했으나, 결코 남에게 알리고 싶지 않은 일이기도 했다.

운중용왕도 그녀의 이런 심정을 충분히 알고 있기에 그녀의 암습이 성공하자마자 바로 흑갈방의 이십팔살로 하여금 중인들을 공격하도록 지시를 내린 것이다. 때문에 그들을 제외하고는 장내의 누구도 진산월이 양천해를 쓰러뜨린 직후에 바로 화중용왕의 암습에 당해 꼼짝도 할 수 없는 상태가 되었다는 것을 알지 못했다.

화중용왕은 손에 쥐고 있던 선녀호접표를 다시 머리 위에 꽂았다. 그리고 보니 그녀의 풍성한 머리에는 유난히 많은 장신구들이 꽂혀 있었다. 다양한 모양의 장신구들이 무려 열 개 가까이 머리카락의 여기저기에 꽂혀 있었는데, 전혀 어색하거나 이상하지 않고 자연스러워 보였다.

운중용왕은 그녀의 머리 위에 꽂혀 있는 각양각색의 장신구들을 보며 속으로 중얼거렸다.

'저 장신구들이 하나같이 사람의 목숨을 초개(草芥)처럼 앗아가는 무서운 살인 흉기들이라는 것을 아는 사람이 과연 얼마나 될까?'

운중용왕이 잠시 이런저런 생각에 잠겨 있을 때 화중용왕의 음성이 그를 깨웠다.

"이제 일을 마무리 짓는 게 좋겠군요. 더 시간을 끌었다가는 또 무슨 변수가 생길지 모르니 말이에요."

운중용왕은 퍼뜩 정신을 차리고 주위를 둘러보았다.

제 227 장
사불여의(事不如意)

제 227 장 사불여의 (事不如意)

장내의 싸움은 그야말로 격렬하기 그지없었다. 운중용왕의 예상대로 신목령의 고수들과 구궁보, 천봉궁의 인물들이 모두 합세히여 흑갈방의 이십팔살을 상대하고 있었는데, 벌써 적지 않은 인물들이 차가운 시신이 되어 바닥에 쓰러져 있었다.

군유현의 수하인 진남쌍패 중 철패 하후태는 이미 싸늘한 주검이 되어 한쪽 구석에 나뒹굴고 있었고, 전일도와 함께 나타났던 낙일사영 또한 지금은 한 사람밖에 남아 있지 않았다. 흑갈방의 피해도 적지 않아서 이십팔살 중 무려 여섯 명이나 피바다 속에 누워 있는 광경이 시야에 들어왔다.

운중용왕은 장내를 한 바퀴 둘러보고는 눈살을 살짝 찌푸렸다. 남은 사람들의 반격이 워낙 강력해서 쉽사리 그들을 쓰러뜨리기 힘들다는 것을 알아차린 것이다. 그도 그럴 것이 현재 남아 있는 자들은 하나같이 절정 고수라 불러도 손색이 없는 인물들이었고, 그중 몇몇은 자신에 비해도 크게 뒤지지 않는 실력의 소유자들이었다. 그야말로 승자를 예측할 수 없는 난전(亂戰)이라고 할 수 있었다.

운중용왕은 시선이 한 사람을 찾았다. 곧 그의 시야에 서로 마주 보고 서 있는 임조몽과 임영옥의 모습이 들어왔다. 임조몽이 봉황금시의 주인인 임영옥을 상대하겠다고 하여 운중용왕은 선뜻 승낙을 했는데, 두 사람은 아직 손도 맞대 보지 않은 것 같았다.

운중용왕은 아수라장이나 다름없는 이곳에서 유일하게 평온한 모습을 유지하고 있는 두 사람을 보고는 어이가 없다는 듯 나직하게 혀를 차고 말았다.

'쯧. 화면신사가 또 쓸데없는 버릇이 나온 모양이군.'

임조몽은 무공도 뛰어나고 머리도 좋지만 자기 자신에 대한 자부심이 지나치게 강해서 일을 그르치는 경우가 간혹 있었다. 지금도 그냥 불문곡직하고 공격했으면 임영옥을 제압하고도 남았을 텐데, 유유자적한 모습으로 그녀와 대치하고만 있으니 운중용왕이 못마땅해 하는 것도 무리는 아니었다.

남들 눈에는 그의 그런 모습이 강자의 여유로 보일지 몰라도, 운중용왕에게는 전혀 쓸데없는 자기만족의 허식으로밖에 생각되지 않았다.

'저럴 시간이 있으면 빨리 그녀를 제압한 다음 옆에서 피를 토하며 쓰러지고 있는 자기 부하들의 목숨이나 신경 쓸 것이지……'

운중용왕의 그런 생각을 아는지 모르는지 임조몽은 준수한 얼굴에 엷은 미소를 지은 채 임영옥을 바라보고 있었다. 그 모습은 여인들의 방심(芳心)을 뒤흔들 만큼 매력적이었으나, 아쉽게도 임영옥은 조금도 흔들리는 기색이 없었다.

"임 소저에 대한 이야기를 들은 후 언제고 꼭 한 번 만나고 싶었소."

"무슨 이야기를 들었는지 별로 알고 싶지 않군요."

임영옥의 냉정한 말에 임조몽은 눈을 살짝 치켜떴다가 이내 낭랑한 웃음을 터뜨렸다.

"하하…… 이거 한 방 먹었군. 하긴 이런 상황에서 과거의 이야기를 굳이 꺼낼 필요는 없겠지. 아무튼 일이 이렇게 되어 유감이오. 솔직히 나는 신검무적과 임 소저가 잘되기를 마음 한편으로는 은근히 바라고 있었소. 소저가 믿을지는 모르겠지만 말이오."

임영옥은 차분한 음성으로 대꾸했다.

"고마운 말이군요."

"두 사람의 속사정을 알고 있는 사람이라면 누구라도 그런 마음을 가지고 있을 거요. 그런데 하필이면 공교롭게도 무림의 보물 두 가지가 당신들의 손에 들어가 버렸으니 그저 당신들의 운이 나쁘다고 할 수밖에 없겠구려."

"과연 단순히 운이 나빴기 때문일까요?"

"소저가 무엇을 생각하는지 모르겠지만, 당신들은 정말 운이 없었소. 소저가 희귀하기 그지없는 태음신맥을 타고난 것도 그렇고, 신검무적이 종남파의 장문인이 되어 우리와 적대하게 된 것도 그렇고…… 세상에 정말 많고 많은 사람들이 있는데, 하필이면 당신들이 그 일의 당사자가 된 것은 운 때문이라고 말할 수밖에 없지 않겠소?"

임영옥은 묵묵히 그를 응시하고 있다가 조용히 머리를 끄덕였다.

"그렇군요. 당신 말을 듣고 보니 확실히 알겠어요. 우리는 정말 운이 나빴군요."

"그렇소. 그렇지 않고서는 당신들에게만 이런 일이 벌어진다는 게 설명이 안 되지 않겠소?"

"그렇다면 안심했어요."

뜻밖의 말에 임조몽은 어리둥절한 얼굴로 그녀를 쳐다보았다.

"안심했다니 그건 무슨 뜻이오?"

임영옥은 흐트러짐 없는 음성으로 조용하게 말했다.

"사형은 늘 입버릇처럼 말했어요. 운이란 공평한 거라고. 우리가 지금까지 운이 나빴다면, 앞으로는 반드시 좋아질 거예요."

임조몽의 두 눈에 괴이한 빛이 번뜩거렸다.

"소저는 정말 그렇게 믿고 있소?"

"그래요."

그녀의 단호한 대답에 임조몽은 입을 다물어 버렸다. 하나 곧이어 고개를 흔들며 나직하게 웃었다.

"하하…… 소저의 믿음이 사실이 되길 빌겠소. 하지만 일단 오늘의 운은 별로 좋지 않은 것 같구려."

그는 천천히 양손에 공력을 끌어 올리며 그녀를 향해 걸음을 떼기 시작했다.

"듣자 하니 모용 공자가 직접 소저에게 무공을 가르쳤다고 하는데, 이번 기회에 소저를 통해서 모용 공자의 실력을 한번 가늠해 봐야겠소."

임조몽이 당장이라도 그녀를 향해 손을 쓸 듯하자 그들에게서 조금 떨어진 곳에서 세 명의 흑갈방 고수과 치열하게 싸우고 있던 모용연의 얼굴에 다급한 표정이 떠올랐다. 그녀는 싸우는 와중에도 틈틈이 임영옥에게 신경을 쓰고 있었는데, 그 때문인지 훨씬 뛰어난 무공을 지니고 있으면서도 흑갈방 고수들의 합공에 애를 먹고 있었다.

'큰일 났구나. 지금 언니는 절대로 남과 싸워서는 안 되는 상황인데…….'

이런 일이 있을까 봐 그녀는 되도록이면 싸움에 끼어들지 않으려 했다. 하나 이십팔살 중의 세 명이 집요하게 계속 그녀만을 공격하는 바람에 어쩔 수 없이 임영옥에게서 떨어질 수밖에 없었다. 그리고 마치 그때를 기다린 것처럼 임조몽이 임영옥의 앞에 나타난 것이다.

모용연은 재빨리 주위를 둘러보고는 이내 표정이 어두워졌다.

군유현은 다섯 명의 흑갈방 고수들이 펼친 합격진에 갇혀 있어 당장은 몸을 뺄 수가 없는 형편이었다. 세 명의 천봉선자들 또한 두 세 명의 고수들에게 합공을 받고 있어 자기 한 몸 지키는 것도 힘겨워 보였고, 그 외의 다른 사람들도 남을 도와줄 여력은 없어 보였다.

기대했던 신검무적은 어찌 된 일인지 그 자리에 꼼짝도 않고 있어서 더욱 실망스러웠다. 양천해와의 격전의 후유증 때문인지, 아니면 그의 주위에서 호시탐탐 그를 노리고 있는 두 명의 용왕들 때문인지 모르겠지만 힐끗 보는 것만으로도 당장 그의 도움을 바라는 것은 무리임을 알 수 있었다.

누구도 도와줄 수 없다면 임영옥은 스스로의 힘으로 위기를 헤쳐 나가야 하는데, 그럴 가능성이 없다는 것이 그녀를 암울하게 했다.

운중용왕은 임조몽이 임영옥을 향해 다가가는 광경을 보고서야 비로소 마음이 놓이는지 표정이 풀어졌다. 웬일인지 이번 일을 빨리 마무리 짓지 않으면 안 될 것 같은 불안한 생각이 들었던 것이다. 화면신사의 실력이라면 임영옥을 제압하고 봉황금시를 얻는 것은 어렵지 않은 일일 것이다.

신검무적도 제압당했으니 천룡궤는 자신의 손에 있는 것이나 마찬가지였다. 그렇다면 조만간에 천룡궤를 열어 볼 수 있을 것이다. 그 장면을 떠올리는 것만으로도 운중용왕은 진한 흥분에 몸이 떨려 왔다.

그러다 무슨 생각이 들었는지 그는 진산월의 앞으로 성큼 다가가서 가슴팍을 더듬었다.

"이런 제기랄."

진산월의 품속을 뒤지던 운중용왕이 욕설을 내뱉었다. 좀처럼 냉정을 잃지 않고 침착했던 그로서는 거의 보기 힘든 모습이었다.

화중용왕이 의아한 듯 물었다.

"무슨 일이에요?"

"천룡궤가 없소."

화중용왕의 봉목이 날카롭게 빛났다.

"그가 가지고 있는 걸 확인했다고 하지 않았어요?"

"분명히 그랬소. 그런데 지금 문득 혹시나 하는 생각에 확인해 보았는데, 이자의 품속에는 천룡궤가 없소."

운중용왕은 이를 부드득 갈았다.

"필시 이곳에 오기 전에 다른 곳에 숨겨 놓았을 거요. 내가 이 생각을 못하다니……."

어찌 보면 당연한 일이었다. 위험한 장소로 오면서 상대방이 노리는 물건을 가지고 있는 것은 누구라도 피하고 싶을 것이다. 그러니 물건을 다른 곳에 보관할 가능성은 얼마든지 있었는데, 운중용왕은 미처 그 점에까지 생각이 미치지 않았던 것이다.

그것은 그가 자신의 입장에서만 일을 생각했기 때문이었다.

천룡궤 같은 기보를 몸에서 떼어 놓는다는 것은 그의 상식으로는 상상도 할 수 없는 일이었다. 그런 귀한 물건일수록 자기 품에 깊숙이 보관한 채 놓지 않으려 했을 것이다.

운중용왕은 낭패스러운 표정을 숨기지 않았다. 기껏 함정을 파 놓고 도중용왕까지 희생해 가며 겨우 상대를 제압했는데, 막상 목표로 했던 물건은 찾을 수 없으니 맥이 풀리는 것도 무리는 아니었다.

그에 비해 화중용왕은 그보다는 한결 빨리 냉정을 되찾았다.

"어차피 신검무적은 우리 손에 있으니 나중에 그를 깨워 알아보면 될 일이에요. 당신을 만나고 이곳으로 올 때까지 그에게는 시간이 별로 없었으니 그리 먼 곳에 두지는 않았을 거예요."

운중용왕은 그답지 않게 무거운 한숨을 내쉬었다.

"난들 그걸 모르겠소? 하지만 왠지 일이 그렇게 순순히 풀릴 것 같지 않다는 느낌이 드는구려. 지금까지 강호를 행도하면서 내 계획이 어긋난 적은 별로 없었는데, 이상하게도 신검무적과 관련된 일은 자꾸만 예상이 빗나간단 말이오."

"그런 의기소침한 모습은 당신답지 않군요. 그렇게 불안하면 지금이라도 그를 깨워 천룡궤의 행방을 토해 내도록 할까요?"

"미인루를 그렇게 쉽게 해독할 수 있는 거요?"

화중용왕의 입가에 차가운 미소가 떠올랐다.

"비밀이에요."

운중용왕은 쓴 입맛을 다셨다.

"흠…… 알겠소. 하지만 이곳에서는 더 지체하기 힘드니 일단 장소를 옮기는 게 좋겠소."

"물론 나도 여기서 신검무적을 깨울 생각은 없어요."

그녀가 슬쩍 손짓을 하니 지금까지 한쪽에 조용히 서 있던 네 명의 악인들 중 두 명이 미끄러지듯 유연한 신법으로 그녀에게 다가왔다.

"그를 데려와라."

"예."

그녀의 말에 두 명의 악인들은 허리를 조아리고는 아직까지도 석상처럼 꼼짝도 않고 서 있는 진산월을 향해 몸을 돌렸다. 한데 그녀들이 막 진산월의 몸에 손을 대려 할 순간이었다.

휙휙!

갑자기 시커먼 물체가 그녀들을 향해 날아왔다. 그녀들이 움찔 놀라 몸을 피하자 그 물체는 바닥에 떨어지며 요란한 폭음을 일으켰다.

쾅!

그와 함께 자욱한 연기가 구름처럼 피어올랐다. 매캐한 내음이 코를 찌르는 가운데 노란색 연기가 사방을 뒤덮자 운중용왕이 다급한 외침을 토해 냈다.

"현황탄(玄黃彈)! 개방의 쥐새끼냐?"

그가 세차게 양쪽 소매를 휘두르자 거센 경력이 뿜어져 나오며 연기를 걷어 내기 시작했다. 운중용왕이 다시 몇 차례 손을 내젓자 연기가 가시며 장내의 광경이 드러났다. 두 명의 악인들은 연기에 중독된 듯 바닥에 쓰러져 있었다. 하나 진산월의 모습은 어디에도 보이지 않았다.

운중용왕은 주위를 둘러보다 아무것도 발견할 수 없자 황급히 화중용왕에게 시선을 돌렸다.

"보았소?"

화중용왕의 얼굴 또한 무겁게 굳어져 있었다.

"현황탄이 터진 직후 인영 하나가 연기 속으로 들어가는 것 같더군요."

"인영의 얼굴은 보지 못했소?"

"인영의 움직임이 너무 빨라서 흐릿한 그림자만 간신히 보았을 뿐이에요."

그녀의 말에 운중용왕의 눈가가 조금 일그러졌다.

"부인의 안력으로도 제대로 보지 못했다면 보통 놈이 아니로군."

"현재 강호에서 그 정도의 신법을 펼칠 수 있는 자는 단지 열 명뿐이에요. 그리고 그중에서 개방의 보물인 현황탄을 가지고 있는 자는 오직 한 사람뿐이지요."

운중용왕은 눈을 번뜩이며 이를 갈아붙였다.

"만리무영개 나자행…… 그 빌어먹을 거지 놈이로군."

나자행은 개방의 용두방주일 뿐 아니라 강호 십대신법대가 중의 일인이었다. 그는 뛰어난 신법과 무공으로 무림구봉에 오른 입지전적인 인물이어서 많은 사람들에게 개방 제일인으로 불리고 있었다.

운중용왕은 두 눈을 뻔히 뜨고도 신검무적을 빼앗기게 되자 분노를 넘어 허탈함을 느꼈는지 한동안 아무 말도 하지 않았다.

화중용왕 또한 심사가 편한 것은 아니었다. 그녀의 신분으로 수치심을 무릅쓰고 자기보다 훨씬 어린 무림의 후배에게 암습까지 했음에도 아무런 성과도 얻지 못했으니 착잡한 마음이 드는 것은 당연했다.

하나 그녀는 애초의 목적을 생각해 내고는 이내 운중용왕을 향해 결연한 음성을 내뱉었다.

"안 되겠어요. 일이 더 틀어지기 전에 봉황금시라도 확실히 입수해야겠어요."

마침 운중용왕도 비슷한 생각을 하고 있었는지 두 눈을 날카롭게 번뜩이며 고개를 돌렸다.

"지금쯤이면 화면신사가……."

하나 임조몽이 있는 곳을 쳐다보던 운중용왕의 눈빛이 가늘게 떨렸다.

당연히 임영옥을 제압해 놓았을 줄 알았던 임조몽이 두 명의 중년인에게 앞뒤로 포위된 채 공격을 당하고 있었던 것이다. 그 두 명의 중년인의 얼굴을 본 운중용왕의 입에서 나직한 신음성이 흘러나왔다.

"쌍무상……."

놀랍게도 그들은 천봉궁의 팔대신장 중에서도 무공이 뛰어나기로 유명한 추혼무상 갈혁과 소면무상 갈휘 형제였던 것이다.

운중용왕은 그들의 갑작스러운 출현에 망연자실했다가 무슨 생각이 들었는지 몸을 딱딱하게 굳혔다. 쌍무상이 누구와 함께 이동하고 있었는지를 깨달은 것이다.

아니나 다를까?

두두두…….

갑자기 지축을 뒤흔드는 요란한 소리와 함께 한 떼의 인마가 거대한 사두마차와 함께 공터를 향해 질주해 오고 있었다.

말을 타고 달려오는 일고여덟 명의 고수들에게 호위된 채 공터로 들어서는 마차는 보는 이의 시선을 단번에 사로잡을 만큼 화려한 것이었다.

네 마리의 눈부신 백마가 이끌고 있는 마차는 온통 붉은색이었고, 사방의 벽에 봉황이 수놓아져 있었다. 양쪽으로 달려 있는 문에는 은은한 붉은빛이 감도는 진주 주렴이 달려 있었고, 손잡이를 비롯한 모든 장식은 순금으로 만들어져 있었다. 그 붉은빛과 황금 장식이 봉황 무늬와 어우러져 더할 나위 없이 고귀해 보였다.

세상에서 이토록 호화로우면서도 품위 넘치는 모습의 마차는 결코 흔치 않았다. 있다면 오직 하나, 강호의 신비 문파인 천봉궁의 소주인인 단봉 공주의 단봉향차(丹鳳香車)뿐이었다.

마침내 단봉 공주가 천봉궁의 고수들을 이끌고 나타난 것이다.

*　　*　　*

앙상하게 마른 노인이 무서운 속도로 숲 속을 질주하고 있었다. 그 노인의 달려가는 속도가 어찌나 빠른지 모르는 사람이 보았다면 한 줄기 검은 바람이 지나가고 있는 줄 알았을 것이다.

휙휙!

지금도 노인은 커다란 나무 위를 단숨에 뛰어넘어 숨 한 번 내쉴 동안에 십여 장을 움직이고 있었다.

비쩍 마른 노인의 허리춤에는 아홉 개의 매듭이 묶여 있었고, 등 뒤에는 삼 척 길이의 푸른색 죽장이 비스듬하게 매여 있었다. 더구나 오른팔에는 자기보다 체구가 더 큰 사람 하나를 붙들고 있었는데, 그런 상태로도 무서운 속도로 질주하는 것을 멈추지 않았다.

십 리 정도 달려간 다음에야 노인은 한차례 주위를 둘러보고는 속도를 조금 늦추었다. 하나 여전히 입이 벌어질 정도로 빠른 움직임이었다.

노인이 몸을 멈춘 것은 그로부터 일각의 시간이 흐른 다음이었다.

그는 어느 야산의 중턱에 있는 작은 산장으로 들어갔다. 산장은 사방이 대나무 숲으로 에워싸여 있었는데, 별로 높지 않은 담벼락 안으로 서너 채의 아담한 모옥이 오밀조밀하게 붙어 있고 뒤쪽에 상당히 커다란 연못이 있어 제법 운치 있는 모습이었다.

현판도 달려 있지 않은 산장의 담을 훌쩍 뛰어넘은 노인이 모옥 중 한 곳으로 다가가자 갑자기 어디선가 호통 소리가 들려왔다.

"이 망할 놈의 거지야! 멀쩡한 문은 놔두고 왜 허구한 날 담을 넘어 들어오는 게냐? 네가 거지냐, 도둑놈이냐?"

노인은 모옥 안으로 성큼 들어서며 대수롭지 않은 듯 심드렁하게 대꾸했다.

"아무데나 다니기 편한 곳을 이용하면 되는 거지. 그나저나 이리 좀 와 봐라. 네가 힘을 써야 할 일이 있다."

"이번에는 또 무슨 일로 나를 부려 먹으려고 그러냐?"

퉁명스러운 음성과 함께 한 명의 인물이 내실 안에서 걸어 나왔다.

그는 체구가 작달막하고 몸이 통통한 화의 노인이었다. 얼굴이 대춧빛으로 붉고 턱밑으로 허연 수염을 기르고 있었으나 근엄하다기보다는 어딘지 모르게 해학이 넘쳐 보였다. 그것은 아마도 노인의 두 눈이 연신 밝게 빛나며 활력이 넘치고 있기 때문일 것이다.

화의 노인은 거지 노인을 보며 무어라고 이죽거리려다 거지 노인이 품에 안고 있던 사람을 탁자 위에 올려놓자 눈살을 찌푸렸다.
"제길. 또 어디서 시체 하나를 가지고 온 게냐?"
"아직 멀쩡히 살아 있다. 좀 살펴보도록 해라."
"내가 네놈 종이냐? 하라는 대로 다 하게?"
말은 그렇게 하면서도 화의 노인은 호기심을 참지 못하겠는지 슬그머니 탁자로 다가왔다. 탁자 위에 놓인 사람을 본 화의 노인은 그의 옆구리와 어깨에 나 있는 칼자국을 보고는 눈빛이 핵 변했다.
"무서운 도기(刀氣)로구나……."
그는 칼자국을 조심스레 살펴보고는 재차 탄성을 토해 냈다.
"정말 가공스러울 정도로 무지막지한 경력이 담긴 도기다. 세상에 이토록 무서운 도법을 펼칠 수 있는 자가 있단 말인가?"
그때 거지 노인이 무거운 음성으로 말했다.
"한 사람 있지."
"누구냐? 그 대단한 작자가?"
"양천해."
거지 노인의 말에 화의 노인은 한차례 몸을 떨더니 이내 고개를 끄덕였다.
"그래. 양천해의 구절도에 당하면 이런 흔적이 남는다는 말을 들은 적이 있지. 그나저나 정말 무섭군. 대체 칼에 얼마나 엄청난 힘이 담겨 있기에 인간의 몸에 이런 흔적을 남길 수 있단 말인가? 양천해의 구절도에 당하고도 살아남다니 정말 운이 좋은 자로구나."

"그래. 하지만 양천해는 그리 운이 좋지 못했지."

"왜?"

"양천해는 전신이 난도질당해서 죽었다."

화의 노인의 눈이 금시라도 찢어질 듯 부릅떠졌다.

"뭐라고? 금도무적 양천해가 죽었다고? 지금 그 말을 나보고 믿으라는 거냐?"

"내가 직접 목격한 일이다."

거지 노인의 말에 화의 노인은 입을 딱 벌렸다.

"세상에…… 대체 천하의 누가 양천해를 죽일 수 있단 말이냐?"

"네 눈으로 지금 보고 있지 않느냐?"

화의 노인은 순간적으로 거지 노인의 말뜻을 몰라 멀거니 그를 쳐다보다가 이내 탁자 위의 인영에게로 시선을 떨구었다.

"그…… 그럼 이자가 양천해를 죽였단 말이냐?"

"그래."

"무림구봉 중의 도봉이며 천하제일 도객인 양천해가 이 새파랗게 젊은 녀석과 싸우다가 패해서 죽었다고?"

거지 노인은 갑자기 무거운 표정으로 탄식을 했다.

"오늘 나는 정말 무서운 싸움을 보았다. 내 평생 그토록 살벌하고 가슴 떨리는 싸움은 본 적이 없다. 그건 정말 최고의 무인들이 사력을 다해 자신의 모든 것을 내보이는 엄청난 광경이었지."

"……!"

"그 처절한 싸움 끝에 양천해는 온몸이 피로 뒤덮인 채 싸늘한 시신이 되고 말았지. 누구도 부인할 수 없는 완벽한 결투였고, 또한 완벽한 승부였다. 그런데…….”

그의 눈에서 섬뜩한 광망이 뿜어져 나왔다.

"그 무인들의 신성한 승부를 더럽힌 자들이 있다. 이자는 비록 승리했지만 치졸한 암습을 받고 쓰러진 것이지. 그러니 너는 무슨 수를 써서라도 이자를 살려야 한다.”

화의 노인은 마른침을 꿀꺽 삼키더니 지금까지와는 다른 진지한 표정으로 인영을 살피기 시작했다. 그는 옆구리와 어깨의 칼자국을 한동안 주시하더니 이내 고개를 내저으며 다른 곳으로 시선을 돌렸다.

"아니야. 이 도흔(刀痕)들은 비록 깊기는 해도 치명적인 것은 아니야.”

그의 시선은 이내 인영의 오른손으로 향했다. 인영은 정신을 잃은 상태에서도 여전히 검을 굳게 쥐고 있었다. 인영의 손에 들린 검에서 흘러나오는 우윳빛 검광이 화의 노인의 눈을 어지럽혔다.

"정말 좋은 검이로군.”

화의 노인은 짧게 중얼거리며 검을 쥔 인영의 손을 자세히 살펴보았다. 인영의 손바닥은 길게 갈라져 있었는데, 어찌나 상처가 깊었던지 붉은 속살이 그대로 드러나 있었다. 그 속살이 굳어진 핏물과 함께 검의 손잡이에 달라붙어 있어 떼어 낼 수도 없었다.

화의 노인은 탄식을 토해 냈다.

"대체 어떤 싸움을 했기에 손바닥이 이렇게 될 때까지 검을 휘둘렀단 말인가? 이런 상처를 가지고도 양천해를 물리쳤다니 도저히 믿어지지 않는구나."

화의 노인은 조심스레 인영의 오른손을 내려놓고는 이내 다른 곳을 살펴보기 시작했다. 하나 좀처럼 암습을 당한 부위를 찾을 수 없었는지 고개를 갸웃거리다가 문득 생각난 듯 거지 노인을 향해 말했다.

"이자의 몸을 좀 뒤집어 줘라."

거지 노인이 비쩍 마른 손을 슬쩍 흔들자 탁자 위에 있던 인영의 몸이 허공으로 떠오르더니 천천히 뒤집히기 시작했다.

화의 노인은 그런 광경을 보고도 전혀 놀라지 않고 인영에게 다가가 등과 뒷덜미 부분을 유심히 관찰했다.

"찾았다!"

이내 그는 짤막한 탄성을 내지르며 인영의 목덜미 부분을 손으로 쓰다듬었다. 인영의 목에는 거의 알아차리기 힘들 만큼 작은 반점 하나가 나 있었다. 무언가 예리한 것에 찔린 듯한 흔적이었으나, 너무 희미해서 안력을 돋우기 전에는 알아보기 힘든 것이었다.

화의 노인은 그 작은 자국을 자세히 살펴보고는 표정이 한결 무거워졌다.

"됐다, 나가야. 이제 내려놓아라."

거지 노인이 손을 늘어뜨리자 인영의 몸이 다시 탁자 위에 내려앉았다.

거지 노인은 화의 노인의 기색을 살피고는 덩달아 어두운 얼굴이 되었다.

"무엇에 당했는지 알겠느냐?"

화의 노인은 잠시 생각에 잠겨 있다가 물었다.

"이자를 암습한 사람이 누구냐?"

"소수마후다."

화의 노인은 한숨을 내쉬었다.

"이자가 대체 누구이기에 금도무적도 모자라 소수마후까지 덤벼든 것이냐?"

"그건 잠시 후에 알려 주마. 그를 고칠 수 있느냐, 없느냐?"

"후우…… 소수마후가 사용한 암기가 무엇인지 아느냐?"

"멀리 떨어져서 몰래 지켜보느라 자세히 보지는 못했지만 나비 모양의 장신구였던 것 같다."

화의 노인은 그럴 줄 알았다는 듯 표정이 더욱 무겁게 가라앉았다.

"어린아이의 손바닥만 하고 날개 쪽에 깨알만 한 비취가 박혀 있는 금색 장신구지?"

"그런 것 같다. 사실 거리가 멀리 떨어져 있어서 그녀가 무슨 암기를 어떻게 사용했는지는 알지 못했다. 좀 더 솔직히 말하면 그녀가 암습을 한 것조차 몰랐다. 양천해와 그의 격돌에 너무 집중하느라 그곳에만 신경을 기울이고 있었기 때문에 그녀가 암습을 했다는 것도 나중에 전후 사정을 보고 짐작한 것이다."

화의 노인이 나직하게 혀를 찼다.

"명색이 무림구봉 중의 일인이며 개방제일인이라는 놈이 상대가 암습하는 것도 몰랐단 말이냐?"

거지 노인의 얼굴에 쓴웃음이 떠올랐다.

"어쩔 수 없었다. 장내에 있던 자들의 무공이 워낙 높아서 조금만 더 가까이 접근했으면 아무리 나라도 종적이 발각당했을 것이다. 목소리도 제대로 들리지 않을 정도로 멀리 떨어진 곳에 숨어 있다 보니 그들의 행동 하나하나를 파악하기가 불가능했다. 더구나 그 싸움은…… 후우…… 더 말해서 뭐하겠느냐? 그런 싸움을 본 것만으로도 일대의 행운이라고 할 수 있지."

거지 노인이 이렇게까지 말하자 화의 노인도 공연히 입맛만 쩍쩍 다셨다.

"제길…… 넌 어쩌다 그런 광경을 구경하게 된 거냐?"

"잠시 네 얼굴이나 보려고 근방을 지나다가 이상한 소문을 듣고 이쪽으로 오게 되었다."

"이상한 소문이라니?"

"구궁보의 여인이 봉황금시를 지닌 채 구궁보 밖을 나왔다고 하더구나. 무언가 심상치 않은 일이 벌어질 것 같아 구궁보의 마차가 지나간 행적을 뒤쫓아 갔는데, 이미 일이 벌어진 후였다. 그나저나 그 나비 모양의 장신구가 무엇이냐?"

"만리무영개도 머리가 다 된 모양이구나. '나비가 선녀의 손을 떠나면 혼백 하나가 사라진다.'라는 강호의 오래된 속담을 잊은 게냐?"

화의 노인의 핀잔에 거지 노인은 흠칫 놀라는 표정이 되었다.

"그럼 그게 선녀호접표란 말이냐?"

"그래. 소수마후의 열 가지 살인 무기 중에서도 가장 무섭다는 바로 그 선녀호접표가 분명하다. 그게 아니고서는 이토록 가느다란 흔적을 남길 수는 없다."

거지 노인은 심각한 표정으로 침음했다.

"음…… 어쩐지 아무리 암습이었다고 해도 신검무적 같은 고수가 대항 한번 해 보지 못하고 제압당했다 했더니 선녀호접표에 당한 거로군."

이번에는 화의 노인이 깜짝 놀랐다.

"그럼 이자가 바로 백 년 내 강호에서 배출된 최고의 검객이라는 바로 그 신검무적이란 말이냐?"

"그가 아니고서야 어찌 양천해를 꺾을 수 있겠느냐?"

"과연……."

화의 노인은 몇 번이나 탄성을 토하더니 새삼스러운 눈으로 탁자 위에 누워 있는 인영의 얼굴을 거푸 바라보았다. 거지 노인이 그 광경을 보고 피식 웃었다.

"그만 봐라. 그러다 얼굴 닳아 없어지겠다. 그나저나 선녀호접표가 강호 제일의 암기라는 건 알겠는데, 사람을 이런 모양으로 만든다는 말은 들어 본 적이 없구나. 어떻게 된 건지 아는 대로 말 좀 해 다오."

"아마 소수마후, 그 마녀가 선녀호접표에 미인루를 쓴 것 같다."

"미인루? 설마 그 지독한 물건을 아직까지도 가지고 있단 말이냐?"

"이십 년 전에 만들어서 한 번 사용한 후 그 뒤로 다시 쓴 적이 없긴 한데, 그렇다고 그렇게 애써 만든 걸 버렸을 리도 없지. 너도 알다시피 그 마녀의 성깔이 어지간해야 말이지."

거지 노인의 얼굴 표정이 더할 나위 없이 심각해졌다.

"이거 큰일이군. 미인루는 아예 해독할 방법도 없다고 알려진 물건이 아니냐?"

"꼭 그렇지만도 않다."

화의 노인의 말에 거지 노인은 반색을 했다.

"그게 무슨 말이냐? 자세하게 말 좀 해 봐라."

"미인루는 소수마후가 일적봉후(一滴封侯)와 산혼수(散魂水)를 배합해서 만든 것이다. 그 외에도 몇 가지 약물이 더 들어갔다고 하는데, 아무튼 가장 중요한 성분은 바로 그 두 가지다."

"산혼수는 들어 본 것 같은데, 일적봉후는 뭐냐?"

"그건 세상에서 가장 강력한 마비액이다. 이름 그대로 한 방울만으로도 천하의 누구라도 꼼짝도 못하게 만들어 버리지. 독이 아니라서 내공으로도 어쩔 수 없고 해독도 불가능하다."

"그럼 천하무적이란 말이 아니냐?"

"대신에 조제하기가 까다롭고 사용하기는 더욱 번거롭다. 반드시 혈관에 직접 투입을 해야 하고, 그렇게 해도 결국 하루나 이틀 안으로 소변과 땀을 통해 체외로 배출되어 버린다."

"결국 단기적인 효과를 노리는 약물이란 말이로군."

"그런 셈이지. 그러니 일적봉후는 별로 신경 쓰지 않아도 되는데, 문제는 산혼수다. 이건 사람의 심지를 완전히 흐트러뜨려 놓는 몹쓸 물건인데, 해독하기가 영 마땅치 않다."

"일적봉후처럼 저절로 몸 밖으로 배출되는 게 아니란 말이지?"

"그런 정도가 아니라 체내에 축적되어 아무리 오랜 시간이 흘러도 결코 효력이 사라지지 않는다. 아주 지독한 물건이지."

거지 노인의 눈살이 찌푸려졌다.

"그럼 산혼수에 당한 자는 평생 실혼인(失魂人) 상태로 지내야 한단 말이냐?"

"몇 가지 방법이 있기는 하지. 첫째는 정혼신주(定魂神珠)나 취수정(翠水精)처럼 사람의 신지(神志)를 맑게 하는 신물(神物)을 이용하는 것이고, 둘째는 불문이나 도가의 정종심법(正宗心法)을 연마한 화경의 고수가 내공력을 이용해 치료하는 것이다."

거지 노인은 한시름 덜었다는 표정이 되었다.

"그렇다면 불가능한 일도 아니군. 신물은 몰라도 정종심법의 고수라면 소림이나 무당에 가면 있지 않겠느냐?"

"문제는 시간이 경과할수록 산혼수의 효력이 강해진다는 것이지. 닷새 이상이 지나면 산혼수가 머리로 침투하여 영영 회복하기 힘들어진다."

"이런 제길. 그러면 큰일 났군. 이곳에서 소림이나 무당까지는 아무리 빨라도 열흘은 걸릴 텐데……."

"게다가 한 가지 문제가 더 있다."

"그게 뭔가?"

"이자가 지금 적지 않은 내상을 입은 상태라는 것이지. 입속을 보니 시커멓게 죽은피가 가득 담겨 있더군. 이 정도라면 심맥이 적지 않게 손상되었다는 뜻인데, 이런 상태라면 닷새가 아니라 삼

일도 견디지 못할 거야."

거지 노인은 얼굴을 일그러뜨리더니 입술을 질근질근 깨물었다.

"곤란하군. 정말 곤란해……."

"더구나 그를 이동시켰다가는 상세가 더욱 깊어질 거야. 별 수 없이 그를 고칠 수 있는 자를 데려와야 하는데, 삼 일 안에 이곳까지 올 수 있는 불문이나 도가의 고수가 있겠느냐?"

거지 노인은 인상을 있는 대로 찡그리더니 벌컥 화를 내었다.

"그러기에 누가 이런 촌구석에서 살라고 했느냐?"

화의 노인이 어이가 없어 멍하니 그를 쳐다보고 있자 거지 노인은 언제 화를 내었느냐는 듯 진중한 음성으로 물었다.

"정말 그 두 가지 방법 외에는 없느냐?"

화의 노인은 한마디 하려다 거지 노인의 표정이 몹시도 심각한 것을 보고 억지로 눌러 참으며 고개를 저었다.

"어쩌면 방법이 있을지 모르지만 내가 아는 것은 그 두 가지뿐이다."

거지 노인은 잠시 생각에 잠겨 있다가 다시 물었다.

"산혼수를 깰 수 있는 기물이 정혼신주와 취수정뿐이냐?"

"그 외에 몇 가지가 더 있다. 녹옥룡(綠玉龍)이나 칠채보원신주(七彩寶元神珠), 대라옥정(大羅玉鼎)도 모두 비슷한 효능을 가진 것들이지. 아, 혈옥수(血玉樹)도 가능할지 모르겠군."

화의 노인이 기물의 이름을 하나씩 말할 때마다 점점 어두워졌던 거지 노인의 표정이 마지막 물건의 이름을 듣고는 활짝 펴졌다.

"혈옥수로도 치료가 가능하다고?"

"그럴 거야. 혈옥수의 수액(樹液)은 사람의 두뇌를 자극하는 성분이 있어서 두뇌를 활성화하고 심신을 안정시키는 데는 최고의 영약 중 하나이지. 하지만 그건 남해 보타산(菩陀山) 일대에서만 자라는 것이라 당장은 구하기가 불가능할 텐데……."

화의 노인의 말을 듣는 둥 마는 둥 하고 거지 노인은 누런 이를 드러내며 크게 웃었다.

"하하…… 됐어! 그러면 그렇지. 신검무적 같은 강호의 영웅이 이토록 허무하게 사라질 리는 없지."

"내 말 좀 들어 보라니까. 혈옥수는 보타산에서도 가장 깊숙한 오지인……."

"불영곡(佛影谷)에서만 자라는 나무지."

"그래. 어? 너도 알고 있었냐?"

화의 노인이 눈을 동그랗게 뜨고 쳐다보자 거지 노인은 마음의 여유를 찾은 듯 그의 통통한 뺨을 톡 찔렀다.

"물론이지. 네놈이 비록 아는 것이 많아 강호 제일 지자(江湖第一智者)라고 떠들어 대고 있지만, 나도 견문이라면 네놈 못지않다고 자부한다. 오히려 돌아다니는 소문은 내가 더 많이 알고 있을 게다."

"그야 물론 늙은 거지, 네놈이 워낙 여기저기 싸돌아다니기를 좋아하니까 그런 거지. 그런데 이 근처에서 혈옥수를 구할 수 있는 거냐?"

거지 노인은 무엇이 그리도 흡족한지 어깨를 들썩이며 웃었다.

"흐흐…… 내가 너를 만나러 이곳으로 오기 직전에 어디에 들렀는지 아느냐?"

"그걸 내가 어찌 알겠느냐?"

"염가보(閻家堡)다."

염가보는 이곳에서 백여 리 떨어진 염하점(閻河店)에 있는 무림 세가였다. 이 일대에서는 가장 크고 세력이 강했으나, 강호 무림 전체를 놓고 보면 중소 규모의 문파에 속하는 편이었다.

염가보의 보주는 십절수(十絕手) 염천동(閻千童)이라는 인물인데, 거지 노인과는 오랫동안 친분을 유지해 온 사이였다.

"이번이 마침 염 보주의 예순다섯 번째 생일이어서 들렀지. 그곳에서 내가 누구를 보았는지 아느냐?"

화의 노인이 버럭 노성을 질렀다.

"사람 답답하게 하지 말고 하고 싶은 이야기가 무엇인지 어서 빨리 말하기나 해라."

"남해청조각(南海淸朝閣)의 당대 전인(傳人)인 이동심(李彤心) 소저다."

그제야 화의 노인의 안색이 밝아졌다.

"남해청조각의 전인이라고? 그렇다면 틀림없이 그녀에게서 혈옥수를 구할 수 있을 것이다. 대대로 청조각의 전인들이 외유를 할 때는 혈옥수로 만든 홍옥모니주(紅玉牟尼珠)라는 염주를 소지하고 다니니 말이다."

"그렇다. 실제로 그녀가 저녁마다 홍옥모니주를 꺼내 들고 불경을 암송하는 장면을 보기도 했지."

"문제는 그녀가 순순히 홍옥모니주를 건네주겠나 하는 것인데……"

거지 노인은 피식 웃었다.

"그건 나한테 맡기고 너는 신검무적의 내상이 악화되지 않도록 신경 써라. 늦어도 오늘 저녁까지는 홍옥모니주를 구해서 갖고 오겠다."

거지 노인은 그의 어깨를 한번 툭 치고는 이내 몸을 날렸다.

한 줄기 바람처럼 표홀한 신법으로 담을 넘어 사라지는 그의 뒷모습을 우두커니 바라보고 있던 화의 노인이 투덜거렸다.

"저 빌어먹을 놈이 끝까지 문으로 나갈 생각은 안 하네. 그나저나 당대 제일 검객의 몸을 살펴볼 수 있다니 오늘 일진은 그리 나쁘지 않구나."

무림에서 제일 박학다식한 인물로 알려진 해수(解叟) 모인풍(毛人風)은 한차례 어깨를 으쓱거리고는 이내 탁자 위의 인영에게로 다가갔다.

제 228 장
강중조룡(江中釣龍)

제228장 강중조룡(江中釣龍)

　서안 일대가 온통 한 가지 살인 사건으로 소란스러웠다.
　서안같이 큰 도시에서는 하루에도 수십 건의 살인이 벌어지고 많은 사람이 원인 모를 이유로 죽기도 한다. 그래서 어지간한 일로는 서안 사람들의 관심을 사로잡을 수 없었다.
　하나 이번 사건은 몇 가지 점에서 여느 사건과 판이하게 달랐기에 사람들의 이목을 집중시켰다.
　우선 살해된 사람이 서안의 토박이이며 오랫동안 일대에서 명망(名望)을 얻어 온 방태동이라는 점이었다. 방태동은 방보당이라고 하는 작은 전장을 운영하고 있는데, 금전 관계가 담백하고 이윤을 과다하게 책정하지 않아 인근에서 가장 믿을 만하다는 평가를 받고 있었다.
　더구나 그는 심한 가뭄이 들거나 홍수가 나서 사람들의 생활이 극도로 궁핍해질 때는 곧잘 창고를 열어 곡식을 나누어 주기도 해서 많은 사람들의 칭송을 받아 온 인물이었다.

그런 방태동이 하나뿐인 딸의 혼인식이 벌어지기 전날 처참한 모습으로 살해되었으니 사람들이 경악하는 것도 무리는 아니었다.

더구나 그 흉수로 지목된 사람이 방태동의 딸과 혼인하기로 했던 고옥기여서 사람들의 놀라움은 더욱 컸다. 고옥기는 방보당에서 오랫동안 충실하게 일했던 점원으로, 인물됨이 성실하고 이재(理財)에 밝아서 방태동의 신임을 받고 있었다. 오죽했으면 방태동이 장중보옥(掌中寶玉)처럼 애지중지하던 외동딸을 그에게 시집보내려 했겠는가?

그런데 고옥기가 그런 방태동의 믿음을 배반하고 그를 살해했다고 하니 사람들은 어안이 벙벙한 가운데도 커다란 분노를 느끼고 있었다.

세 번째로 가장 사람들을 놀라게 한 것은 고옥기가 방태동을 살해한 이유였다.

방태동은 자신의 사위가 될 고옥기를 혼인식 전날 특별히 불러 자신이 그동안 은밀히 관리하고 있던 거래 장부를 인계했다고 한다.

그런데 그 장부를 본 고옥기는 깜짝 놀라고 말았다. 장부에 적힌 액수가 상상을 초월하는 엄청난 거액이었던 것이다. 더구나 그 거래처들이 하나같이 전혀 예상치 못했던 곳이라서 고옥기는 놀라움과 함께 당혹스러움을 느껴야만 했다. 만에 하나 이 장부가 밖으로 유출되기라도 하면 서안 일대가 온통 난리 법석이 날 것이 매우 분명했기 때문이었다.

그는 방태동이 자신에게 이런 중요한 장부를 인계하려는 것에 감격하기도 했지만 한편으로는 두려운 마음도 들었다.

"주인님, 제가 이 장부를 관리하기에는 아직 능력이 부족한 것 같습니다."

방태동은 사람 좋은 미소를 지었다.

"허허…… 언제까지 주인님이라고 부를 텐가? 장인이라고 불러 보게."

"하지만 아직 혼인식도 올리지 않았는데……."

"그런 허례허식이 무에 그리 중요한가? 중요한 건 나는 이미 자네를 내 사위로 인정했다는 것이고, 자네는 우리 집 사람이 되었다는 것일세."

"가…… 감사합니다, 장인어른."

"그래. 너무 부담을 가질 필요는 없네. 그렇디고 내가 자네에게 모든 일을 일임하고 뒤로 물러나겠다는 뜻은 아니니까. 단지 이제는 자네가 내 사위가 되었으니 우리 집안의 가장 중요한 비밀을 알고 있어야 한다는 뜻에서 이 장부를 보여 준 걸세."

방태동은 겉표지가 누렇게 변색된 두터운 장부를 소중한 듯 손으로 쓰다듬었다.

"이 장부는 우리 방씨 일가의 오 대에 걸친 피와 땀으로 만들어진 것일세. 다른 어떤 것으로도 이 장부를 대신할 수는 없지."

"정말 놀라운 물건입니다."

"자네도 살펴봐서 알겠지만, 만에 하나라도 이 장부의 내용이 밖으로 알려진다면 장안 일대는 물론이고 섬서성 전체가 커다란 혼란에 빠지게 될 걸세. 그만큼 중요하고 기밀을 요하는 물건이지."

고옥기는 바짝 긴장된 표정으로 고개를 끄덕였다. 장부에 적혀 있는 면면들을 대략 훑어보아도 방태동의 말이 결코 거짓이 아님을 충분히 알 수 있었던 것이다.

"이 장부는 여벌을 만들지 않았네. 오직 이것 하나뿐이지. 비록 파손의 위험은 있지만, 그것이 분실되는 것보다 낫다고 생각한 선조의 지시일세. 다만 다음 세대의 주인이 정해지면 표지와 제본만은 새로 꾸민다네. 머지않아 자네가 이 장부의 주인이 된다면 자네 손으로 직접 표지를 만들고 제본을 새로 해야 하네."

"제가 감히 장부의 주인이 될 수 있겠습니까?"

"나는 하나뿐인 아들 녀석도 일찍 죽고 딸만 있을 뿐이네. 결국 사위도 자네 하나뿐인데, 자네가 내 후계자가 되지 않는다면 누가 될 수 있단 말인가?"

"장인어른……."

"그러니 다른 생각하지 말고 마음을 단단히 먹게. 이 장부의 비밀을 아는 순간, 자네는 방보당의 후계자임과 동시에 장안에서 다섯 손가락 안에 꼽히는 막대한 금전을 주무르는 사람이 되는 걸세."

고옥기로서는 그저 고개를 떨군 채 감격의 눈물을 흘릴 수밖에 없었다.

하나 그로부터 반 시진 후에 고옥기는 대장간에서 사 온 예리한 검으로 방태동의 목을 정확하게 찔러 버렸던 것이다.

이 말을 부하들에게서 들은 유현상은 피식 웃고 말았다.

"지금 그걸 나보고 믿으라는 건가?"

소식을 가지고 왔던 유송(劉松)은 찔끔하여 그의 눈치를 살폈다.

"이건 제가 조금 전에 믿을 만한 소식통으로부터 입수한 정보입니다. 고옥기가 방태동을 죽인 건 그 비밀 장부를 온전히 자신의 것으로 하기 위해서입니다."

유송은 유화상단의 방계의 친척으로, 원래 성은 장(張)이었으나 유씨 성을 하사받고 유현상의 밑에서 일하고 있었다. 눈치가 제법 빠르고 잔머리를 잘 굴리는 편이어서 가끔 괜찮은 소식들을 물어 오곤 했었는데, 이번에 가져온 소식은 영 유현상의 마음에 들지 않은 것 같았다.

지금도 유현상은 빙글빙글 웃으며 유송을 빤히 쳐다보았다.

"정말 그렇게 생각하나? 고옥기가 비밀 장부 때문에 방태동을 죽였다고?"

유송은 유현상 밑에서 오랫동안 일해 왔기 때문에 이런 표정은 유현상의 기분이 좋지 않을 때 나타나는 것임을 잘 알고 있었다. 그렇다고 아무 대답도 하지 않을 수는 없어서 그는 무작정 머리부터 조아렸다.

"죄송합니다. 제가 한시라도 빨리 알려 드리려는 욕심에 제대로 확인도 해 보지 않고 달려왔습니다."

유현상은 유송의 어깨를 두드려 주었다.

"자네의 충성심이야 내가 잘 알고 있지. 그래, 지금 자네가 들은 소문이란 게 누구에게서 나온 것인가?"

"흑선방(黑旋幇)의 당주로 있는 추풍(秋風)이란 자입니다."

유현상의 시선이 옆으로 돌아갔다. 그곳에는 이목이 청수한 청의 중년인이 단정한 자세로 앉아 있었다.

"소 선생(蘇先生)은 흑선방이란 단체와 추풍이란 자를 알고 계시오?"

청의 중년인은 유화상단에서 식객으로 있는 소정방(蘇定方)이란 자였다. 두뇌가 비상하고 성격이 침착해서 유현상이 자신의 책사(策士)로 생각하는 인물이었다.

소정방은 맑고 청아한 목소리로 말했다.

"흑선방은 장안의 남문대로 일대를 장악하고 있는 흑도(黑道) 무리입니다. 숫자는 백여 명에 불과하지만, 상당히 흉폭하고 고수들도 제법 있어서 그런대로 세력을 유지하고 있습니다. 추풍은 흑선방에 있는 다섯 명의 당주 중 한 명으로, 뒷골목의 소식을 잘 탐문하고 다닌다고 해서 흑서(黑鼠)라는 별호가 붙었다고 하더군요."

"그럼 아주 맹탕은 아니라는 말이로군."

"추풍은 소식통으로는 제법 쓸 만한 자입니다."

소정방의 말에 초조한 표정으로 서 있던 유송의 얼굴이 한결 밝아졌다.

유현상은 그것을 못 본 척하고 계속 소정방에게 물었다.

"그럼 소 선생은 그의 말이 사실일 거라고 믿는단 말이오?"

"적어도 두 가지는 사실일 겁니다."

"그게 무엇이오?"

"방태동이 죽었다는 것, 그리고 방태동에게 비밀 장부가 있다는 것."

유현상의 눈이 날카롭게 빛났다.

"고옥기가 방태동을 죽였다는 것도 믿을 수 없다는 말이오?"

소정방은 담담한 표정으로 대답했다.

"믿을 수 없다기보다는 확인이 필요하다는 게 더 정확한 말이겠지요. 고옥기처럼 평생을 전장의 일개 점원으로 살아온 자가 대뜸 검으로 사람의 목을 정확하게 찌른다는 것은 결코 쉬운 일이 아닙니다. 더구나 그 대상이 자신이 오랫동안 충성을 바쳐 오던 주인이었다면 말입니다."

유현상은 곰곰이 생각에 잠겨 있더니 천천히 입을 열었다.

"확실히 소 선생의 말씀대로 확인해 볼 필요가 있을 것 같구려. 고옥기가 아닌 다른 흉수가 있을지도 모르니 말이오."

"그렇습니다."

"방태동이 살해된 이유는 뭐라고 생각하시오?"

"그것도 흉수가 누구인지에 따라 달라질 거라고 봅니다. 다만 그 주 원인이 비밀 장부임에는 틀림없다고 생각합니다."

"비밀 장부라…… 매우 공교롭다고 생각하지 않소? 우리가 기껏 방태동이 철면호의 거래처임을 알게 되었는데, 방태동 본인은 죽어 버리고 우리가 찾으려고 했던 비밀 장부에 대한 이야기가 떠돌고 있으니 말이오."

"확실히 의심스럽긴 합니다. 소문이 퍼지는 속도도 지나치게 빠르고 그 경로도 미심쩍은 구석이 있습니다. 흑선방 같은 흑도무

제228장 강중조룡(江中釣龍) 259

리가 알 정도면 장안의 유력한 문파는 모두 정보를 입수했다고 봐도 좋을 겁니다."

"그렇지. 너무 냄새가 폴폴 난단 말이오."

"그렇다고 무시할 수도 없는 일 아닙니까?"

"그래서 더 골치 아프지. 만에 하나라도 비밀 장부에 대한 게 사실이라면 우리로서는 도저히 그냥 넘어갈 수 없는 일이니 말이오. 이걸 어찌해야 좋을까?"

유현상이 자리에서 벌떡 일어나더니 주위를 이리저리 걷기 시작했다. 소정방과 유송은 유현상의 그런 모습이 익숙한지 담담한 얼굴로 그가 생각을 마치기를 기다리고 있었다.

정신 나간 사람처럼 주위를 서성거리던 유현상은 한참 후에야 걸음을 멈추고 다시 자리에 앉았다.

유현상은 자신을 주시하는 두 사람을 차례로 훑어보더니 이내 소정방을 향해 물었다.

"소 선생은 내가 어떤 결정을 내릴 것 같소?"

소정방은 차분한 표정으로 대답했다.

"어떤 결정이든 후회 없는 선택을 하셨을 게 분명합니다."

유현상은 모처럼 커다란 웃음을 터뜨렸다.

"하하…… 과연 소 선생은 나의 자방(子房)이시오. 나는 정면으로 뚫고 나가기로 결심했소. 도전(挑戰)이라면 응해 주고, 함정이라면 격파해 버리겠소. 그리고 진짜 기회라면……."

유현상의 두 눈은 어느 때보다 불타올랐다.

"이번에야말로 반드시 철면호의 목덜미를 움켜잡고야 말겠소."

　　　　　＊　＊　＊

　방태동의 장례식은 조용히 치러졌다.
　그도 그럴 것이 방태동의 가족이라고 해야 딸 하나뿐이었고, 그 흉수는 딸과 혼인을 하기로 한 남자였으니 장례를 치를 상주(喪主)조차 제대로 구하기 힘든 형편이었다. 결국 방태동의 딸은 정신을 잃고 누워 있었고, 방보당의 점원들과 평소에 방태동에게 은혜를 입었던 사람들이 힘을 모아 간신히 장례식을 마칠 수 있었다.
　서안의 가난한 사람들 사이에서 성자(聖者)라고까지 불리던 사람의 장례식이라고는 믿기지 않을 정도로 조촐하고 초라했으나, 그래도 방태동의 관이 장지(葬地)로 떠날 때는 상당히 많은 사람들이 배웅해 주었다.
　장지는 방씨 일가의 선조들이 묻혀 있는 서안 남쪽의 작은 야산이었다. 오래전에 방씨 일가의 선조 한 사람이 당시의 유명한 지관(地官)에게 거금을 주고 선택받은 곳이어서 복지(福地)로 널리 알려진 곳이었다. 실제로 이곳을 선산(先山)으로 사용한 후 방씨 일가는 대대로 큰 불행이나 어려움 없이 서안에 뿌리를 내리고 번창해 왔는데, 이번에 방태동의 일로 그런 전통이 깨어진 것이다.
　방태동의 관을 묻기 위해서 온 사람들은 모두 과거에 그에게 신세를 졌던 자들이었다. 그들은 자발적으로 몰려들어 삽을 들고 땅을 팠다. 순식간에 구덩이가 파이자 관을 묻기 위해 체구가 건

장한 사람들이 관을 들어 올렸다.

방태동의 시신이 담긴 관은 특별히 주문한 질 좋은 오동나무로 만든 것이어서 상당히 무거웠다. 그래서인지 관을 들어 올리던 인부 중 한 사람이 무게를 이기지 못하고 자리에 털썩 주저앉고 말았다. 그 바람에 몇 사람이 같이 넘어지면서 관이 바닥에 떨어져 버렸다.

쿵!

요란한 소리와 함께 관이 뒤집히며 관 안에 있던 방태동의 시신이 튕겨 나왔다.

"아이고…… 큰일 났네!"

놀란 사람들이 황급히 달려와 관을 일으켜 세우고 시신을 다시 관속에 집어넣느라 한바탕 소란이 벌어졌다. 다행히 시신은 크게 훼손된 곳이 없어서 무덤을 만드는 일에 지장을 초래하지는 않았다.

관은 이내 잘 밀봉되어 구덩이에 묻혔고, 몇몇 사람들의 애절한 흐느낌 소리와 함께 봉묘(封墓) 행사가 진행되었다. 방태동의 죽음을 슬퍼하는지 어디선가 들려오는 산새의 울음소리가 장내의 공기를 더욱 숙연하게 만들었다.

* * *

유현상은 소정방과 대화를 나누고 있었다.

"전문적인 검객의 솜씨란 말이오?"

"그렇습니다. 그것도 상당한 실력을 지닌 검객이 일검으로 정확하게 인후혈을 관통한 것이라고 합니다. 아마 방태동은 고통을 느낄 사이도 없이 숨이 끊어졌을 거라고 하더군요."

"그렇다면 고옥기가 흉수란 소문은 거짓이었군."

"고옥기를 잡아서 확인해 봐야겠지만, 그가 방태동을 살해했을 가능성은 거의 없다고 봅니다."

"그런데 왜 흉수가 고옥기라는 소문이 퍼진 거요?"

"방태동이 죽은 날 저녁에 고옥기가 대장간에서 검을 산 것은 사실로 확인되었습니다. 대장간 주인의 말로는 그 검을 살 때의 고옥기의 표정이 너무 심각해서 불안한 생각이 들었다고 하더군요."

"단지 그것 때문에 고옥기를 흉수로 몰았던 거요?"

"그럴 리가 있습니까? 검을 산 고옥기가 방태동의 집으로 간 것을 본 사람이 제법 많이 있습니다. 고옥기가 방태동의 거처로 들어간 후 인기척이 없기에 이상함을 느낀 사람들이 방태동의 방으로 들어가 보니 방태동이 목에 피를 흘리며 쓰러져 있었다고 하더군요. 방 안 한쪽에 있는 금고의 문이 활짝 열려 있고, 고옥기의 모습은 어디에도 보이지 않았으니 사람들이 당연히 그를 의심할 수밖에 없는 상황이었습니다."

"비밀 장부에 대한 소문은 어떻게 퍼지게 된 거요?"

"고옥기는 서문대로의 외곽에 있는 두 칸짜리 집에서 노모(老母)를 모시고 살고 있었습니다. 그런데 방태동이 죽은 날 저녁에 새파랗게 질린 고옥기가 황급히 집으로 돌아와서는 노모와 언쟁을 벌였다고 합니다. 이웃에 사는 주민이 소란스러운 소리에 놀라왔다가 마침 그들 모자가 다투는 말을 들었는데, 그때 고옥기가 '비밀 장부 때문에 어쩔 수 없었다'라고 했다더군요. 주민이 무슨 일이냐고 묻자 깜짝 놀란 고옥기가 입을 굳게 다물고는 가지 않겠다고 버티는 노모를 반강제적으로 데리고 나갔다고 했습니다."

"흠. 미심쩍은 구석이 있기는 해도 그런대로 이야기가 맞추어지는군."

"비밀 장부에 대한 소문이 너무 상세하게 퍼진 것 외에는 그다지 흠잡을 데 없는 이야기입니다."

"소 선생도 그렇게 생각하는구려. 고옥기가 방태동을 죽인 흉수가 아니라면 그가 비밀 장부를 가지고 있다는 건 쉽게 이해가 되지 않는데, 소 선생의 생각은 어떻소?"

"두 가지 중의 하나라고 생각합니다. 무슨 이유에서인지 모르지만 고옥기는 방태동을 죽이기 위해 대장간에서 검을 사서 방태동의 거처로 갔습니다. 하지만 방태동은 이미 누군가에게 목을 찔린 시체가 되어 있었습니다. 고옥기는 놀랍기도 하고 당황하기도 해서 어쩔 줄 몰라 하다가 문득 금고에 비밀 장부가 있음을 기억해 내고는 금고를 열어 비밀 장부를 꺼낸 다음 집으로 가서 노모를 데리고 도망쳤습니다. 이게 한 가지 가정입니다."

"충분히 가능성이 있는 생각이오."

"하지만 이 경우는 세 가지 의문점이 남습니다. 첫째는 고옥기가 무슨 이유로 그토록 믿고 따르던 방태동을 죽일 생각을 했느냐 하는 것이고, 둘째로는 왜 하필이면 자신에게는 별 필요도 없는 비밀 장부를 가지고 갔느냐 하는 것입니다. 그리고 세 번째가 더욱 중요한데, 그가 가지고 간 비밀 장부에 대한 소문이 어떻게 그리도 상세하고 빨리 퍼질 수 있느냐 하는 것입니다."

"확실히 그런 점들이 의아하긴 하구려. 두 번째 경우는 무엇이오?"

"누군가가 고옥기를 흉수로 몰아 제거하려 한 경우입니다."

"그 의견은 조금 더 설명이 필요할 것 같소."

"고옥기가 검을 사기 전에 이미 방태동이 죽었다면 어떻겠습니까?"

"그렇다면 고옥기가 검을 산 건 방태동을 죽이기 위해서가 아니라 방태동의 복수를 하기 위해서란 말이오?"

"고옥기의 평소 성품이나 방태동에 대한 충성심으로 보아 그게 더 합리적인 생각이 아니겠습니까? 고옥기는 방태동이 살해당하는 장면을 보고 순간적으로 격분하여 대장간에 가서 검을 샀지만, 이내 자신의 실력으로는 흉수에게 복수할 수 없다는 것을 깨닫습니다. 그럴 경우 그가 취할 수 있는 방법은 오직 한 가지뿐입니다."

"그게 무엇이오?"

"흉수의 약점을 폭로하여 흉수를 궁지로 몰아넣는 것입니다."

"소 선생은 그게 비밀 장부라고 생각하는 거요?"

"방태동은 남에게 원한을 살 만한 일을 하지 않는 사람입니다. 단 한 가지 있다면 그가 비밀 장부를 소지하고 있다는 것뿐이지요. 그러니 흉수가 비밀 장부의 존재가 남에게 드러나는 것이 두려워서 그를 살해했다면, 고옥기로서는 오히려 비밀 장부를 외부로 유출함으로써 방태동의 복수를 하려고 했을 가능성이 농후합니다. 그렇다면 고옥기가 방태동의 방으로 가서 금고를 열고 비밀 장부를 가지고 간 경위도 납득이 됩니다."

"그리고 그가 노모를 데리고 모습을 감춘 이유도 이해가 되는군."

"그렇습니다. 아울러 우리의 가장 큰 의문이었던, 왜 그동안 아무도 몰랐던 비밀 장부의 존재가 이토록 상세하고 빠르게 장안 일대에 퍼져 나갔는가 하는 것도 설명이 됩니다. 그건 바로 고옥기가 비밀 장부에 대한 소문을 의도적으로 퍼뜨렸기 때문입니다. 바로 방태동을 살해한 흉수에 대한 복수심에서 말입니다."

"소 선생의 의견은 정말 타당하다고 생각하오. 그렇다면 방태동을 살해한 흉수는 고옥기를 제거하기 위해서 눈에 불을 켜고 그를 찾고 있겠구려?"

"그렇습니다. 고옥기는 흉수의 정체를 알 뿐 아니라 비밀 장부를 가지고 있기 때문에 흉수는 무슨 수를 써서라도 그를 잡으려 할 겁니다."

"방태동을 살해한 흉수가 누구라고 생각하시오?"

"방태동이 비밀 장부를 만든 것은 벌써 오래전의 일입니다. 그동안 아무 일도 없다가 이번에 갑자기 이런 일이 발생한 것은 한 가지 추측을 가능케 합니다."

"그게 뭐요?"

"우리가 초희를 통해서 철면호와 방태동의 거래를 알게 된 직후에 이런 일이 벌어진 것이 우연이 아닐 수도 있다는 거지요."

"그럼 소 선생은 철면호가 사람을 시켜 방태동을 제거했다고 생각하는 거요?"

"그럴 가능성이 농후하다고 봅니다. 철면호는 틀림없이 우리가 자신과 방태동의 거래 사실을 알아냈다고 생각할 겁니다. 그로서는 우리가 방태동을 사로잡거나 그를 추궁하여 비밀 장부를 얻게 되는 게 다른 무엇보다 두려웠을 겁니다. 그러니 가장 확실한 방법으로 불안 요소를 제거한 거지요."

"그럼 흉수는 철면호의 수하 중 한 명이겠구려?"

"틀림없을 겁니다. 그래서 고옥기가 흉수를 보자마자 그것이 철면호의 지시임을 알아차리고 비밀 장부를 빼돌린 걸 겁니다."

"그렇다면 남은 문제는 하나로군. 고옥기는 지금 어디 있다고 생각하시오?"

"솔직히 고옥기에 대해서는 그동안 우리도 전혀 모르고 있는 인물이기 때문에 자료가 절대적으로 부족했습니다. 그래서 추 소저에게 도움을 청했습니다."

"오, 초희는 철면호의 가장 믿었던 수하였으니 고옥기와도 안면이 있었겠구려."

"단순히 안면이 있는 정도가 아니라 철면호와 방보당의 거래 중 상당 부분을 그녀와 고옥기가 담당했다고 하더군요. 그래서 고옥기에 대해서는 누구보다도 잘 알고 있었습니다."

"그녀가 고옥기의 행방을 알고 있소?"

"그녀도 지금 당장 고옥기가 어디에 숨었는지는 알 수 없다고 하더군요. 하지만 가장 유력한 곳 두 군데를 말해 주었습니다."

"그곳이 어디요?"

"한 군데는 장안의 북쪽에 있는 임동(臨潼)의 창호현(蒼鎬縣)입니다. 고옥기의 노모의 고향이 바로 그곳이라고 하더군요."

"다른 한 곳은?"

"쌍수마라는 곳인데, 고옥기가 방보당에서 일을 하기 전에 그곳에서 한동안 뱃사공 생활을 했다고 합니다."

"그녀는 둘 중 어느 곳이 더 유력하다고 했소?"

"초 소저는 아무래도 인적이 드물어서 종적이 드러날 염려가 있는 쌍수마보다는 사람이 많아서 숨기가 좋고 노모의 지인들이 사는 창호현이 더 유력하지 않느냐고 했습니다."

"소 선생의 의견은?"

"둘 다 일장일단이 있지만, 제가 고옥기여서 살수의 추적을 피해야 하는 처지라면 잘 모르는 타지(他地)보다는 저에게 익숙한 곳으로 몸을 숨길 겁니다."

"흠. 내 의견도 그렇소. 그리고 그녀가 고옥기와 친분이 있는 사이였다는 것도 염두에 두어야겠지."

"초 소저를 의심하시는 겁니까?"

"그렇지는 않소. 다만 그녀가 정말 고옥기와 친한 사이였다면 고옥기가 흉수뿐 아니라 우리 손에 사로잡히는 것도 별로 달가워하지 않을 거라는 생각이 들었을 뿐이오."

"알겠습니다. 그러면 쌍수마 쪽으로 전력을 집중하도록 하겠습니다."

"쌍수마라면 커다란 강물 두 개가 만나는 곳이겠구려?"

"그렇습니다. 알아보니 이 일대에서는 가장 강폭이 넓고 강물의 깊이가 깊은 곳이라고 하더군요."

"그런 곳이라면 더욱 좋군. 그분의 도움을 받도록 합시다."

"그분이 선뜻 나서려고 하실까요?"

"그럴 거요. 강에서의 싸움은 그분이 가장 좋아하는 것이니 말이오."

* * *

오후의 햇살이 푸른 물살 위를 따사롭게 비추고 있었다.

쌍수마.

쌍수마는 서안의 위쪽을 흐르는 위하(渭河)의 지류와 경하(涇河)의 지류가 만나는 곳으로, 마치 바다를 연상하게 할 만큼 강폭이 넓었다. 위낙 강이 넓어서 강물이 많을 때는 그야말로 대하(大河)라 불릴 만큼 일대 장관을 연출하지만, 강물이 적을 때는 군데군데 모래톱이 드러나서 다소 황량해 보이기도 했다.

요즘은 가문 편이어서 수량은 그다지 많지 않았으나 워낙 커다란 두 개의 강이 합류하는 지역이라 도도한 물살의 흐름을 생생하게 느낄 수 있었다.

신시 무렵.

쌍수마 주변에 산재한 다섯 개의 나루터 중 하나인 진도장(秦渡場)은 유난히 사람들로 북적거렸다. 예전에 진씨 성의 뱃사공이 처음 배를 띄웠다고 하여 진도장이란 이름이 붙은 이 나루터는 쌍수마 일대에서는 가장 크고 복잡한 곳이었다.

오늘도 상당히 많은 사람들이 배를 기다리느라 따가운 햇살을 받으며 강가에 늘어서 있었다.

그들 중 대부분은 봇짐을 멘 상인들이었고, 유랑을 나온 듯한 서너 명의 문사들과 나들이를 나온 것으로 보이는 젊은 부부도 있었다. 또한 병장기를 맨 거친 인상의 무사들이 네 명이나 있어서 사람들은 간혹 두려운 눈으로 그들을 힐끔거리기도 했다. 특히 젊은 아내와 동행을 하는 남자는 혹시라도 그 무사들이 자신들에게 시비를 걸까봐 무척이나 초조해 하는 모습이었다.

오후의 햇살은 제법 따사로웠으나 때마침 불어오는 강바람이 더위를 잊게 했다. 한적한 오후였고, 평화로운 일상이었다. 문사들 중 누군가가 우스갯소리를 했는지 사람들이 배를 잡고 웃는 모습이 유난히 정겨워 보였다.

무사들 중 얼굴에 칼자국이 나 있는 험상궂게 생긴 장한이 젊은 여자를 자꾸 쳐다보자 여자는 물론이고 그녀의 남편까지 불안한 표정을 숨기지 못했다.

그것을 보자 무사들 중 한 명이 껄껄 소리 내어 웃었다.

"하하…… 이봐, 그만 쳐다보라구. 저치들이 겁을 먹고 있잖아."

여자를 쳐다보았던 칼자국 무사가 벌컥 화를 내었다.

"내가 뭘 어쨌다고 그래?"

"자네처럼 인상 험악한 친구가 자꾸 흘겨보니까 여자가 어쩔 줄 몰라 하잖아. 보아하니 갓 결혼한 새댁 같은데, 그러다 놀라서 아랫도리라도 지리면 어떡하나?"

그 말에 다른 두 사람이 박장대소를 했다.

"크하하…… 맞아, 고 노대(古老大)의 인상이 좀 무섭기는 하지."

"명월원(明月院)의 춘월(春月)이가 밤에 소피보러 나왔다가 마침 소피를 보고 나오는 고 노대를 뒷간 앞에서 마주치고는 그대로 기절했던 적도 있었지. 끌끌……."

"아무튼 저 친구는 얼굴이 흉기야."

"진짜 흉기는 배꼽 아래에 달고 있을걸."

그들이 괄괄한 음성으로 음담패설을 노닥거리자 다른 사람들이 모두 조용해졌다.

때마침 멀리서 배가 오지 않았다면 장내의 분위기는 몹시도 경색되었을 것이다.

"배기 왔다!"

상인들 중 한 명이 오랜 기다림을 벗어난 것이 기쁜지 큰 소리로 외치자 중인들도 반색을 하며 한마디씩 했다.

"다행히 제시간에 오는군."

"오늘은 유달리 사람이 많은데 한 번에 다 탈 수 있을까?"

"난 더 못 기다려. 뱃전에 매달려서라도 갈 거야."

"아예 헤엄쳐서 따라오지 그러나."

상인들이 시시덕거리는 소리가 유난히 크게 들려왔다.

마침내 배가 도착하자 사람들은 허겁지겁 배 앞으로 모여들었다. 하나 가장 먼저 배를 타는 사람은 네 명의 무사들이었다. 누구도 그들에게 무어라고 하지 않았다.

뱃사공 또한 그게 당연하다는 듯 다른 사람들을 물리치고 앞으로 휘적휘적 나와서 배를 타는 무사들에게 아무 말도 하지 않았다.

무사들 다음으로는 상인들이 하나둘씩 배에 올랐고, 이어서 세 명의 문사들이 조심스럽게 배를 타자 남은 사람은 한 쌍의 젊은 부부뿐이었다.

젊은 부부의 얼굴에는 난처한 기색이 역력했다.

배가 사람들로 가득 차서 그들이 타려면 사람들 틈바구니에 끼어들 수밖에 없었다. 그런데 공교롭게도 그렇게라도 해서 끼어들 자리는 오직 네 명의 무사들이 있는 공간뿐이었던 것이다.

그것은 사람들이 일부러 젊은 부부를 골탕 먹이기 위함이 아니라 누구도 무사들 옆에는 가기 싫어서 한쪽으로 피하다 보니 생겨난 일이었다.

하나 어찌 되었건 젊은 부부에게는 참으로 난감한 일이 아닐 수 없었다. 가뜩이나 게슴츠레한 눈으로 젊은 여자를 쳐다보는 무사들의 시선이 무서웠던 차에 그들 사이에 끼어서 강을 건너야 한다고 생각하면 절로 온몸에 소름이 돋아날 지경이었다.

그렇다고 배를 그냥 보내자니 다음 배가 언제 올지도 모르고, 무엇보다도 더 이상 따가운 햇살 아래서 무작정 서 있는 일은 피하고 싶었다.

그들이 어쩔 줄은 몰라 망설이자 뱃사공이 재촉을 했다.

"배를 타려면 빨리 오르시오. 아니면 그냥 출발하겠소."

"잠시만 기다리시오."

뱃사공이 금시라도 배를 띄울 듯하자 남자가 황급히 그를 제지하고는 여자에게 무어라고 소곤거렸다. 아마도 불안해 하는 여자를 달래서 태우려는 모양이었다.

네 명의 무사들은 무언가 기대 어린 눈으로 그들을 지켜보며 낄낄거리고 있었고, 다른 사람들은 조금 안쓰러운 눈으로 두 젊은 부부를 바라보고 있었다.

마침내 남자의 설득에 넘어갔는지 여인이 용기를 내어 배 위로 오르기 시작했다. 이어 남자가 그녀의 뒤를 따라 배에 오르려 할 때였다.

네 명의 무사 중 아까부터 여인에게 눈독을 들였던 험상궂게 생기고 얼굴에 칼자국이 있는 무사가 슬쩍 그녀와 남자의 사이로 몸을 들이밀었다. 그 바람에 여인은 그 무사의 품속에 안기다시피 했고, 남자는 반대로 무사의 등 쪽으로 떠밀려 버렸다.

"어어……?"

남자가 당혹한 듯 칼자국 무사를 밀치고 여인에게 다가가려 했으나 그때 칼자국 무사가 눈을 부라리며 그를 돌아보았다.

"뭐야? 가뜩이나 좁아 죽겠는데 왜 자꾸 밀치고 난리야?"

칼자국 무사의 표정이 어찌나 살벌했던지 남자는 찔끔하여 더듬거렸다.

"아니. 그게…… 저…… 내 아내에게 가려고……."

"이왕 자리 잡은 거 강 건너 갈 때까지 그냥 가자구. 괜히 자리 옮기려다 강물에 빠지지 말고."

칼자국 무사의 말은 남자가 빠지지 않으면 자기가 빠뜨려 주겠다는 의미가 강하게 담겨 있어서 남자는 안절부절못하면서도 차마 그를 밀치고 아내에게 다가가지 못했다. 여인 또한 당황해서 어쩔 줄 몰라 했으나, 칼자국 무사는 징그러운 미소를 지으며 그녀에게 바짝 몸을 밀착했다.

"흐흐……."

그 바람에 그녀는 완전히 칼자국 무사의 품속에 푹 파묻힌 형상이 되고 말았다.

자신의 가슴에 와 닿는 여인의 부드러운 촉감에 신이 났는지 칼자국 무사는 호쾌한 웃음을 터뜨렸다.

"흐하하…… 이봐, 사공! 이제 탈 사람은 다 탔으니 어서 출발하자구."

뱃사공이 배를 출발시키자 배가 세차게 한 번 흔들렸다.

그 틈을 노려 칼자국 무사는 그녀의 몸을 살짝 안고는 득의만면한 표정을 지었다. 같은 일행인 무사들은 빙글거리며 농담을 던졌다.

"이봐, 너무 기분 내지 말라구. 남편 앞에서 그래도 최소한의 예의는 지켜야지."

"예의 같은 소리 하고 있네. 대놓고 주무르지 않은 것만으로도 감지덕지해야지."

"그러다 놀라서 새색시가 강물로 뛰어들면 어쩌려구?"

"남편이 있는데 무슨 걱정이야? 남편도 같이 던지면 알아서 구해 주겠지."

그들의 말속에 담긴 내용이 점차 험악해지자 여자의 얼굴이 울상이 되었다.

그걸 아는지 모르는지 따가운 햇살을 피하기 위해 커다란 방갓을 눌러쓴 뱃사공은 열심히 노를 저어 배를 강의 한가운데로 몰고 갔다.

강심으로 갈수록 강바람이 거세어졌고, 뱃전을 때리는 물살 또한 거칠어졌다. 그 바람에 배는 조금씩 크게 흔들렸고, 여인의 몸은 갈수록 칼자국 무사의 품속에 깊숙하게 안겨졌다.

마침내 젊은 남자가 도저히 못 참겠는지 버럭 소리를 질렀다.

"그만 내 아내에게서 비켜, 이 날도둑 같은 놈아!"

배 안이 갑자기 쥐 죽은 듯 고요해졌다.

사람들은 모두 놀란 입을 다물지 못한 채 젊은 남자를 쳐다보았다. 젊은 남자 또한 홧김에 소리를 지르기는 했으나 자기 목소리가 이렇게 크게 나올 줄은 몰랐던지 당혹스러운 표정이 역력했다. 그러면서도 계속 칼자국 무사를 노려보고 있는 것으로 보아 비장한 결심을 한 모양이었다.

칼자국 무사는 자기가 잘못 들었나 하는 표정으로 멀거니 있더니 점차 얼굴이 붉게 상기되며 거친 숨소리를 내기 시작했다.

"흐으…… 이 하루살이 같은 놈이……!"

그의 품에 파묻혀 있다시피 하던 여인이 칼자국 무사의 흉신악살처럼 일그러지는 얼굴에 놀랐는지 달달 떨리는 손으로 그의 소맷자락을 움켜쥐었다.

"안 돼요…… 제발 용서해 주세요!"

칼자국 무사는 도저히 분기를 참지 못하겠는지 그녀의 손을 거칠게 뿌리치며 젊은 남자를 향해 몸을 돌렸다.

"뭐라고 지껄였느냐?"

그가 세차게 움직이는 바람에 그의 주위에 있던 다른 무사들의 몸이 여기저기 밀려 나갔다.

"어? 밀지 말라구."

"조심해, 이 바보야!"

칼자국 무사의 일행인 세 명의 무사는 휘청거리면서도 용케도 중심을 잡고 넘어지지 않았다.

뱃사공은 가뜩이나 좁아 빠진 배 안에서 소란이 일어 강물에 빠지는 사람이라도 나올까 봐 노심초사하는 표정이다가 눈을 휘둥그렇게 떴다.

세 명의 무사가 서 있는 자세가 자신을 반원형으로 포위하는 형태였던 것이다. 게다가 젊은 남자를 향해 손찌검이라도 할 줄 알았던 칼자국 무사가 오히려 자신을 향해 슬쩍 한 걸음 앞으로 다가오자 완벽한 진형이 갖추어졌다. 뱃사공이 그들을 피하려면 강물로 뛰어드는 수밖에 없을 정도로 엄밀한 포위망이 구축된 것이다.

뱃사공은 무언가 이상함을 느낀 듯 네 명의 무사를 빠르게 훑어보았다.

그때 칼자국 무사가 그를 바라보며 히죽 웃었다. 지금까지와는 다른 어딘지 모르게 해학적인 웃음이었다.

"더운 날에 노를 젓느라 고생이 많군."

음성 또한 조금 전과는 많이 달라져 있었다.

뱃사공은 왠지 모를 불안한 마음에 표정이 어두워졌으면서도 억지로 웃으며 말했다.

"고생은요. 제 직업인걸요."

"오, 과연 충직한 뱃사공이로군. 자네가 노를 잡은 지 얼마나 되었나?"

칼자국 무사가 젊은 부부를 대할 때와는 달리 자상한 어조로 묻자 뱃사공은 더욱 어색함을 느꼈으나 겉으로는 공손하게 대꾸했다.

"칠 년쯤 되었습니다."

"뱃사공 생활 칠 년이면 노를 젓는 데는 고수가 되었겠군."

"별말씀을요. 그저 늦지 않게 배를 몰 수 있을 정도는 됩니다."

칼자국 무사는 고개를 갸웃거렸다.

"그런데 왜 나는 자네 말이 믿기지 않지?"

뱃사공은 가슴이 덜컥 내려앉는 듯한 표정으로 되물었다.

"네? 제 말이 믿기지 않다니요?"

칼자국 무사의 얼굴에 괴이한 미소가 어른거렸다.

"자네가 칠 년은커녕 칠 개월도 뱃사공 노릇을 한 사람 같지 않다는 말일세."

말이 끝나기가 무섭게 칼자국 무사는 번개같이 오른손을 내뻗어 뱃사공의 손을 움켜잡았다. 그 손이 어찌나 빨랐던지 뱃사공은 피할 엄두조차 내지 못했다.

"왜…… 왜 이러십니까?"

칼자국 무사는 자신의 손에 잡힌 뱃사공의 손을 살짝 들어 보였다.

"보라구. 이게 칠 년 동안 노를 잡은 사공의 손인가? 그렇다고 하기에는 엄청 뽀얗고 매끄럽지 않나? 자네들 생각은 어떤가?"

그가 묻자 뱃사공의 주위를 에워싸고 있는 무사들 중 한 명이 뱃사공의 손을 힐끔 보고는 고개를 끄덕였다.

"그렇군. 너무 보드라워서 여인네 손 같군. 돈이나 만지며 전표나 세면 딱 어울릴 손이야."

그 말에 뱃사공의 몸이 부르르 떨렸다.

"아니…… 그게……."

칼자국 무사는 두 눈을 번뜩이며 뱃사공을 뚫어지게 바라보았다.

"이곳에 숨어 있으면 우리가 못 찾을 줄 알았나? 자네는 우리를 너무 무시하는군."

"무…… 무슨 말씀을 하시는지 모르겠습니다."

"허…… 이런 상황에서도 시치미를 떼고 있나? 한 가지만 말해 주지. 물건을 넘겨주면 자네를 해치지 않겠네. 자네는 앞으로 평생 자네가 하고 싶은 사공일을 하며 살 수 있을 거야."

"저…… 저는……."

뱃사공이 부인하려 하자 칼자국 무사의 눈에서 흘러나오는 눈빛이 상상도 할 수 없을 만큼 차가워졌다.

"거짓말을 하면 자네의 손 하나를 잘라 주겠네. 두 번째로 거짓말을 하면 자네의 눈을 빼 주지. 그리고 세 번째로 거짓말을 하면 그때는 자네의 혀를 잘라 주겠네. 그 다음 일은 굳이 말하지 않아도 알 걸세."

그 음성에 실린 냉혹함에 질렸는지 뱃사공은 아무 말도 하지 못했다.

"자, 마지막으로 묻겠네. 물건은 어디 있나?"

뱃사공은 주저했으나 칼자국 무사가 천천히 허리춤에 찬 병기를 잡아 가자 참지 못하고 입을 열었다.

"정말 물건을 건네주면 저를 놔주시는 겁니까?"

"이를 말인가? 나는 절대로 허언을 하지 않아. 일단 약속을 하면 어떤 종류의 약속이든 반드시 지키지. 자네도 나를 잘 알고 있지 않나?"

뱃사공은 어리둥절한 눈으로 그를 바라보았다.

"누구신지…… 제가 처음 뵙는 분인데……."

칼지국 장한은 피식 웃으며 얼굴을 쓰윽 문질렀다. 그러자 얇은 인피면구가 딸려 나오며 그의 본래 얼굴이 드러났다. 그를 본 뱃사공의 눈빛이 격하게 떨렸다.

"노 대협……."

"그래, 나 철면호 노해광일세. 내가 직접 여기까지 온 것은 그만큼 자네를 중하게 생각했기 때문일세. 자네도 알지 않나? 내가 이런 일에는 좀처럼 직접 나서지 않는다는걸."

뱃사공은 한동안 믿어지지 않는다는 듯 노해광의 얼굴을 바라보더니 이내 땅이 꺼질 듯한 한숨을 내쉬었다.

"노 대협의 약속이라면 저도 믿을 수 있습니다. 그럼 사실대로 말씀드리죠. 물건은……."

뱃사공이 노해광을 향해 무어라고 입을 열려 할 때였다.

지금까지 한쪽 구석에서 조용하게 이들의 대화를 듣고 있던 여섯 명의 상인들이 일제히 그들을 향해 무언가를 던졌다. 그것은 날카로운 낚싯바늘이 빽빽하게 달려 있는 쇠 그물이었다.

노해광을 비롯한 네 명의 무사는 물론이고 뱃사공마저 피할 사이도 없이 쇠 그물에 갇혀 버리고 말았다. 그것은 상인들의 행동이 워낙 일사불란하고 신속했을 뿐 아니라, 몸을 제대로 움직이기도 힘들 정도로 배 안이 너무 협소했기 때문이었다.

순식간에 장내의 상황이 반전되어 노해광 등이 꼼짝도 못하는 신세가 되자, 한쪽에 말없이 서 있던 문사들이 앞으로 나섰다.

"하하…… 당당한 철면호가 이렇듯 한 마리 물고기 신세가 될 줄은 몰랐군."

노해광은 쇠 그물을 벗어나려고 발버둥을 치다가 상인들이 봇짐에서 병장기를 꺼내 겨누자 그제야 움직임을 멈추었다. 그는 웃는 얼굴로 자신을 향해 다가오는 문사들 중 짙은 자삼을 입은 문사에게 시선을 고정시켰다.

자삼 문사는 노해광과 시선이 마주치자 빙긋 웃으며 자신도 얼굴을 문질렀다. 그러자 그 안에서 유현상의 얼굴이 나타났다.

"하하…… 설마 인피면구가 혼자만의 전용물이라고 믿는 것은 아니겠지요?"

노해광은 한동안 사나운 눈으로 그를 쏘아보다가 무거운 한숨을 내쉬었다.

"물론 아니오. 단지 이곳에서 당신을 만나리라고는 전혀 예측하지 못했기에 조금 놀랐을 뿐이오."

유현상은 득의만면한 미소를 지으며 노해광을 향해 빙글거렸다.

"하하…… 나는 당하고는 못 사는 성미요. 그래서 일부러 노 형이 사용했던 쇠 그물 수법을 그대로 흉내 내어 보았소. 직접 당해 보니 어떻소?"

"기분이 더럽군."

"아마 그럴 거요. 하지만 내 입장에서는 정말 효과적인 수법이라고 생각하오. 이런 절묘한 공격법을 만들어 낸 노 형의 솜씨에 박수를 보내는 바이오."

유현상이 박수를 칠수록 노해광의 얼굴은 더욱 딱딱하게 굳어졌다. 유현상은 아무리 봐도 질리지 않는지 그런 노해광의 얼굴을 몇 번이고 보고 있다가 노해광과 함께 갇혀 있는 세 명의 무사들을 돌아보았다.

모두 처음 보는 얼굴이었으나 노해광의 측근들임이 분명했다. 그렇지 않고서는 노해광이 이들만을 대동하고 이곳으로 올 리가 없었다.

'아마 저들 중에 가휘와 하웅도 있겠지.'

그토록 속을 썩이던 철면호 노해광과 그 무리들을 일망타진했다고 생각하니 유현상은 절로 대소가 터져 나오려 했다. 하나 그는 꾹 눌러 참으며 노해광과 함께 그물 안에 갇혀 있는 뱃사공에게로 시선을 돌렸다.

"자네가 바로 고옥기로군."

뱃사공은 흠칫 놀란 눈으로 유현상을 바라보았다. 유현상은 부드럽게 웃었다.

"놀라지 말게. 자네 덕분에 철면호를 잡을 수 있었으니 자네는 내 은인이나 마찬가지일세. 이제 한 가지만 더 나를 도와주면 자네는 그 은혜에 보답을 받을 수 있을 걸세."

뱃사공은 조금은 두렵고 조금은 설레는 표정이 되었다.

"무엇을 도와 드리면 되겠습니까?"

"예상하고 있을 텐데. 철면호가 원하던 바로 그 물건 말일세."

과연 뱃사공도 대충 그러리라고 짐작을 했었는지 무거운 한숨을 내쉬었다.

"그 물건 하나로 너무도 큰일이 일어났군요."

"세상일이란 원래 그런 걸세. 아무리 큰일이라도 그 원인을 따져 보면 지극히 사소한 경우가 대부분이지."

"물건을 내놓으면 저를 어쩌실 겁니까?"

"내가 말하지 않았나? 자네에게 충분한 대접을 할 걸세. 아마 자네로서는 상상도 못했던 보수를 받게 될 거야. 내 약속함세."

그래도 뱃사공은 머뭇거리고 있었다.

유현상은 빙긋 웃었다.

"아직 내가 누구인지 모르는군. 그렇지 않나?"

"솔직히 그렇습니다."

"내가 바로 유현상일세."

"아!"

뱃사공이 탄성을 내지르자 유현상은 힘 있는 음성으로 말했다.

"내가 누구인지 안다면 내 성격도 들어서 알고 있겠지? 나는 약속을 깨는 걸 누구보다도 싫어하는 사람일세."

"그렇다고 들었습니다."

"그러니 걱정하지 말고 물건을 내놓게."

뱃사공은 씁쓸하게 웃으며 그물에 갇혀 손가락 하나 까닥할 수 없는 자신의 몸을 내려다보았다.

"이런 몸으로 말입니까?"

유현상은 피식 웃더니 자신의 옆에 있는 백삼 문사에게 턱짓을 했다.

백삼 문사가 알았다는 듯 다가와 그물 한쪽을 열고 뱃사공을 꺼내 주었다. 그 백삼 문사는 다름 아닌 유송의 변장이었고, 다른 한 명의 문사는 소정방이었다.

유송이 도움을 받아도 뱃사공이 쇠 그물을 빠져나오는 데는 어느 정도의 시간이 걸렸다. 쇠 그물에 달려 있는 낚싯바늘이 옷에 박혀 있어서 그것을 떼어 내는 데 힘이 들었기 때문이다.

그래도 유현상은 조금도 짜증을 내지 않고 묵묵히 뱃사공이 그물을 빠져나올 때까지 기다리고 있었다. 그는 싸움의 승자이므로 느긋하게 승리의 여운을 즐길 여유가 있었다.

뱃사공은 그물을 완전히 빠져나오고 나서야 안도의 한숨을 내쉬었다.

"저 쇠 그물은 정말 지독하군요. 저 안에 있으니 꼼짝도 할 수가 없었습니다."

유현상은 느긋한 웃음을 날렸다.

"그 효과는 나도 감탄하는 바일세."

뱃사공은 그의 앞에서 주섬주섬 옆구리를 뒤적거렸다.

"그런 곳에 숨겨 놓았나? 하긴…… 몸에서 떼어 놓기에는 불안했을 테지."

뱃사공이 허리춤을 뒤지는 광경을 지켜보던 유현상의 눈빛이 순간적으로 굳어졌다. 문득 눈에 들어온 뱃사공의 손은 조금 전에 노해광이 했던 말과는 달리 굳은살이 잔뜩 박여 있는 것이 아닌가?

손바닥을 중심으로 굳은살이 가득 박힌 그 손은 전형적인 검객의 손이었다. 평생 검이라고는 한 번도 잡아 본 적이 없는 고옥기가 저런 손을 가지고 있을 리가 없었다.

"너는……."

유현상이 버럭 외침을 터뜨리려는 순간, 허리춤을 뒤지던 뱃사공의 손에서 섬광이 번뜩이며 무언가 시퍼런 것이 그의 목덜미를 관통했다.

"끄윽!"

유현상은 눈을 부릅뜬 채 그를 노려보았다. 뱃사공의 손에는 허리춤에서 뽑아 든 듯한 작은 단검이 쥐여 있었다. 놀랍게도 뱃사공은 그 단검으로 일 장에 가까운 검기를 뽑아내어 단숨에 유현상의 인후혈을 꿰뚫어 버렸던 것이다.

뱃사공은 유현상의 경악 어린 눈을 보며 담담한 음성을 내뱉었다.

"내가 누구냐고? 나는 황성고검의 제자요. 그리고 당신을 죽인 수법은 사부님의 최고 무공인 혈천홍이라고 하지."

그의 말이 끝나기도 전에 유현상은 싸늘히 식은 채 그대로 뱃전에 쓰러지고 말았다.

"이…… 이런……."

유송을 비롯한 여섯 명의 상인 차림의 유화상단 고수들이 대경실색하여 그에게 달려들려 할 때였다. 무사들에게 곤욕을 치렀던 젊은 부부가 재빨리 쇠 그물의 양쪽 끝으로 각기 다가가더니 쇠 그물의 한쪽을 잘라 낸 다음 빠르게 젖혀 냈다. 그러자 쇠 그물에 갇혀 있던 노해광과 세 명의 무사들이 어느새 알몸이 되어 쇠 그물의 밖으로 나와 있었다.

부부가 양쪽에서 동시에 쇠 그물을 쳐드는 그 짧은 순간에 교묘하게 입고 있던 옷을 벗으며 쇠 그물을 빠져나온 것이다. 그것은 상당한 기간의 수련이 없으면 불가능한 동작이었다.

덕분에 그들은 속바지만 입은 알몸을 고스란히 드러냈으나 누구도 부끄러워하거나 쑥스러워 하는 사람이 없었다. 심지어 젊은 아내조차도 남자들의 벗은 몸을 스스럼없이 보고 있었다.

그도 그럴 것이 그 젊은 아내야말로 천면묘객 하응의 변장이었던 것이다. 그의 남편인 젊은 남자는 정해의 변장이었고, 노해광과 함께 무사로 변한 세 명 중 한 명은 가휘였으며, 다른 두 명은 노해광의 오랜 수하들이었다. 지일환과 마정기는 쇠 그물에서 벗어나는 수련을 받지 못했기에 이번 일에 동참할 수 없었다.

순식간에 변한 상황에 유송을 비롯한 유화상단의 고수들이 어쩔 줄 몰라 할 때 노해광은 냉혹한 눈빛으로 그들을 노려보며 소리쳤다.

"모두 없애 버려!"

그러자 가휘를 비롯한 노해광의 부하들이 일제히 유화상단의 고수들에게 달려들었다. 그리 크지 않은 배 안은 삽시간에 유혈낭자한 혈우성풍이 몰아쳤다.

"크아악!"

처절한 비명 소리가 연신 터져 나오는 가운데, 유화상단의 고수들이 일방적으로 쓰러지고 있었다.

한데 바로 그때였다.

쿵!

그들이 탄 배가 요란한 소리를 내며 격렬하게 흔들리는 것이 아닌가?

노해광을 비롯한 중인들이 흠칫 놀라 싸움을 멈추었을 때, 또다시 커다란 소리와 함께 배가 뒤흔들렸다.

쿠웅!

"배의 아래쪽이다!"

누군가가 배의 충격이 어디서 오는지를 알아차리고 소리를 질렀으나 너무 늦은 일이었다. 배의 바닥에 커다란 구멍이 생기며 배가 가라앉기 시작한 것이다.

'황충, 드디어 나타났구나!'

노해광은 눈을 번뜩이며 배의 밑바닥을 노려보았다.

보지 않아도 알 수 있었다. 배의 아래 강바닥의 저 어딘가에 강호 제일의 수공(水功)의 고수가 도사리고 있는 것이다.

"모두 배가 부서지는 충격에 대비하고 준비한 물건을 꺼내라."

노해광의 외침이 끝나기도 전에 배에 세 번째 충격이 가해졌다.

쿠왕!

이번의 충격이 어찌나 거세었던지 스무 명 가까운 인원이 탈 정도로 커다랗던 배가 그대로 두 동강이 나 버리고 말았다.

하나 노해광의 부하들은 언제 꺼내 들었는지 손바닥만 한 별 모양의 회전판을 손에 들고 있었다. 알몸이 된 노해광과 세 명의 고수들에게는 정해가 미리 준비한 회전판을 건네주었다. 배가 부서져 강물에 빠지기 직전에 그들은 일제히 그 회전판을 세차게 던졌다.

삐이이익!

날카로운 파공음과 함께 그들이 던진 회전판이 허공을 십여 장쯤 날아가더니 커다란 원을 그리며 다시 돌아왔다. 그 순간, 그들은 물속으로 거의 잠기는 뱃전을 박차고 회전판 위로 몸을 날렸다.

빠른 속도로 회전하며 허공을 날아가는 회전판 위에 몸을 실은 중인들은 거의 삼십여 장을 더 날아갔다. 하나 이내 한 사람씩 힘을 잃고 추락하는 회전판과 함께 아래로 떨어져 내렸다.

그때 부서진 채 거의 물속으로 가라앉고 있는 배의 옆으로 하나의 머리가 불쑥 솟아 올라왔다. 그 인영은 이마와 눈만 물 밖으로 내민 채 회전판을 타고 삼십여 장 밖으로 날아간 노해광과 그

제228장 강중조룡(江中釣龍) 287

의 수하들을 노려보고 있었다.

물기 젖은 이마 아래 번들거리는 두 눈이 유난히 노란 괴인이었다.

"흐흐…… 제법 얕은 수를 쓰는구나. 하지만 강물을 벗어나지 못한 이상 네놈들은 모두 죽은 목숨들이다."

괴인은 음산하게 중얼거리며 다시 물속으로 사라졌다.

삼십여 장 밖의 강물에 떨어져 열심히 헤엄을 치고 있던 노해광의 부하 중 한 명이 갑자기 다급한 표정을 지으며 물속으로 빠져 들어갔다.

"우욱……!"

그는 물 밖으로 나오려고 몇 번이나 발버둥 쳤으나 이내 힘을 잃고 물속으로 끌려 들어가고 말았다.

다른 사람들은 이 사실을 알고 더욱 필사적으로 헤엄을 치고 있었다.

하나 얼마의 시간이 지나지 않아 다시 한 명의 부하가 물속으로 사라져 버렸다. 그 부하는 마지막 순간에 스스로 칼을 뽑아 들고 잠수했으나, 얼마 되지 않아 가슴이 갈라진 채 물 위로 떠올랐다.

주위가 온통 시뻘건 핏물로 붉게 물들었을 때 시신의 바로 옆에서 다시 노란 눈동자의 괴인의 머리가 떠올랐다. 괴인은 눈까지만 물 밖으로 내민 자세로 주위를 둘러보았다.

"이번에는 어느 놈을 데려갈까?"

그의 시선에 유현상을 살해한 가짜 뱃사공의 모습이 들어왔다.

괴인의 노란 눈동자에 기이한 살기가 꿈틀거렸다.

"나력지의 제자라고? 그럼 저놈이 바로 마검 조일평이구나. 유현상이 죽은 게 아쉽긴 하지만 저놈이라면 멋진 제물이 될 수 있을 것이다."

괴인은 천천히 몸을 움직여 뱃사공에게로 향해 갔다. '천천히'라고는 해도 그의 속도는 도저히 물속을 헤엄치는 사람 같지 않았다. 뱃사공이 사력을 다해 헤엄치는데도 두 사람 사이의 거리가 급속도로 가까워졌다.

뱃사공도 괴인이 자신을 노리고 다가오는 것을 알아차렸는지 안색이 딱딱하게 굳은 채 더욱 빨리 양손을 놀렸으나 그 속도는 한계가 있었다. 그에 비해 괴인은 별다른 움직임을 보이지 않았는데도 마치 미끄러지듯 물속을 나아가고 있었다. 얼핏 보기에는 그는 가만히 있는데 물이 저절로 갈라지며 그의 몸을 앞으로 밀고 있는 것 같았다.

마침내 괴인은 뱃사공의 바로 뒤까지 다가갔다. 뱃사공도 이제는 자신의 수영 실력으로는 괴인의 손을 벗어날 수 없음을 알아차렸는지 더 나아가지 않고 오히려 몸을 돌려 괴인을 마주 보았다.

시선이 마주치자 괴인의 노란 눈동자가 가늘어지며 미소가 떠올랐다. 도저히 살아 있는 사람의 것이라고는 볼 수 없는 냉혹하고 끔찍한 미소였다.

뱃사공은 수중에 단검 하나를 든 채 신광이 번뜩이는 눈으로 괴인을 노려보더니 이내 단검을 앞으로 내찔렀다.

촤악!

물이 갈라지며 싸늘한 검기가 빠른 속도로 괴인을 향해 다가들었다.

"클클클……."

괴인의 입에서 듣기 거북한 웃음소리가 흘러나왔다. 뱃사공의 공격이 가소롭기 그지없다는 듯한 모습이었다.

괴인은 피하지도 않고 맨손을 앞으로 뻗어 자신을 향해 다가오는 검기를 움켜잡았다. 그러자 그토록 매서운 기세로 날아들던 검기가 힘없이 사그라지는 것이 아닌가?

뱃사공은 깜짝 놀라서 황급히 재차 이검을 날렸다. 하나 마찬가지였다.

괴인은 아무렇지도 않은 듯이 맨손으로 자신을 향해 다가오는 검기를 움켜쥐어 소멸시켜 버렸다. 그 기경(奇驚)할 모습에 뱃사공은 많이 의기소침해진 듯 표정이 극도로 어두워졌다.

괴인은 더 재주를 부려 보라는 듯 손가락을 까닥거렸다.

뱃사공은 이를 부득 갈더니 이내 단검을 빠르게 찔렀다가 빼었다. 그러자 조금 전과는 판이한 시퍼런 검기가 무시무시한 속도로 쏘아져 나왔다. 그 검기는 물속이라고는 믿기지 않을 정도로 빠르게 괴인의 인후혈을 향해 날아들었다.

괴인은 검기가 자신의 목덜미를 정확하게 찔러 오는 것을 뻔히 보면서도 피하지 않고 그 자리에 우뚝 서 있었다.

팍!

세찬 소용돌이가 일어나며 일 장 너비의 공간이 갈라졌다가 다시 합쳐졌다. 이것만 보아도 방금 뱃사공이 펼친 일초가 얼마나 가공할 것인지를 알 수 있을 것이다.

하나 뱃사공의 얼굴에는 오히려 암담한 절망감이 떠오르고 있었다.

놀랍게도 괴인은 그 자리에 선 채로 오른 손바닥으로 자신의 목을 찔러 오는 검기를 막아 냈던 것이다. 검기에 찔린 괴인의 오른손에는 엷은 핏자국이 보이는 듯했으나 괴인이 한차례 주먹을 쥐었다 펴자 핏자국조차 사라져 버렸다.

그제야 괴인은 뱃사공을 향해 살기로 가득 찬 미소를 지어 보였다.

그 미소가 너무도 잔인해서 뱃사공이 움찔하는 순간, 괴인의 몸이 믿어지지 않는 속도로 그를 향해 돌진해 왔다. 어찌 인간이 물속에서 이런 속도로 움직일 수 있단 말인가?

뱃사공의 얼굴이 시커멓게 물들었다. 도저히 피할 엄두가 나지 않았던 것이다.

괴인의 강철 같은 손에는 언제 꺼내 들었는지 여인의 장신구를 연상시키는 작은 칼이 쥐여 있었다. 그 칼은 돌진하는 속도를 그대로 유지하며 뱃사공의 가슴을 갈라 왔다.

막 뱃사공의 가슴이 잘리려는 순간, 어디선가 날카로운 물체가 괴인의 머리 위로 떨어져 내렸다. 그 물체의 날아드는 속도가 워낙 맹렬해서 괴인으로서도 막지 않을 수 없었다.

펑!

괴인의 칼에 부딪힌 물체가 산산이 부서져 버렸다.

놀랍게도 그 물체는 노해광 일행이 배를 벗어날 때 사용했던 나무로 된 회전판이었다.

 괴인은 자신이 방해를 받았다는 것이 분한지 가뜩이나 노란 눈동자가 아예 샛노랗게 변하며 회전판이 날아온 곳을 노려보았다.

 십여 장 떨어진 곳에 노해광의 모습이 보였다. 노해광은 자신에게 오라는 듯 괴인을 향해 오른손을 까닥거리고 있었다. 그 모습에 괴인은 미친 듯이 분노해서 뱃사공을 내버려 두고 그를 향해 쏜살같이 움직여 갔다.

 노해광은 그를 도발하던 모습과는 달리 몸을 돌린 채 정신없이 도망치고 있었다.

 하나 괴인의 움직임을 벗어날 수는 없는지 이내 꼬리가 잡혔다.

 괴인이 막 노해광을 향해 작은 칼을 휘두르려는 찰나, 다시 예의 회전판 하나가 그의 머리 위로 날아들었다.

 "카아악!"

 괴인은 물속에서 의미를 알 수 없는 고함을 내지르며 칼을 휘둘렀다.

 회전판은 박살이 났으나 그 사이에 노해광과의 거리는 다시 벌어져 있었다. 이번에 회전판을 던진 사람은 가휘였으나, 괴인은 가휘에게는 시선도 주지 않고 계속 노해광의 뒤를 쫓아갔다.

 숨을 서너 번 들이마실 동안 어느새 노해광의 뒤에 다다른 괴인이 칼을 휘두르려던 참이었다. 그에게로 다시 회전판이 날아들었다. 괴인은 화가 나서 미칠 지경이었으나, 자신의 머리만을 집요하게 노리는 회전판을 무시할 수 없어서 칼을 휘둘러 회전판을 박살 내 버렸다.

그 바람에 다 잡았던 노해광을 다시 놓치고 말았다.

이런 일이 두 번이나 더 계속되었다. 이제는 노해광의 일행 중 누구도 회전판을 가진 사람이 없었다. 모든 회전판이 괴인의 접근을 막느라 소요되었던 것이다.

노해광도 피하는 걸 포기했는지 헤엄치는 속도가 급격히 떨어져 버렸다.

'저놈이 도망 다니다 지쳤나 보군. 아예 끝장을 내 주지.'

괴인은 언제 화를 냈느냐는 듯 느긋한 심정이 되어 노해광을 향해 다가갔다.

노해광은 가쁜 숨을 몰아쉬며 뭍으로 기어 올라갔다.

괴인은 처음에는 강 한가운데 섬이라도 있는 건가 하고 흠칫 놀랐으나 이내 노해광이 올라간 곳이 작은 모래톱임을 알았다.

'강물이 줄어들어 모래톱이 군데군데 생겼구나. 물속보다는 물밖에서 죽고 싶단 말이지? 소원대로 해 주지.'

괴인은 조금도 주저하지 않고 노해광을 따라 모래톱 위로 올라갔다.

모래톱의 크기는 반경 사오 장밖에 되지 않았다. 물 밖으로 나오니 별로 크지 않은 모래톱의 한가운데에 노해광이 가쁜 숨을 헐떡이며 서 있었다.

괴인은 그를 향해 다가가며 음산하게 웃었다.

"크흐흐…… 겨우 도망간 곳이 여기냐?"

노해광은 숨을 제대로 쉴 수 없을 정도로 지친 모습이었으나 입담만은 여전한지 싸늘한 음성을 내뱉었다.

"황충! 물속보다는 바깥 공기가 더 좋지 않으냐?"

괴인의 눈꼬리가 가늘게 치켜 올라가며 노란색 눈동자가 살기로 뒤덮였다.

"노해광, 내가 누구인지 알면서도 감히 그딴 식으로 말을 하는 거냐?"

노해광은 헐떡이면서도 큰 소리로 웃었다.

"하하…… 네가 어려서부터 물만 좋아하는 변태라는 것을 모르는 사람이 누가 있느냐? 그렇게 물속에만 처박혀 있으니 몰골도 그런 꼴로 변한 게 아니냐?"

괴인이야말로 쾌의당 칠대용왕 중의 수중용왕이며 강호에서 수공의 제일인자라 불리는 수룡신군 황충이었던 것이다.

물 밖으로 완전히 드러난 그의 몸은 군살 하나 없는 미끈한 것이었는데, 자세히 보면 피부에 작은 비늘 같은 것이 돋아나 있어 보는 이를 섬뜩하게 만들었다.

이것은 그가 익힌 흡룡공이 절정에 이르렀을 때 나타나는 어새문(魚鰓紋)이었다. 이 어새문은 물고기의 아가미 같은 역할을 하기 때문에 아무리 오래 물속에 있어도 숨을 쉬는 데 전혀 지장을 받지 않았다. 뿐만 아니라 물속을 유영(遊泳)할 때도 물고기의 비늘처럼 민첩하고 매끄럽게 움직일 수 있게 해 주어 수공을 익히는 사람이라면 꿈에서도 얻고 싶어 하는 최상의 경지였다.

그 바람에 그의 외모가 일반인과는 다르게 변한 것은 어쩔 수 없는 일이었다.

황충은 노해광이 자신의 가장 큰 약점인 괴이하게 변한 외모를 빗대어 놀리자 불같은 분노가 치밀어 올랐다. 그는 오른손에 들고 있는 작은 기형도를 힘껏 움켜잡으며 노해광을 향해 다가갔다.

"이놈. 온몸의 살점을 한 점 한 점씩 저며서 포를 떠 주마. 그때도 그런 소리를 입 밖으로 낼 수 있는지 한번 보겠다."

살기가 뚝뚝 묻어나는 소리를 내뱉으며 다가오는 황충의 모습은 그야말로 꿈에 볼까 무서울 정도로 살벌한 것이었으나, 노해광은 오히려 더욱 큰 소리로 웃었다.

"크하하…… 물 밖으로 나온 물고기가 입만 뻥긋거리는 격이로구나. 물고기를 두려워하는 사람도 있느냐?"

"흐으흐으……"

황충은 너무도 화가 치밀어 올라 차라리 아무 말도 나오지 않았다. 그저 거친 숨을 몰아쉬며 노해광을 향해 성큼성큼 다가올 뿐이었다. 마침내 노해광의 심장 앞까지 도달하자 황충은 더 이상 참지 못하고 그를 향해 몸을 날렸다.

"끄아아!"

고함인지 비명인지 모를 소리를 내며 황충이 노해광을 향해 무서운 속도로 날아오는 순간, 노해광이 서 있는 바로 우측의 모래톱이 푹 꺼지며 그 안에서 하나의 인영이 튀어나왔다. 그 인영은 노해광을 향해 칼을 휘두르려는 황충을 향해 빛살 같은 십검(十劍)을 뿌려 댔다.

파파파팟!

마치 번갯불을 연상하게 하는 열 줄기의 검광이 날아들자 황충의 안색이 시커멓게 변해 버렸다. 그때 황충은 화가 머리끝까지 치밀어 노해광을 향해 날아들고 있었기 때문에 도저히 몸을 피하거나 방향을 바꿀 수 있는 상황이 아니었다. 그는 사력을 다해 수중의 도를 휘둘러 열 가닥의 검광에 맞서 갔다.

까까까깡!

귀청이 찢어지는 듯한 파공음이 거푸 터져 나오며 끔찍한 비명 소리가 창공을 찢어 버렸다.

"크아아악!"

선연한 핏물이 사방에 뿌려지는 가운데 비명 소리가 사라지며 죽음 같은 정적이 감돌았다.

노해광은 눈을 부릅뜬 채 자신의 눈앞에 펼쳐진 광경을 바라보고 있었다.

그의 앞에는 전신에 다섯 개의 구멍이 뚫린 황충이 경련을 일으키며 비틀거리고 있었다. 그 구멍 하나하나는 어린아이의 주먹이 들락거릴 수 있을 정도로 커다란 것이어서 그가 아직 숨이 끊어지지 않는 것이 신기할 정도였다. 열 개의 검광 중 다섯 개는 막았으나 나머지 다섯 개는 막지 못했던 것이다.

황충의 시선은 자신의 왼쪽을 향해 있었다. 언제 나타났는지 그곳에는 검은 옷을 입은 청년이 역시 몸을 휘청거리며 서 있었다. 그 청년의 낯빛은 유달리 창백했고 가슴 부근은 옷자락이 모두 잘려 나가 있었는데, 피투성이로 변한 가슴에는 십여 개의 칼자국이 선명하게 드러나 있었다.

"우엑!"

흑의 청년은 한바탕 검은 피를 토해 낸 다음에야 간신히 신형을 안정시킬 수 있었다.

황충은 그때까지도 전신에 쉴 사이 없이 경련을 일으키며 그를 쏘아보고 있었다. 그러다가 거의 알아듣기 힘든 음성을 내뱉었다.

"이…… 이게 무슨 무공이냐?"

흑의 청년은 힘없는 음성으로 대꾸했다.

"십마혈류요……."

"십마혈류? 이것도 나력지의 무공이냐?"

"사부님이 가장 최근에 만드신 것이오."

무언가를 깨달았는지 황충의 몸이 격렬하게 떨렸다.

"네가 바로 마검 조일평이구나."

흑의 청년, 조일평은 천천히 고개를 끄덕였다.

"그렇소."

"너…… 너희들은 정말 지밀하게 나를 상내할 계획을 세워 두었구나……."

그제야 황충은 모든 것이 사전에 치밀하게 계획된 음모였음을 알아차렸다.

노해광의 거래처였던 방보당의 방태동이 갑자기 의문의 죽음을 당한 것도, 방태동의 심복이었던 고옥기가 비밀 장부를 노리고 방태동을 살해했다는 소문이 서안 일대를 뒤흔든 것도, 초희가 고옥기의 행방을 알아낸 것도, 하필이면 그 장소가 자신이 제일 좋아하는 강변이었던 것도, 황성고검 나력지의 혈천홍을 쓰는 자가 뱃사공으로 변해 유현상을 살해한 것도, 노해광 일당이 괴상하게 생긴 회전판을 준비한 것도, 그리고 최후의 순간에 노해광이 작은 모래톱의 중앙에 서 있던 것도…….

모두 자신을 노리고 준비된 철저한 함정이었던 것이다.

그 안에 담긴 음모의 치밀함과 상대의 심리를 이용하는 교묘한 술책에 황충은 진심으로 감탄하지 않을 수 없었다.

황충은 다섯 개의 구멍에서 흘러나오는 피로 혈인처럼 변했으면서도 허공을 올려다보며 웃었다.

"크흐흐. 너희들…… 정말 대단하다. 승리할 자격이 있어…… 다음에 만나면 좀 더 멋지게……."

그 말을 끝으로 황충의 몸은 요란한 소리를 내며 모래톱에 쓰러져 버렸다.

쿵!

그것은 서안의 상권을 두고 벌어졌던 노해광과 유화상단 사이의 치열한 각축전의 종장(終章)이 다가오고 있음을 알리는 신호탄과도 같았다.

(군림천하 23권에서 계속)

환상이 숨쉬는 공간 **파피루스** www.ipapyrus.co.kr

글을 좇는 사냥꾼 엽사!
『데몬 하트』『소울 드라이브』『마법무림』에 이은
그의 새로운 사냥이 시작된다!

엽사 판타지 장편소설
마계군주

"그 책을 가지면 무적이라도 된다는 겁니까?"
"무적? 그건 너무 쉬운데. 다른 건 안 될까?"
노력만큼은 가상하나, 재능이 없는 소년 제로
마계의 저승이 봉인된 마서(魔書) 그레이브와 만나다!

**마왕의 힘을 흡수하는 위대한 권능,
낙인의 군주**

지금 마계와 대륙의 주인이 바뀌리라
마계군주 제로의 이름으로!

환상이 숨쉬는 공간 파피루스 www.ipapyrus.co.kr

묵직하고 강렬하게,
향 짙은 무협이 온다!

혈마도

서준백 신무협 장편소설

일생을 바친 마교, 젊음을 바친 정마대전
그 끝에 찾아온 것은 처절한 배신이었다

그들의 모습을 눈에 새기며 싸늘히 식어 갈 때
비참하고 원통한 염원으로 그는 맹세했다
세상이 피의 늪에 잠겨 든다 해도
네놈들에게 기필코 복수하겠노라고

모든 것을 뒤바꾸어 주마
너를 멸시하던 놈들을 좌절시키고 짓뭉개 주마
천외유천(天外有天)!
이제, 세상 위에
또 다른 세상이 있음을 보여 주겠다!